Diogenes Taschenbuch 20191

D. H. Lawrence

Liebe im Heu

Erzählungen

Diogenes

Deutsche Erstausgabe von
›Der Mann, der gestorben war‹ und
›Der Auferstandene‹
Abdruck der Übersetzung
von Martin Beheim-Schwarzbach
mit freundlicher Genehmigung
des Rowohlt Verlags, Reinbek bei Hamburg
Nachweis am Schluß des Bandes
Diese Ausgabe erscheint
mit freundlicher Genehmigung des
›Estate of the Late Mrs. Frieda Lawrence‹
Redaktion von Gerd Haffmans
Umschlagillustration: Pierre-Auguste Renoir,
›Mädchen mit Blumenhut‹, 1880

40/97/8/7
ISBN 3 257 20191 5

Inhalt

Liebe im Heu

I

Die beiden großen Wiesen lagen auf einem Hügelhang, der gen Süden blickte. Sie waren goldgrün, weil sie eben erst abgeheut waren, und leuchteten fast blendend im Sonnenschein. Quer über den Hügel lief auf halber Höhe eine Hecke, die ihre schwarzen Schatten scharf auf die geschmolzene Glut der Grasstoppeln warf. Oberhalb der Hecke wurde der Heuschober errichtet. Er war mächtig, von stattlichem Umfang, jedoch so silbrig und von so zarten Farbtönen, daß er schwerelos zu sein schien. Zerzaust und leuchtend erhob er sich über dem gleichmäßigen goldgrünen Glast der Wiese. Ein wenig weiter rückwärts stand ein zweiter, schon fertiger Schober.

Der leere Heuwagen fuhr gerade durch die Lücke in der hohen Hecke. Von der entferntesten Ecke der unteren Wiese, wo die Grasschwarte noch grau gestreift war von gemähten Schwaden, schwankte die beladene Fuhre vorwärts, hügelan zum Heuschober hinauf. Die Heuer zeichneten sich vor dem Heu deutlich als weiße Punkte ab.

Die beiden Brüder hatten einen Augenblick Ruhepause, während sie auf die bergaufschwankende Ladung warteten. Sie standen da, wischten sich mit den Armen über die Stirn und keuchten noch von der Hitze und der Arbeit, die sie beim Aufstapeln der vorigen Ladung gehabt hatten. Der Schober, auf dem sie thronten, war schon hoch, höher als die Baumwipfel der Hecke, und sehr breit, eine große, leicht ausgehöhlte Mulde, in die das Sonnenlicht prallte und in der erstickend der süße, heiße Heuduft lag. Klein und nichtig sahen die Brüder aus, als sie da halb eingesunken in dem lockeren großen Trog standen, der sie wie ein der Sonne errichteter Altar in die Lüfte hob.

Maurice, der jüngere Bruder, war ein hübscher junger Bursche von einundzwanzig Jahren, unbekümmert und gutmütig und voller Kraft. Seine grauen Augen blitzten, als er seinen Bruder hänselte; sie waren erfüllt von einem starken Gefühl. Auf seinem schwarzbraunen Gesicht lag das merkwürdig erwartungsvolle und frohe und gespannte Lächeln eines jungen Mannes, den zum erstenmal die Liebe gepackt hat.

»Siehst du wohl«, sagte er und stützte sich auf den Griff seiner Heugabel, »du hast gedacht, du hättest mich reingelegt, he?« Er griente, während er sprach; dann sank er wieder zurück in seine süß quälenden Grübeleien.

»Hab ich nicht gedacht, das weißt du ganz genau«, erwiderte Geoffrey mit mattem Grinsen. Sein Bruder war ihm überlegen. Geoffrey war ein schwerer, plumper Bursche, ein Jahr älter als Maurice. Seine blauen Augen waren unstet, sie blickten schnell beiseite; der Mund war krankhaft empfindlich. Man sah ihn förmlich mit seinem ganzen großen Körper zurückschrecken. Seine glühende Befangenheit steckte wie eine Krankheit in ihm.

»Ha, wohl! Ich weiß, daß du's gedacht hast!« spöttelte Maurice. »Du wolltest dich drücken« – Geoffrey zuckte krampfhaft zusammen –, »weil du dachtest, das wär die letzte Nacht, die einer von uns beiden hierbleiben muß, und darum wolltest du mich hier wachen lassen, obwohl du an der Reihe bist!«

Er lächelte vor sich hin und dachte an Geoffreys List und wie sie mißlungen war.

»Ich hab mich gar nicht gedrückt«, verteidigte sich Geoffrey in seiner schwerfälligen, ungeschickten Art, weil das Wort ihm einen Stich gegeben hatte. »Hat Vater mich etwa nicht fortgeschickt, Kohle zu holen . . .?«

»O ja, o ja, das brauchst du mir nicht zu erzählen! Aber nun siehst du, mein Junge, was du versäumst!«

Maurice gluckste in sich hinein und warf sich längelang aufs Heubett. Nun war von der Welt überhaupt nichts mehr zu sehen, nur die flachen Wälle des Heuschobers und der flammende Himmel. Er ballte die Fäuste, warf sich die Arme übers Gesicht und spannte die Muskeln an. Offenbar war er sehr erregt, so heftig, daß es ihm fast unangenehm war, obgleich er weiter lächelte. Geoffrey, der hinter ihm stand, konnte noch seinen roten Mund mit dem pelzig-schwarzen Bärtchen sehen, wie er sich verzog und beim Lächeln die Zähne entblößte. Der ältere Bruder stützte das Kinn auf den Griff seiner Heugabel und blickte ins Land hinaus.

Weit in der Ferne lag, wie ein blasser blauer Fleck, die Stadt Nottingham. Davor breitete sich unter Hitzeschleiern das flache Land aus, und hie und da wehte die Rauchfahne einer Kohlengrube. Doch in der Nähe, am Fuß des Hügels und jenseits der Landstraße mit der dichten Hecke, war nur das Schweigen der alten Kirche und, zwischen Bäumen, die Schloßfarm. Von der weiten Aussicht wurde es Geoffrey nur noch elender. Er blickte fort und auf die Wagen tief unter ihm, die den Hang überquerten: den leeren Wagen, der wie ein großer Käfer hinabkroch, und die Heufuhre, die wie ein schaukelndes Schiff bergaufschwankte, und davor den nickenden Kopf des Braunen, der seine braunen Knie hob und kräftig einstemmte. Geoffrey wünschte, daß er sich etwas beeile.

»Hast nicht gedacht . . .«

Geoffrey schrak auf, verkroch sich wieder in sich selbst und sah auf die hübschen Lippen hinab, die sich dort vor den braunen Armen seines Bruders bewegten.

»Hast nicht gedacht, daß sie zu mir kommen würde, sonst hätt'st du mich nicht hergelassen«, sagte Maurice und endete mit einem Auflachen, das voll aufregender Erinnerungen war. Geoffrey errötete vor Zorn und bekam Lust, seinen Fuß auf den sich bewegenden spöttelnden Mund zu stellen, der da unten vor ihm lag. Eine Zeitlang war es still; dann erklang in einem seltsam entzückten Tonfall Maurices Stimme, die Worte gleichsam buchstabierend:

»Ich bin klein, mein Herz ist rein,
Ist niemand drin als Christ allein.«

Maurice kicherte; dann, unter dem Stachel einer Erinnerung zusammenzuckend, die ihn spitzig wie ein Schmerz traf, rollte er auf die Seite und wühlte sich ins Heu. »Kannst du auf deutsch beten?« klang eine erstickte Stimme.

»Will ich gar nicht«, murrte Geoffrey.

Maurice kicherte. Sein Gesicht war ganz versteckt, und im Dunkeln konnte er die Erlebnisse der letzten Nacht noch einmal überdenken.

»Wenn man sie so unterm Ohr küßt, Junge ...« sagte er mit merkwürdig unsicherem Ton. Er krümmte sich, noch betroffen und entbrannt vom ersten Zusammenstoß mit der Liebe.

Geoffrey schwoll das Herz, und es wurde ihm schwarz vor Augen. Er konnte die Landschaft nicht mehr erkennen.

»Und zwei hübsche Händevoll Busen«, klang die leise, herausfordernde Stimme Maurices, der mit sich selbst zu reden schien.

Vor Frauen waren die beiden Brüder furchtbar scheu, und bis zur diesjährigen Heuernte war das ganze weibliche Geschlecht für sie einzig in der Mutter verkörpert gewesen, und in Gegenwart von anderen Frauen waren sie blöde Tölpel. Überdies, weil sie von einer stolzen Mutter großgezogen worden waren, die nicht aus dieser Gegend stammte, hielten sie die Mädchen hierherum keiner Beachtung wert und nicht vergleichbar mit ihrer Mutter, die reines Englisch sprach und sehr ruhig war. Die Mädchen hierzulande waren aber großmäulig und sprachen die Mundart. Deshalb waren die beiden jungen Männer keusch geblieben, wenn auch nicht ohne Pein.

Jetzt war Maurice wieder Geoffrey voraus, und der ältere Bruder war tief verletzt. Es bestand Gefahr, daß er sich rein aus Mangel an Lebenswillen und Interesse in einen krankhaften Zustand vergraben würde. Die ausländische

Erzieherin im Pfarrhaus, dessen Garten an die obere Wiese grenzte, hatte über die Hecke hinweg mit den Burschen gesprochen und sie gehörig betört. Ein großer Holunderbusch stand dort, und aus seinen sahnefarbenen Blütentellern hatte es auf den Gartenweg und auf die Wiese gerieselt. Seither konnte Geoffrey den Holunderduft nicht mehr riechen, ohne zusammenzuzucken und schmerzlich die Schultern hochzuziehen; denn immer mußte er an die fremde, ausländische Stimme denken, die ihn so erschreckt hatte, als er unter der Hecke mit der Sense ausholte. Ein kleines Kind war durch die Hecke gerannt, und das Fräulein hatte auf deutsch etwas gerufen und war hinter ihm hergelaufen und hatte dabei die Blüten abgestreift. Sie war so erschrocken, als sie dort im Schatten einen Mann stehen sah, daß sie sich einen Augenblick nicht rühren konnte, und war dann vor Verwirrung über den Rechen gestolpert, der neben ihm lag. Geoffrey vergaß, als sie so plötzlich an ihm vorüberschoß, daß sie eine Frau war. Er hatte sie behutsam aufgehoben und gefragt: »Haben Sie sich weh getan?«

Da hatte sie ein helles Lachen angestimmt und auf deutsch geantwortet und ihm ihre Arme gezeigt und die Brauen zusammengezogen. Sie hatte sich ziemlich schlimm an den Nesseln verbrannt.

»Sie müssen Ampfer nehmen«, hatte er gesagt. Sie zog verblüfft die Stirne kraus.

»Ampfer?« wiederholte sie. Da rieb er ihr die Arme mit dem kühlen Blatt.

Und jetzt hatte sie sich Maurice zugewandt. Zuerst schien sie Geoffrey vorzuziehen. Doch dann hatte sie bei Mondschein mit Maurice zusammengesessen und sich von ihm küssen lassen. Geoffrey litt und war böse, kämpfte aber nicht um sie.

Unwillkürlich sah er zum Pfarrgarten hinüber. Dort stand sie, in einem goldbraunen Kleid. Er nahm den Hut ab und hob grüßend die rechte Hand. Sie winkte ihm aus den Kartoffelreihen nachlässig zu, eine kleine, goldene Gestalt.

Er blieb wie gelähmt in der gleichen Haltung stehen, den Hut in der Linken, den rechten Arm erhoben, und überlegte. Aus der Gleichgültigkeit ihres Grußes konnte er erraten, daß sie auf Maurice wartete. Was dachte sie über ihn? Warum wollte sie ihn nicht?

Maurice hörte die Stimme des Fuhrmanns, der den Heuwagen herauffuhr, und erhob sich. Geoffrey stand noch immer in der gleichen Stellung, aber seine Miene war mürrisch, und die erhobene Hand erschlaffte unterm Grübeln. Maurice sah hügelan. Seine Augen leuchteten auf, und er lachte. Geoffrey ließ den Arm sinken und gab acht.

»Junge«, kicherte Maurice. »Ich wußt ja gar nicht, daß sie da ist!« Er winkte ungeschickt mit der Hand. Auf solche Dinge verstand sich Geoffrey besser. Der Ältere beobachtete das Mädchen. Sie lief ans Ende des Weges, hinter die Büsche, so daß sie gegen das Haus gedeckt war. Dann schwenkte sie wild ihr Taschentuch. Maurice bemerkte die List nicht. Ein Kind schrie auf. Das Mädchen erschien wieder, das Kind wie ein weißes Bündel hochhaltend, und kam den Gartenweg hinunter. Dort legte sie ihre Last ab, rannte hügelan, auf eine große Esche zu, und kletterte schnell auf eine waagrechte Stange, die an dieser Stelle den Zaun bildete, schwebte dort oben und warf ihnen auf ihre ausländische Art, die die Brüder erregte, Kußhände zu. Maurice lachte laut und schwenkte sein rotes Tuch.

»Wo brennt's denn?« rief eine spöttische Stimme von unten. Maurice fuhr zusammen und wurde dunkelrot.

»Nirgends«, antwortete er.

Ein herzhaftes Lachen scholl von unten herauf.

Die Fuhre kam näher, schurrte zischend am Schober entlang und sank zurück gegen den Radkeil. Die Brüder nahmen die Forken und pflügten durch die Heumassen. Ein großer, dicker Mann klomm rot und schweißglänzend auf die Ladung. Dann drehte er sich um und musterte, unter zottigen Brauen hervor, den Abhang. Er gewahrte das Mädchen unter der Esche.

»Aha, das war's!« lachte er. »Hab mir schon gedacht, daß da so ein Vogel ist, aber ich konnt sie nicht sehen.«

Der Vater lachte herzlich und spöttisch und begann dann mit dem Abladen des Fuders. Geoffrey oben auf dem Schober nahm die großen Forken entgegen und schwang sie hintenüber zu Maurice, der sie abnahm und hinschichtete und den Schober weiterbaute. Im glühenden Sonnenschein arbeiteten die drei schweigend, zusammengeschweißt in eifriger Tätigkeit. Dann rückte der Vater ein wenig beiseite, um auch das Heu unter seinen Füßen vorzuholen. Geoffrey wartete und hielt die blau glitzernden Zinken seiner Gabel bereit: dann hob sich die Heumasse, die Heugabel glitt darunter, Metall klirrte leicht aneinander, und das Heu wurde auf den Schober geschleudert und von Maurice aufgefangen, der es zweckmäßig hinschichtete. Nacheinander senkten sich die Schultern der drei Männer, nacheinander strafften sie sich. Alle trugen hellblaue, verblichene Hemden, die ihnen am Rücken festklebten. Der Vater bewegte sich gleichmäßig, seine dicken, runden Schultern bückten und hoben sich ruhig: er arbeitete gleichmäßig weiter. Geoffrey vergeudete seine Kraft: seine mächtigen Schultern schwangen und schleuderten das Heu übertrieben wuchtig hinter sich.

»Willst mich wohl umwerfen, he?« rief Maurice ärgerlich. Er mußte sich förmlich wehren gegen den Anprall. Die drei Männer arbeiteten voller Inbrunst, als ob ein Wille sie vorantrieb. Maurice war flink und gewandt bei der Arbeit, aber er mußte auch überlegen. Überdies mußte er das Heu jedesmal, wenn er es an den entfernteren Enden ablegen wollte, ein Stückchen tragen. Deshalb war er zu langsam für Geoffrey. Sonst hatte der Ältere das Heu so weit wie möglich hinaufgeschoben, dorthin, wo es seinem Bruder zupaß kam. Heute pflanzte er seine Gabelvoll einfach in die Mitte des Schobers. Maurice sprang hurtig und behende durch die Mulde, aber es war zuviel für ihn. Die andern beiden Männer, deren Zureichen und Entgegennehmen ineinandergriff, behielten ihr schnelles Arbeitstempo bei. Geoffrey schleuderte sein Heu immer noch aufs Geratewohl hinter sich. Maurice schwitzte vor Hitze und Überanstrengung gewaltig und wurde allmählich wütend. Geoffrey wischte sich hin und wieder mit dem Arm über die Stirn, gedankenlos wie ein Tier. Dann schaute er befriedigt auf Maurice und seine Plackerei und nahm eine neue Forke entgegen.

»Was denkst du bloß, wo du hinwirfst, du Esel?« ächzte Maurice, als sein Bruder eine Gabel ganz außer Reichweite schleuderte.

»Wohin 's mir Spaß macht«, antwortete Geoffrey.

Maurice rackerte sich weiter ab, war aber jetzt sehr zornig. Er spürte, wie ihm der Schweiß den Körper hinabrieselte. Tropfen fielen ihm auf die langen, schweren Wimpern und blendeten ihn, so daß er sich unterbrechen und ärgerlich die Augen auswischen mußte. An seinem braungebrannten Hals standen die Adern hervor. Er dachte, er würde zerspringen oder umfallen, wenn die Arbeit nicht bald nachließe. Er hörte, wie die Heugabel seines Vaters dumpf über den Boden des Wagens kratzte.

»Da, das ist das letzte«, keuchte der Vater. Geoffrey warf die letzte kleine Gabelvoll irgendwohin, nahm den Hut ab, stand dampfend in der Sonne und wischte sich ab, während er wohlgefällig Maurice beobachtete, der sich noch abmühte, die Mulde ordentlich zu machen.

»Find'st du nicht, daß die untere Ecke zu weit überhängt?« klang die Stimme des Vaters von unten herauf. »Du solltest jetzt besser einrücken, nicht?«

»Ich dachte, du hätt'st gesagt, erst bei der nächsten Fuhre«, antwortete Maurice verdrießlich.

»Ja, meinetwegen. Aber die untere Ecke ist doch ...«

Maurice war ungeduldig und beachtete ihn nicht.

Geoffrey stakste über den Schober und stach mit seiner Heugabel in die mißratene Ecke, lehnte sich mit seinem Gewicht auf den Griff und schob. Er glaubte, daß die Ecke nachgab. Wieder stieß er mit aller Kraft. Die Heumasse schwankte.

»Was machst du da, du Esel?« schrie Maurice in den höchsten Tönen.

»Paß auf, wen du Esel nennst!« sagte Geoffrey und schickte sich an, von neuem zu stoßen. Maurice sprang herbei und schob seinen Bruder mit dem Ellbogen beiseite. Auf der nachgiebigen, schwanken Heuunterlage verlor Geoffrey den Halt und fiel auf alle viere. Maurice versuchte, ob die Ecke hielt.

»Die ist fest genug«, brüllte er ärgerlich.

»Ja, schon gut«, klang die besänftigende Stimme des Vaters. »Ruht euch jetzt mal ein bißchen aus, ist ein langer Weg, bis die nächste Fuhre oben ist«, setzte er fürsorglich hinzu.

Geoffrey stand wieder auf den Füßen.

»Paß ja auf, wen du stößt, sag ich dir!« drohte er dumpf, und weil Maurice stumm weiterarbeitete, fuhr er fort: »Und daß du mich nicht Esel nennst, hörst du?«

»Nicht vorm nächsten Mal!« höhnte Maurice.

Schweigend arbeitete er sich rings um den Schober und näherte sich der Stelle, wo sein Bruder wie eine beleidigte Bildsäule stand und, auf den Griff der Heugabel gestützt, ins Weite blickte. Maurices Herz begann schneller zu schlagen. Er arbeitete, bis ein Zinken seiner Gabel sich im Leder von Geoffreys Stiefel verfing und das Metall hell aufklang.

»Gehst du jetzt gefälligst beiseite?« fragte Maurice drohend. Der große Klotz antwortete nicht. Maurice zog wie ein Hund die Oberlippe hoch. Dann spreizte er den Ellbogen vor und versuchte seinen Bruder in die Mulde und aus dem Weg zu drängeln.

»Wen drängelst du da?« klang es dumpf und grollend.

»Dich!« erwiderte Maurice und lachte spöttisch, und sofort stürzten sich die beiden Brüder wie zwei Kampfhähne aufeinander; Maurice tat sein möglichstes, um Geoffrey von der Stelle zu stoßen, und Geoffrey stemmte sich mit seinem ganzen Gewicht dagegen. Maurice hatte nicht festen Fuß gefaßt und torkelte – und Geoffreys Gewicht drückte nach. Raschelnd rutschte Maurice über den Rand des Schobers.

Geoffrey wurde weiß bis in die Lippen und blieb wie angewurzelt stehen und lauschte. Er hörte ihn aufschlagen. Dann wurde ihm schwarz vor Augen, und er blieb nur stehen, weil er fest im Heu verankert war. Er hatte keine Kraft, sich zu rühren. Von unten vernahm er keinen Laut, und nur mit halbem Ohr hörte er einen durchdringenden Schrei, der aus großer Entfernung kam. Wieder lauschte er. Dann packte ihn jähes Entsetzen.

»Vater!« brüllte er mit seiner gewaltigen Stimme. »Vater! Vater! Vater!«

Das Tal hallte wider und warf das Echo zurück. Das Vieh am Abhang blickte auf. Männer kamen von der unteren Wiese heraufgerannt, und in viel größerer Nähe lief schon eine Frau quer über die obere Wiese. Geoffrey wartete in schrecklicher Spannung.

»Oh!« hörte er die fremde, wilde Stimme des Mädchens. »Oh!« Und es folgten wehklagende, fremde Worte. Dann: »Oh! Bist du tot?«

Er stand finster und aufrecht auf dem Schober, wagte nicht, hinunterzugehen, und wollte sich am liebsten im Heu verstecken, war aber zu langsam, um sich außer Sicht zu ducken. Er hörte seinen ältesten Bruder keuchend näher kommen:

»Was ist los?« und dann die Knechte und seinen Vater.

»Was hast du bloß angestellt?« hörte er seinen Vater fragen, der noch nicht um die Ecke des Schobers gekommen war. Und dann, leise und vergrämt:

»Oh, es ist aus mit ihm! Warum hab ich auch nur alles auf den Schober tun wollen!«

Ein, zwei Augenblicke herrschte Schweigen; dann sagte die knappe Stimme Henrys, des Ältesten:

»Er ist nicht tot – er kommt zu sich!«

Geoffrey hörte es, aber er war nicht froh darüber. Ihm

wäre es recht gewesen, wenn der Bruder zu Tode gestürzt wäre. Das wäre dann wenigstens endgültig: besser, als die Anklagen seines Bruders zu hören und seine Mutter ins Krankenzimmer gehen zu sehen. Wenn Maurice tot wäre, würde er nichts erklären, nichts, kein einziges Wort, und wenn sie wollten, könnten sie ihn aufhängen. Wenn Maurice nur verletzt wäre, würde jeder es erfahren, und Geoffrey könnte den Menschen nie wieder ins Gesicht sehen. Und was die Qual noch schlimmer machte: an allen vorüberzugehen, und jeder würde es wissen. Er wollte lieber etwas, gegen das er sich behaupten konnte, etwas Endgültiges, und wenn es auch das Wissen war, daß er seinen Bruder umgebracht hatte. Er *mußte* etwas Bestimmtes haben, gegen das er angehen konnte, oder er würde verrückt werden. Er war so verlassen, er, der Hilfe und Mitgefühl so ganz besonders nötig hatte.

»Ja, er kommt zu sich, ich sag's euch! Bestimmt!« rief der Knecht.

»Er ist nicht to-ot, er ist nicht to-ot!« klang der leidenschaftliche, fremde Singsang des ausländischen Mädchens. »Er ist nicht tot, o nein!«

»Er muß Brandy haben; seht doch mal, wie seine Lippen blau sind!« rief Henrys knappe, kalte Stimme. »Können Sie welchen besorgen?«

»Wie? Be-sor-gen?« Das Fräulein verstand ihn nicht.

»Brandy!« sagte Henry sehr deutlich.

»Bran-dy?« wiederholte sie.

»Geh du, Bill!« stöhnte der Vater.

»Ja, ich lauf schon!« rief Bill und rannte querfeldein.

Maurice war weder tot noch lag er im Sterben. So viel begriff Geoffrey jetzt. Er war nun doch froh, daß die schlimmste Strafe wegfiel. Aber der Gedanke, wie er nun weiterleben sollte, war ihm entsetzlich. Jetzt würde er sich ständig ducken müssen. So sehr, so sehr hatte er auf eine Zeit gehofft, wo er unbekümmert und dreist wie Maurice sein würde, wo er sich nicht ducken und zurückzucken mußte. Von jetzt an mußte er ewig der alte bleiben, sich in sich selbst verkriechen wie eine Schildkröte ohne Gehäuse.

»Oh! Er wird besser!« klang die wilde Stimme des Fräuleins, und sie begann zu weinen. Ein seltsamer Ton war es, der die Männer erregte und das Tier in ihnen weckte. Geoffrey schauderte, als er außer ihrem Schluchzen das ungeduldige Stöhnen seines Bruders vernahm, dem der Atem wiederkehrte.

Der Arbeiter kam zurück, und der Pfarrer folgte ihm. Nach dem Kognak mußte Maurice noch heftiger stöhnen und aufstoßen. Geoffrey lauschte gepeinigt. Er hörte, wie der Pfarrer Erklärungen verlangte. All die aufgeregten Stimmen antworteten durcheinander.

»Es war der andere!« rief das Fräulein. »Er stieß ihn um – ha!« Sie sprach schrill und gehässig.

»Das glaube ich nicht«, sagte der Vater gut vernehmbar, aber vertraulich zum Pfarrer, als verstünde das Fräulein sein Englisch nicht.

Der Pfarrer wandte sich in schlechtem Deutsch an die Erzieherin seiner Kinder. Sie erwiderte mit einem Wortschwall, und er wollte nicht zugeben, daß es sein Wissen überstieg. Maurice stöhnte und seufzte leise.

»Wo tut's dir weh, mein Junge, hm?« fragte der Vater mitleidig.

»Laß ihn lieber in Ruhe«, riet Henrys kühle Stimme. »Es hat ihm die Luft verschlagen, wenn's nichts Schlimmeres ist.«

»Sie sollten lieber nachsehen, ob er keine Knochen gebrochen hat«, meinte der Pfarrer besorgt.

»Ein Segen, daß er hier auf den Heuhaufen gefallen ist«, sagte der Knecht. »Wenn er auf das Stück Holz aufgeschlagen wär, hätt's aus sein können mit ihm.«

Goeffrey dachte, wann er wohl den Mut aufbringen und sich hinunterwagen würde. Ein wilder Drang überkam ihn, sich mit dem Kopf voran vom Schober zu stürzen: wenn er mit sich selbst Schluß machen könnte, wäre er gerettet.

Ganz rasend sehnte er sich danach, nicht länger leben zu müssen. Der Gedanke, so eingeschüchtert und in krankhafter Scheu durchs Leben zu gehen, immer allein und finster und elend, zwang ihn fast, laut herauszuschreien. Was würden sie alle denken, wenn sie erfuhren, daß er Maurice vom Heuschober heruntergestoßen hatte?

Unten sprachen sie mit Maurice. Der Bursche hatte sich schnell erholt und konnte schon schwache Antworten geben.

»Was hast du nur angestellt?« fragte der Vater behutsam. »Hast mit unserm Geoffrey herumgealbert? – Ach, wo ist er denn überhaupt?«

Geoffrey stand das Herz still.

»Ich weiß nicht«, sagte Maurice merkwürdig spöttisch.

»Seht doch mal nach«, bat der Vater, unendlich froh über den einen Sohn und jetzt voller Sorge wegen des andern. Geoffrey konnte den Gedanken nicht ertragen, daß sein ältester Bruder heraufklettern und ihn mit seiner schleppenden, neugierig hohen Stimme ausfragen würde. Störrisch setzte der Sünder den Fuß auf die Leiter. Mit seinen Nagelschuhen glitt er auf einer Sprosse aus.

»Paß doch auf!« rief der verängstigte Vater.

Geoffrey stand wie ein Verbrecher unten an der Leiter und blickte verstohlen auf die Gruppe. Maurice lag blaß und ein wenig zusammengekrümmt auf einem Heuhaufen. Das Fräulein kniete neben seinem Kopf. Der Pfarrer hatte dem Burschen das ganze Hemd aufgeknöpft und tastete nach zerbrochenen Rippen. Der Vater kniete auf der andern Seite, der Knecht und Henry standen daneben.

»Ich kann nichts finden, das gebrochen ist«, sagte der Pfarrer, und seine Stimme klang fast enttäuscht.

»Es ist auch nichts gebrochen«, flüsterte Maurice lächelnd.

Der Vater schreckte zusammen. »Was?« rief er. »Was?« und bückte sich über den Gestürzten.

»Ich sagte, ich hab mir nichts getan«, wiederholte Maurice.

»Was habt ihr bloß gemacht?« fragte Henry kühl und spöttisch.

Geoffrey wandte den Kopf ab; er hielt ihn immer noch gesenkt.

»Ich weiß von nichts«, murrte er finster.

»Was?« rief das Fräulein vorwurfsvoll. »Ich sehen – wirft ihn um!« Sie machte eine wilde Bewegung mit dem Ellbogen. Henry zwirbelte hämisch seinen langen Schnurrbart.

»Nein, Kindchen, nein«, lächelte der blasse Maurice. »Er war ganz weit weg, als ich ausglitt.«

»Oh! Ah!« rief das Fräulein und begriff nicht.

»Ja«, lächelte Maurice nachsichtig.

»Ich glaube, Sie täuschen sich«, sagte der Vater ziemlich mitleidig und lächelte das Mädchen an, als sei sie ›nicht ganz richtig‹.

»O nein!« rief sie. »Ich *sehen* ihn!«

»Nein, Kind«, lächelte Maurice gelassen.

Sie war eine Polin namens Paula Jablonowsky, jung, erst zwanzig Jahre alt, flink und behende wie eine Wildkatze, bei seltsam katzenhaftem Entblößen der Zähne. Ihr Haar war blond und springlebendig; es kräuselte sich schwungvoll in vielen Locken, die ihr ums Gesicht flatterten. Ihre schönen blauen Augen hatten seltsame Lider, und sie schien erst scharf und dann schläfrig wie eine Wildkatze dreinzublicken. Sie hatte etwas slawische Backenknochen und war sehr sommersprossig. Es war offensichtlich, daß der Pfarrer, ein blasser, ziemlich kalter Mensch, sie haßte.

Maurices Kopf lag bleich und lächelnd in ihrem Schoß, während sie sich weibchenhaft an ihn drängte. Man spürte unwillkürlich, daß sie zusammengehörten. Sie war bereit, jetzt, da ihm etwas zugestoßen war, jeden Augenblick voller Wildheit für ihn zu kämpfen. Die Blicke, die sie Geoffrey zuwarf, waren zornerfüllt. Sie neigte sich über Maurice und gab ihm in ihrem fremdländisch klingenden Englisch Koseworte.

»Sag mir, was du möchtest«, lachte sie und räumte ihm alles Recht ein.

»Wollen Sie nicht lieber nachsehen, was aus Margery geworden ist?« fragte der Pfarrer mißbilligend.

»Sie ist bei ihrer Mutter. Ich hörte sie. Ich gehe – bald«, lächelte das Mädchen kühl.

»Glaubst du, du könntest stehen?« fragte, noch immer angstvoll, der Vater.

»Ja, bald«, lächelte Maurice.

»Du aufstehen?« fragte das Mädchen schmeichelnd und neigte sich über ihn, bis ihr Gesicht fast das seine berührte.

»Es eilt mir nicht«, erwiderte er und lachte sie strahlend an.

Durch diesen Unfall war auf einmal eine ganz merkwürdige Ruhe und Autorität über ihn gekommen. Er war sehr, sehr froh. Neue Macht war ihm ganz plötzlich zugeflossen.

»Es eilt nicht«, wiederholte sie und wußte genau, was er meinte. Sie lächelte zärtlich: sie war seine Dienerin.

»In einem Monat verläßt sie uns; Mrs. Inwood kann sie nicht länger ertragen«, entschuldigte sich der Pfarrer leise beim Vater.

»Oh, ist sie ...«

»Wie eine Wilde, ungehorsam und frech.«

»So, so.«

Es klang unbeteiligt.

»Von ausländischen Erzieherinnen habe ich genug!«

Maurice bewegte sich und sah zu dem Mädchen auf.

»Du aufstehen?« fragte sie strahlend. »Du gesund?«

Er lachte wieder und zeigte seine hübschen Zähne. Sie hob seinen Kopf, stand, mit der Hand noch immer den Kopf haltend, auf, griff ihm unter die Achseln und hatte ihn auf den Füßen, ehe jemand half. Er war viel größer als sie. Er klammerte sich schwer an ihre kräftigen Schultern, lehnte sich gegen sie, spürte, wie sich ihre runden, festen Brüste an ihn drängten, und lächelte, tief Atem schöpfend.

»Siehst du, es geht mir wieder gut. Ich hatte bloß keine Luft mehr.«

»Du wieder gut?« rief sie in großer Freude.

»Ja.«

Dann lief er ein paar Schritte.

»Mir fehlt nichts, Vater!« lachte er.

»Ganz gut, du?« rief sie flehend. Er lachte laut heraus, sah auf sie herab und berührte ihre Wange mit den Fingern.

»Ja, gut.«

»Gut!« wiederholte sie strahlend.

»In drei Wochen verläßt sie uns«, versicherte der Pfarrer dem Vater.

2

Während sie sprachen, hörten sie in der Ferne die Sirene einer Kohlenzeche.

»Da geht die Sirene schon«, sagte Henry kalt, »die Ecke können wir heute nicht mehr schaffen!«

Der Vater sah sich besorgt um.

»Hör, Maurice, bist du sicher, daß es dir bessergeht?« fragte er.

»Ja, bestimmt. Hab ich dir doch schon gesagt.«

»Dann setz dich dorthin, und nach einem Weilchen kannst du das Essen auspacken. Henry, du gehst auf den Schober! Wo ist Jim? Oh, der sieht nach den Pferden. Bill und du, Geoffrey, ihr reicht, und Jim kann aufladen.«

Maurice setzte sich unter die Bergulme, um sich zu erholen. Das Fräulein war davongesprungen. Er war entschlossen, sie zu fragen, ob sie ihn heiraten wolle. Er besaß selber fünfzig Pfund, und seine Mutter würde ihm helfen. Lange Zeit saß er grübelnd da und überlegte, was er tun würde. Dann holte er aus dem Einspänner einen großen, mit einem Tuch bedeckten Korb und breitete alles fürs Mittagessen aus. Eine riesige Kaninchenpastete war da, eine Schüssel mit kalten Kartoffeln, viel Brot, ein großes Stück Käse und ein mächtiger Reispudding.

Die beiden Wiesen lagen vier Meilen von ihrem Gehöft entfernt. Doch waren sie schon seit mehreren Generationen in der Familie Wookey; deshalb behielt der Vater sie auch weiterhin, und immer freuten sich alle auf das Heuen in Greasley: es war wie ein Picknick. Das Essen und den Tee brachten sie im Einspänner, mit dem der Vater am Morgen hinfuhr. Die Söhne und die Knechte kamen mit dem Fahrrad. Gelegentlich dauerte die Heumahd vierzehn Tage. Da die Landstraße von Alfreton nach Nottingham unten am Fuße der Felder vorbeilief, schlief gewöhnlich jemand im Schuppen, um auf die Geräte aufzupassen. Die Söhne wechselten sich darin ab. Sie machten es nicht besonders gern; deshalb hatten sie gehofft, die Ernte heute einzubringen. Aber seit Maurices Unfall ging die Arbeit nur langsam und nicht mehr so glatt vonstatten.

Als die Fuhre abgeladen war, fanden sich alle um das weiße Tischtuch ein, das unter einem Baum zwischen Hecke und Schober ausgebreitet war, und setzten sich auf den Boden und aßen. Mrs. Wookey schickte stets ein reines Tischtuch und Messer und Gabeln und Teller für alle mit. Mr. Wookey war immer sehr stolz über diese Mahlzeit: alles war so ordentlich!

»Da seht mal!« sagte er und setzte sich gutgelaunt nieder. »Sieht das denn nicht nett aus, wie?«

Sie saßen alle rund um das weiße Tischtuch im Schatten des Baumes und blickten, während sie aßen, über die Wiese. Von ihrem kühlen Schattenplatz aus schien die goldene Grasschwarte flüssig und vor Hitze geschmolzen. Das Pferd mit dem leeren Wagen strolchte ein paar Meter weiter und blieb dann stehen und graste. Alles war still und wie verzaubert. Hin und wieder klingelte das andere Pferd, das zwischen den Deichselstangen der vollen, gegen den Schober gelehnten Fuhre stand, beim Fressen mit der losen Trense. Die Männer aßen und tranken schweigend, der Vater las die Zeitung. Maurice lag gegen einen Sattel gestützt, Henry blätterte im *Nation*, und die andern kauten emsig.

Plötzlich rief Bill: »Hallo, da ist sie wieder!« Alle sahen auf. Paula kam über die Wiese und trug einen Teller.

»Sie bringt etwas, um dir den Mund wäßrig zu machen, Maurice«, spöttelte der Älteste. Maurice hatte sich schon halbwegs durch ein großes Stück Kaninchenpastete gegessen.

»Ja, wahrhaftig«, lachte der Vater. »Stell deinen Teller weg, Maurice, du darfst sie nicht enttäuschen!«

Maurice sah sich beschämt um und wußte nicht, wohin mit dem Teller.

»Gib ihn her«, sagte Bill, »ich putz ihn leer!«

»Bringen Sie etwas für den Invaliden?« lachte der Vater das Fräulein an. »Es geht ihm viel besser.«

»Ich bring ihm etwas Huhn, ihm!« Sie nickte mit dem Kopf kindlich zu Maurice hinüber. Er wurde rot und lächelte.

»Sie wollen ihn hoffentlich nicht mästen!« sagte Bill.

Jeder lachte laut. Das Mädchen hatte es nicht verstanden und lachte auch. Maurice aß das Mitgebrachte mit ziemlich einfältiger Miene.

Dem Vater tat der Sohn in seiner Scheu leid.

»Kommen Sie her und setzen Sie sich neben mich, ja, Fräulein?« sagte er. »Werden Sie so genannt?«

»Ich setzen neben Sie, Vater«, sagte sie unschuldig.

Henry warf den Kopf zurück und lachte lautlos, lange.

Sie setzte sich neben den großen, stattlichen Mann.

»Mein Name ist Paula Jablonowsky«, sagte sie.

»Wie?« fragte der Vater, und die andern Männer brachen in schallendes Gelächter aus.

»Sagen Sie's noch einmal! Wie heißen Sie?«

»Paula.«

»Paula? Oh, das ist ein komischer Name, was? Und sein Name – « er deutete mit dem Kopf auf seinen Sohn.

»Ich weiß: Maurice!« Sie sprach es reizend aus und lachte dem Vater in die Augen. Maurice wurde bis an die Haarwurzeln rot.

Sie fragten sie über ihr Leben aus und fanden heraus, daß sie von Hannover stammte, daß ihr Vater ein Geschäft habe und daß sie von zu Hause fortgelaufen sei, weil sie ihren Vater nicht leiden mochte. Sie war nach Paris gegangen.

»Oh«, sagte der Vater da und wurde unsicher.

»Und was haben Sie dort getan?«

»In eine Schule – für junge Damen.«

»Hat es Ihnen gefallen?«

»O nein, kein Le-ben, kein Le-ben!«

»Wie?«

»Wenn wir ausgehen, zwei und zwei, alle zusammen, sonst nicht. Kein Leben! Ah, kein Leben!«

»Na, das ist ein Witz!« rief der Vater. »Kein Leben in Paris! Und haben Sie in England mehr Leben gefunden?«

»Nein, ach nein. Ich lieben es nicht!« Sie schnitt eine Grimasse zum Pfarrhaus hinüber.

»Wie lange sind Sie schon in England?«

»Weihnachten – ungefähr.«

»Und was haben Sie vor?«

»Ich will gehen nach London, nach Paris. Ach, Paris! Oder heiraten!« Sie lachte den Vater an.

Der Vater lachte herzlich.

»Heiraten, so! Und wen?«

»Ich weiß nicht. Ich gehe weg.«

»Hier auf dem Lande ist's Ihnen wohl zu still?« fragte der Vater.

»Zu still, hm«, nickte sie zustimmend.

»Sie möchten wohl nicht Käse und Butter machen?«

»Butter machen, oh!« Sie wandte sich ihm mit einer vergnügten, strahlenden Geste zu. »Ich machen es gern.«

»Oho«, lachte der Vater. »Das möchten Sie also!«

Sie nickte heftig, mit leuchtenden Augen.

»Sie macht alles gern, solang es Abwechslung gibt«, sagte Henry kritisch.

»Ich glaub's«, gab der Vater zu.

Es kam ihm nicht in den Sinn, daß sie verstand, was sie sagten. Sie betrachtete sie genau und überlegte dann mit gesenktem Kopf.

»Hallo!« rief Henry, der Aufmerksame. Ein Landstreicher kam durch die Lücke auf sie zugeschlichen. Es war ein sehr heruntergekommener, ausgehungerter Bursche, mit einem Anstrich von Rennbahn-Bravado. Mager und dünn und frettchenartig, mit rotem, eine Woche altem Bart, der ihm auf dem spitzen Kinn sproß, schlich er näher.

»Hab'n Sie 'n bißchen Arbeit?« fragte er.

»'n bißchen Arbeit?« wiederholte der Vater. »Sehn Sie denn nicht, daß wir beinah fertig sind?«

»Tja, aber ich hab gesehen, daß Sie einen Mann zuwenig haben, und da dacht ich, vielleicht gönnen Sie mir 'n halben Tag.«

»Was, taugen Sie viel beim Heuen?« fragte Henry höhnisch.

Der Mann lehnte sich lässig gegen den Schober. Alle andern saßen auf dem Boden. Er war ihnen überlegen.

»Ich kann's mit jedem von Ihnen aufnehmen«, prahlte er.

»So siehst du aus«, lachte Bill.

»Und was haben Sie gelernt?« fragte der Vater.

»Ich bin eigentlich Jockey. Aber ich hab für meinen Boss was Verbotenes tun müssen, und dann saß ich da. *Er* hat den Nutzen gehabt, und ich flog. *Er* hat's verlangt von mir, und dann schaut er mich an, als hätt er mich noch nie gesehen.«

»Nein, wirklich?« rief der Vater mitfühlend.

»Ja, das hat er getan«, bestätigte der Mann.

»Aber wir haben nichts für Sie«, sagte Henry kalt.

»Was sagt der Boss?« fragte der Mann dreist.

»Nein, wir haben keine Arbeit für Sie«, sagte auch der Vater. »Sie können ein bißchen zu essen haben, wenn Sie wollen.«

»Ich wäre froh darüber«, sagte der Mann.

Er bekam ein Stück Kaninchenpastete, die übriggeblieben war. Er verschlang sie gierig. Es war etwas Heruntergekommenes, Schmarotzerhaftes an ihm, das Henry abstieß. Die andern betrachteten ihn als Unikum.

»Das war gut und schmackhaft«, sagte der Landstreicher voller Behagen.

»Möchten Sie ein Stück Brot und Käse?« fragte der Vater.

»Das wär gut zum Auffüllen«, lautete die Antwort.

Der Mann aß nun langsamer. Seine Gegenwart machte sie verlegen, und sie konnten nicht sprechen. Alle zündeten sich ihre Pfeifen an, als das Mahl beendet war.

»Sie brauchen also keine Hilfe«, sagte der Landstreicher schließlich.

»Nein, wir werden allein fertig mit dem bißchen, das noch zu tun ist.«

»Sie haben nicht zufällig ein Krümchen Tabak übrig?«

Der Vater gab ihm reichlich.

»Sie haben's gut hier«, sagte er und sah sich um. Diese Vertraulichkeit paßte ihnen nicht. Aber er stopfte sich seine Tonpfeife und rauchte wie die andern auch.

Als sie schweigend dasaßen, kam eine andere Gestalt durch eine Lücke in der Hecke und näherte sich lautlos. Es war eine Frau. Sie war ziemlich klein und sehr zierlich gebaut. Ihr Gesicht war schmal und sehr frisch und hübsch, abgesehen von dem verbitterten, abweisenden Ausdruck. Das Haar hatte sie straff unter einen Matrosenhut gestopft. Sie machte einen sauberen, ordentlichen und aufrichtigen Eindruck.

»Hast du Arbeit bekommen?« fragte sie ihren Mann. Die anderen übersah sie. Er duckte sich feige.

»Nein, sie haben keine Arbeit für mich. Sie haben mir bloß zu essen gegeben.«

Er war ein gemeiner Kriecher von einem Mann.

»Und soll ich den ganzen Tag draußen auf der Landstraße auf dich warten?«

»Du brauchst nicht, wenn du nicht willst. Du kannst weitergehen.«

»Kommst du jetzt?« fragte sie verächtlich. Er kam schwerfällig auf die Füße.

»Du brauchst dich nicht so furchtbar zu beeilen. Wenn du ein bißchen warten würdest, bekämst du vielleicht was.«

Da erst sah sie die Männer an. Sie war ganz jung und wäre hübsch gewesen, hätte sie nicht so hart und gefühllos dreingeschaut.

»Haben Sie etwas zu essen gehabt?« fragte der Vater.

»Kommst du jetzt!« sagte sie zu ihrem Mann.

»Er hat tüchtig geschmaust. Essen Sie auch ein bißchen!« redete der Vater ihr zu.

»Was hast du gegessen?« funkelte sie den Mann an.

»Er hat alles gegessen, was von der Kaninchenpastete übrig war«, sagte Geoffrey spöttisch und aufgebracht, »und noch einen großen Kanten Brot mit Käse.«

»Es wurde mir ja angeboten«, sagte der Mann.

Die junge Frau blickte Geoffrey an und er sie. Zwischen den beiden bestand eine Zusammengehörigkeit. Beide lagen mit der Welt in Streit. Geoffrey lächelte spöttisch. Sie war zu ernst, zu tief empört, um lächeln zu können.

»Hier ist doch noch Kuchen, davon können Sie haben«, rief Maurice heiter.

Sie warf ihm einen verächtlichen Blick zu.

Wieder schaute sie Geoffrey an. Er schien sie zu verstehen. Sie drehte sich um und ging schweigend weg. Der Mann blieb und zog trotzig an der Pfeife. Alle sahen ihn feindselig an.

»Wir wollen wieder an die Arbeit«, sagte Henry, erhob sich und zog die Jacke aus. Paula stand auch auf. Die Anwesenheit des Landstreichers hatte sie etwas verwirrt.

»Ich gehe«, sagte sie und lächelte strahlend. Maurice stand auf und folgte ihr linkisch.

»Ein sauberer Schlitten, he?« sagte der Landstreicher und nickte dem Fräulein nach. Die Männer verstanden ihn nur halb, aber sie haßten ihn.

»Sie gehen wohl auch besser!« sagte Henry.

Der Mann erhob sich gehorsam. Er war nichts als kriecherische, schmarotzende Unverschämtheit. Geoffrey konnte ihn nicht ausstehen und hätte ihn am liebsten verprügelt. Er war der schlimmste Feind der Überempfindlichen: Unverschämtheit ohne Feingefühl, und das Feingefühl anderer ausbeutend.

»Geben Sie mir nicht was für sie? Sie hat den ganzen Tag noch nichts gegessen, soviel ich weiß. Vielleicht ißt sie's, wenn ich's ihr gebe – obwohl sie mehr bekommt, als ich je erfahre« – hierbei blinzelte er gemein vor lauter eifersüchtiger Bosheit. »Und dann will sie mich kurzhalten«, höhnte er, nahm Brot und Käse und stopfte alles in die Tasche.

3

Geoffrey arbeitete den ganzen Nachmittag mürrisch weiter, und Maurice rechte mit dem Pferd. Es war entsetzlich heiß. So rückten die Stunden vor; die Luft wurde schwerer, und die Sonne verschwamm. Geoffrey rechte mit Bill die Schwaden zusammen und half, die Wagen zu beladen. Er schmollte und war doch sehr erleichtert: Maurice würde nichts verraten. Seit dem Streit hatte keiner der beiden Brüder zum andern gesprochen. Doch ihr Schweigen war durchaus freundschaftlich, fast zärtlich. Beide waren sie sehr bewegt gewesen, so sehr, daß der sonst zwischen ihnen übliche Ton noch nicht möglich war. Aber im geheimen empfanden sie beide eine große Achtung für einander. Maurice war merkwürdig glücklich: alles kleidete er in sein Liebesgefühl. Geoffrey jedoch betrachtete den überwiegenden Teil der Welt noch mit finsterer Feindseligkeit. Er fühlte sich allein. Von dem freien, ungezwungenen Umgang der andern war er deutlich ausgeschlossen. Und er war ein Mensch, der es nicht ertragen konnte, allein gelassen zu werden; er fürchtete sich zu sehr vor der großen, verwirrenden Fülle des Lebens um ihn her, in der er hilflos war. Geoffrey fehlte es allen gegenüber an Selbstvertrauen.

Die Arbeit rückte langsam weiter. Es war unerträglich heiß, und jeder war erschöpft.

»Wir haben noch einen Tag damit zu tun«, sagte der Vater, als sie unter dem Baum saßen und Tee tranken.

»Einen guten Tag«, sagte Henry.

»Dann muß wieder jemand hierbleiben«, sagte Geoffrey. »Am besten ich.«

»Nein, du, ich bleibe schon«, sagte Maurice und senkte verlegen den Kopf.

»Du willst wieder über Nacht bleiben?« rief der Vater aus. »Geh du nur lieber heim!«

»Nein, ich bleibe«, widersetzte sich Maurice.

»Er will zu seinem Schatz«, belehrte sie Henry.

Der Vater dachte besorgt nach.

»Ich weiß nicht«, grübelte er, sichtlich beunruhigt.

Aber Maurice blieb. Gegen acht Uhr, nach Sonnenuntergang, stiegen die Männer auf ihre Fahrräder, und der Vater spannte das Pferd vor den Einspänner, und alle fuhren weg. Maurice stand in der Heckenöffnung und sah ihnen nach: der Einspänner rasselte schaukelnd über die Grasstoppeln bergab, und vorneweg versanken die Radfahrer flink wie Schatten. Alle fuhren durch das Gatter; auf der Landstraße unter den Linden klapperten schnelle Hufe, und weg waren sie. Der junge Mann war sehr erregt und fast ängstlich, als er nun allein war.

Aus dem Tal stieg die Dunkelheit herauf. Schon krochen die Karrenlampen unsicher den steilen Hügelhang hinan, und die Fenster in den Hütten flammten auf. Alles erschien Maurice fremd, als habe er es nie vorher gesehen. Unten in der Hecke verströmte eine Linde einen Duft, der fast wie eine Stimme zu ihm sprach. Es erschreckte ihn. Er sog einen Atemzug des allzu süßen Geruchs ein, stand dann still und lauschte erwartungsvoll.

Oben auf dem Hügel wieherte ein Pferd. Es war die junge Stute. Die schweren Pferde stürmten dröhnend zur jenseitigen Hecke hinüber.

Maurice wußte nicht, was er tun sollte. Unruhig wanderte er um die verlassenen Heuschober. Die Hitze kam in

Strömungen, in dicken Strängen. Es dauerte lange, bis der Abend abkühlte. Er dachte, er könne sich waschen gehen. Unten im Heckengrund war ein Tümpel mit klarem Wasser. Er wurde von einer winzigen Quelle gespeist, die über den Rand des Wasserlochs und durch den saftigen Heckengrund der tiefer gelegenen Wiese sickerte. Rings um den Tümpel war der Boden sumpfig, und Mädesüß stand dort gleich Nebelschwaden und duftete fast widerlich süß im Dämmerlicht. Die Nacht wollte nicht dunkler werden; denn der Mond hing irgendwo am Himmel, der, als die lohgelbe Farbe sich aus den Lüften verlor, von dem matten Mondlicht bleich erhellt blieb. Die lila Glockenblumen in der Hecke wurden schwarz, das Rosa der Kuckucksblume zu einem faden Weiß, das Mädesüß saugte alles Licht auf, als phosphoresziere es, und zerriß die Luft mit seinem Geruch.

Maurice kniete auf dem Trittstein nieder und badete sich Hände und Arme und dann das Gesicht. Das Wasser war köstlich kühl. Es blieb ihm noch eine volle Stunde, bis Paula kommen würde, vor neun Uhr war sie nicht da. Deshalb beschloß er, sein Bad jetzt, am Abend, zu nehmen, anstatt bis zum Morgen zu warten. War er nicht schweißverklebt, und wollte Paula nicht kommen und mit ihm plaudern? Er war begeistert, daß ihm dieser Einfall gekommen war. Als er mit dem Kopf ins Wasser stieß, dachte er, was die kleinen Geschöpfe, die im samtigen Schlamm auf dem Grunde lebten, wohl zu dem Seifengeschmack sagen würden. Vor sich hinlachend, tauchte er sein Zeug ins Wasser. Er wusch sich von Kopf zu Fuß und stand dort in der kühlen, einsamen Wiesenecke, wo ihn selbst bei Tage niemand hätte sehen können. Und jetzt, im schleiergrauen Licht des Mondes, hob er sich ebensowenig ab wie die sich drängenden Blüten. Die Nacht zeigte ein neues Gesicht: er konnte sich nicht erinnern, schon früher solchen leuchtend grauen Glanz gesehen zu haben, noch war es ihm aufgefallen, wie munter die Lichter waren: wie ein lebendiges Völkchen, das den silbernen Raum bewohnte. Und es hätte ihn nicht überrascht, wenn die hohen Bäume, die dunkel in Mäntel gehüllt standen, sich unterhalten und bewegt hätten. Während er sich abtrocknete, entdeckte er kleine Wanderwege der Luft, spürte auf seinem Leibe ein leises Berühren und Streicheln, das seltsam köstlich war: manchmal erschreckte es ihn, und er lachte, als wäre er nicht allein. Die Blumen, vor allem das Mädesüß, behexten ihn. Er beugte sich vor, um die Hand auf ihr weißes Vlies zu legen. Sie berührten seine Hüften. Lachend pflückte er sie und puderte sich über und über mit ihrem sahnegelben Staub und Duft ein. Einen Augenblick hielt er inne, über sich selbst verwundert: aber das verstohlene Glimmen in der weißlichen, schwarzen Nacht beruhigte ihn. Nie hatten die Dinge so persönlich und voller Schönheit ausgesehen, nie vorher hatte er um das Wunder in sich selbst gewußt.

Um neun Uhr wartete er unter dem Holunderbusch, in einem Zustand großer Erregung, doch mit dem Gefühl, daß er würdig sei, da er das Wunder, das er selbst war, gespürt hatte.

Sie machte lange. Um Viertel nach neun kam sie, eifrig einherstürmend, wie es ihre Art war.

»Nein, es wollte und wollte nicht einschlafen«, sagte Paula, und eine Welt von Empörung lag in ihrem Ton. Er lachte scheu. Sie wanderten auf den blassen Wiesenhügel hinaus.

»Ich habe gesessen – in dem Schlafzimmer – eine Stunde – stundenlang!« rief sie entrüstet. Sie holte tief Atem. »Oh, atme!« lächelte sie.

Sie war sehr erregt und voller Unternehmungslust. »Ich will ...«, sie war so unbeholfen beim Sprechen, »ich will – ich möchte – laufen – dort!« Sie deutete über die Wiese.

»Dann los! Laufen wir!« sagte er neugierig.

»Ja!«

Und im Nu war sie weg. Er raste hinter ihr her. Obwohl er so jung und gewandt war, hatte er Mühe, sie zu fangen. Zuerst konnte er sie kaum sehen, aber er hörte ihr Kleid rascheln. Sie flog mit erstaunlicher Schnelligkeit dahin. Er holte sie ein und packte sie am Arm, und keuchend standen sie da und blickten sich lachend ins Gesicht.

»Ich kann siegen«, behauptete sie vergnügt.

»Kannst du nicht«, erwiderte er und lachte seltsam erregt. Sie wanderten weiter, ziemlich außer Atem. Vor ihnen tauchten plötzlich die drei dunklen Umrisse der weidenden Pferde auf.

»Wir reiten ein Pferd?« sagte sie.

»Was, ohne Sattel?« fragte er.

»Du sagst?« Sie hatte ihn nicht verstanden.

»Kein Sattel?«

»Kein Sattel – ja – kein Sattel!«

»Komm, Schönchen«, sagte er zu der Stute und hatte sie im Nu am Stirnhaar gepackt und zum Heuschober geführt, wo er ihr ein Halfter anlegte. Es war eine große, starke Stute. Maurice hob Paula aufs Pferd und kletterte selbst vor das Mädchen, wobei er das Wagenrad als Trittstein benutzte, und zusammen trabten sie den Berg hinan, während sie ihn leicht umfaßte. Von der Kuppe des Hügels schauten sie ins Weite.

Der Himmel bezog sich mit einer Wolkendecke. Linkerhand stieg ein schwarzes Gehölz hügelan, und traulich schimmerten davor ein paar Lichter aus den Hütten längs der Straße. Zur Rechten erstreckte sich der Hügel bis zu Baumgruppen, die ihn einsäumten. Doch vor ihnen dehnte sich ein weites Nachtstück: ein Gesprenkel von Kerzen aus vereinzelten Häuschen, vor den Kohlenzechen blinkende Lichtertrauben, wie ein Elfenfest in vollem Gange, aus einem Dorf Licht wie ein Lagerfeuer, fern am Himmel über einer Eisengießerei ein rotes Auflodern und in der äußersten Ferne der matte Atem der Stadtlichter. Während sie in die sich weithin dehnende Nacht schauten, schlangen sich ihre Arme enger um ihn, und er drückte seine Ellbogen an, um ihre Arme immer noch fester an sich zu pressen. Das Pferd scharrte ungeduldig. Sie klammerten sich aneinander.

»Du willst doch nicht gleich wieder weg?« fragte er das Mädchen hinter sich.

»Ich bleibe bei dir«, antwortete sie weich, und er spürte, wie sie sich dichter an ihn schmiegte. Er lachte seltsam. Er hatte Angst, sie zu küssen, obwohl es ihn drängte. Sie saßen still auf dem unruhigen Pferd und beobachteten die kleinen Lichter, die weit in die Nacht hinaus wiesen, in unendliche Fernen.

»Ich möchte nicht gehen«, sagte er in halb bittendem Ton.

Sie antwortete nicht. Die Stute wurde unruhig. »Laß sie laufen!« schrie Paula. »Schnell!«

Sie durchbrach die Verzauberung und jagte ihn in gelinde Raserei hinein. Er trieb die Hacken in die Stute und schlug sie, und sie raste bergab. Das Mädchen hielt den jungen Mann fest umschlungen. Ohne Sattel ritten sie den holprigen, steilen Hügel hinab. Maurice mußte sich mit Händen und Knien festklammern. Paula hielt sich an seiner Taille, lehnte den Kopf an seine Schultern und bebte vor Entzücken.

»Wir fallen, wir fallen!« schrie er und lachte aufgeregt; aber sie duckte sich nur und preßte sich dicht an ihn. Die Stute preschte über das Feld. Maurice erwartete jeden Augenblick, aufs Gras geschleudert zu werden. Er krallte sich mit aller Kraft seiner Knie um das Pferd. Paula kauerte hinter ihm und zerrte ihn oft aus dem Gleichgewicht. Bursche und Mädchen waren vor Anstrengung verkrampft.

Endlich kam die Stute zum Stehen und schnaubte atemlos. Paula glitt herunter, und im Nu war Maurice neben ihr. Beide waren wild erregt. Ehe er wußte, was er tat, hatte er sie fest in den Armen und küßte sie und lachte. Eine Zeitlang rührten sie sich nicht. Dann wanderten sie schweigend auf die Heuschober zu.

Es war ganz dunkel geworden, und die Nacht war wolkenverhängt. Er ging, den Arm um Paulas Hüften, und auch sie hatte ihren Arm um ihn gelegt. Sie waren nicht mehr weit von den Schobern, als Maurice einen Regentropfen spürte.

»Es fängt an zu regnen«, sagte er.

»Regnen«, wiederholte sie, als ob es nebensächlich sei.

»Ich muß die Plane drüberziehen«, sagte er ernst. Sie verstand ihn nicht.

Als sie bei den Schobern standen, ging Maurice zum Schuppen und kehrte, in der Dunkelheit unter der Last der riesigen, schweren Plane torkelnd, zurück. Während der ganzen Mahd war sie nicht ein einziges Mal benutzt worden.

»Was willst du?« fragte Paula und trat im Dunkeln dicht heran.

»Den Heuschober damit zudecken«, erwiderte er. »Es über den Schober ziehen, um den Regen abzuhalten.«

»Ah«, rief sie, »dort hinauf?« Er ließ die Last fallen.

»Ja«, antwortete er.

Er tappte im Dunkeln herum, richtete die lange Leiter auf und legte sie an die Seite des Schobers. Die Spitze konnte er nicht erkennen.

»Hoffentlich steht sie fest«, sagte er leise.

Ein paar scharfe Tropfen klatschten laut auf die Plane. Sie schienen wie ein drittes Wesen. Es war wirklich sehr finster zwischen den großen Heu-Ungetümen. Sie sah an der schwarzen Wand hinauf und wich zurück – zu ihm.

»Du trägst es dort hinauf?« fragte sie.

»Ja«, antwortete er.

»Ich helfe dir«, sagte sie.

Und sie tat es. Sie falteten die Plane auseinander. Er kletterte als erster die steile Leiter hinauf und trug das obere Stück der Plane, und sie folgte dicht hinter ihm und hatte reichlich zu schleppen an ihrem Anteil. Stumm und stockend klommen sie die wacklige Leiter hinauf.

4

Noch während sie auf die Schober kletterten, hielt unten am Gatter bei der Landstraße ein Licht. Es war Geoffrey, der gekommen war, um seinem Bruder bei der Plane zu helfen. Er fürchtete, aufdringlich zu sein, und schob sein Rad bis zum Schuppen leise neben sich her. Es war ein Schutzdach aus Wellblech, das auf der unteren Seite der Hecke lag, nicht bei den Schobern. Geoffrey ließ die Fahrradlampe vor sich herspielen, doch von den beiden Liebenden war keine Spur zu sehen. Es schien ihm, als glitte ein Schatten davon. Das Licht der Lampe schnitt gelb durch die Finsternis, erhaschte ein Glitzern von Regentropfen, ein verschleiertes Dunkel, Blätterschatten und Streifen hohen Grases. Geoffrey trat unter das Dach – es war niemand da. Langsam und verbissen ging er zu den Schobern hinüber. Am Wagen war er schon vorbei, als er hörte, wie etwas auf ihn herniederfuhr. Er sprang dicht an die Heumauer und sah, wie die lange Leiter über die Seite des Schobers rutschte und mit derbem Krach aufschlug.

»Was war das?« hörte er Maurice oben besorgt fragen.

»Etwas gefallen«, kam die merkwürdige, fast fröhliche Stimme des Fräuleins.

»Es wird doch nicht die Leiter gewesen sein?« sagte Maurice. Er spähte über den Rand des Heuschobers. Lang ausgestreckt lag er da und schaute.

»Wahrhaftig, die Leiter!« rief er. »Wir haben sie mit der Plane umgeworfen, als wir daran gezerrt haben.«

»Wir sitzen fest – hier oben?« rief sie hingerissen.

»Stimmt – falls ich nicht rufe, damit sie's im Pfarrhaus hören.«

»O nein«, sagte sie hastig.

»Ich will's auch nicht«, erwiderte er und lachte kurz auf. Die Tropfen prasselten schneller auf die Plane. Geoffrey duckte sich unter die Heumauer des andern Schobers.

»Paß auf, wo du hintrittst! Hier! Laß mich dies Ende geradeziehen«, sagte Maurice in eigenartig vertraulichem Ton, der gleichzeitig Befehl und Umarmung war. »Hier müssen wir unterschlüpfen. Jedenfalls werden wir nicht naß.«

»Nicht naß!« wiederholte das Mädchen, und es klang froh, aber aufgeregt.

Geoffrey hörte, wie die Plane oben über das Heu glitt und rauschte und wie Maurice »Vorsicht!« sagte.

»Vorsicht!« wiederholte sie. »Vorsicht! Du sagst Vorsicht?«

»Na, warum nicht?« lachte er. »Ich möchte nicht, daß du über den Rand fällst, nicht wahr?« Seine Stimme klang herrisch, doch er war seiner nicht so ganz sicher.

Ein paar Augenblicke war es still.

»Maurice?« bat sie flehend.

»Ich bin hier«, antwortete er zärtlich, und seine Stimme zitterte vor Erregung, ja fast vor Bedrängnis. »So, jetzt bin ich fertig. Jetzt können wir – wir wollen uns unter diesen Zipfel hier setzen!«

»Maurice?« Es klang recht jämmerlich.

»Was denn? Du hast's gut hier«, mahnte er zärtlich unwillig.

»Ich hab's gut?« wiederholte sie. »Ich hab's gut. Maurice?«

»Das weißt du doch, hm – ich kann dich nicht Pa–ula nennen. Soll ich Minnie zu dir sagen?«

Es war der Name einer verstorbenen Schwester.

»Minnie?« rief sie überrascht.

»Ja, soll ich?«

Sie antwortete etwas in ihrem gaumigen Deutsch. Er lachte unsicher.

»Komm her, hier hinunter! Oder möchtest du lieber, du wärst wieder im Pfarrhaus? Soll ich jemand rufen?« fragte er.

»Nicht lieber, nein!« Es klang leidenschaftlich.

»Bist du sicher?« fragte er eindringlich, fast böse.

»Sicher, ganz sicher.« Sie lachte.

Bei ihren letzten Worten wandte Geoffrey sich ab. Der

Regen schlug schwer hernieder. Der einsame Bruder torkelte unglücklich zum Schuppen, wo der Regen ein tolles Getrommel vollführte. Er war sehr unglücklich und auf Maurice eifersüchtig.

Seine nach unten gerichtete Fahrradlampe warf einen gelben Schein auf den nackten Boden des Schuppens, dessen eine Seite offen war. Sie erhellte die festgestampfte Erde und die Stiele der Geräte, die vor der trübseligen grauen Blechwand unter dem Balken zusammengestellt waren. Er nahm die Lampe ab und leuchtete damit in dem Schuppen umher. Pferdegeschirr und Geräte lagen aufgestapelt, eine große Zuckerkiste war da, ein tiefes Heulager, und dann der Balken vor dem Wellblech. Alles war traurig und kahl. Er leuchtete mit der Lampe in die Nacht hinaus: nichts als das flüchtige Glitzern der Regentropfen vor dem dunklen Schleier – und schwarze, ringsum aufragende Formen.

Geoffrey blies das Licht aus und warf sich aufs Heu. Nach einem Weilchen würde er die Leiter wieder hinstellen, wenn sie sie wieder brauchten. Inzwischen saß er da und brütete über Maurices Glück. Er hatte Phantasie, und jetzt hatte er etwas Greifbares, das seine Gedanken umherwälzen konnten. Nichts im Leben bewegte ihn so tief und so gänzlich wie der Gedanke an diese Frau. Denn Paula war fremd, ausländisch, verschieden von den gewöhnlichen Mädchen: alles Aufregend-Weibliche schien in ihr vereint, strahlender, bezaubernder als in jeder andern Frau, die er kannte, so daß ihm wie der Motte vor der Kerze war. Er hätte sie wild geliebt – doch Maurice hatte sie bekommen. Seine Gedanken bewegten sich in der gleichen Richtung und endlos im Kreis herum. Wie war es wohl, wenn man sie küßte? Wenn sie einen fest umarmte? Was empfand sie für Maurice? Ob sie ihn gern berührte? Erschien er ihr schön und anziehend? Was hielt sie von ihm selber? – sie sah ihn einfach nicht, wie sie ein Pferd auf dem Feld nicht sah; warum tat sie es? Warum konnte er nicht machen, daß sie ihn anstatt Maurice ansah? Nie würde er die Blicke einer Frau so auf sich lenken, immer gab er zu schnell nach, wenn nur eine Frau käme und ihn als das nähme, was er wirklich war, obwohl er solch Stolperer war und sich immer im ungünstigsten Licht zeigte; ach, wie herrlich wäre das, wie er sie küssen würde. Dann fing er den gleichen Kreis von vorne an und brütete fast wie ein Irrer. Inzwischen trommelte der Regen weiter auf das Dach und wurde dann leichter und leise. Von draußen drang einzelnes Getröpfel herein.

Plötzlich schlug Geoffrey das Herz bis zum Halse, und er ballte die Fäuste, als eine schwarze Gestalt um den Pfosten schlich und sich duckte und stumm eintrat. Das Herz des jungen Mannes hämmerte in so heftigen Stößen, daß er keine Luft bekam, um ein Wort hervorzubringen. Es war eher ein Schreck als Furcht. Die Gestalt tastete nach ihm. Er sprang auf, packte sie mit seinen großen Händen und keuchte: »Na, was denn?«

Kein Widerstand. Nur ein verzweifeltes Weinen.

»Lassen Sie mich!« sagte eine Frauenstimme.

»Was suchen Sie hier?« fragte er finster und grob.

»Ich dachte, er sei hier!« Sie weinte hoffnungslos und in hartnäckigen kleinen Stößen.

»Und jetzt haben Sie gefunden, was Sie nicht erwartet hatten, he?«

Als sie ihn so grob poltern hörte, versuchte sie sich freizumachen.

»Lassen Sie mich los!« sagte sie.

»Wen haben Sie denn gesucht?« fragte er, schon etwas mehr sein eigentliches Selbst.

»Meinen Mann – den Sie beim Essen gesehen haben. Lassen Sie mich los!«

»Was, Sie sind's?« rief Geoffrey. »Hat er Sie im Stich gelassen?«

»Lassen Sie mich!« sagte die Frau mürrisch und versuchte sich loszureißen. Er spürte, daß ihr Ärmel sehr naß war. Der Arm, den er gepackt hielt, war schlank. Plötzlich mußte er sich schämen: er hatte ihr bestimmt weh getan, als er sie so derb angepackt hatte. Er lockerte den Griff, ließ sie aber nicht los.

»Sie suchen also diesen Pinsel, der heut mittag hier war?« fragte er. Sie antwortete nicht.

»Wo hat er Sie verlassen?«

»Ich hatte ihn hier gelassen. Seither habe ich nichts mehr von ihm gesehen.«

»Sie sollten froh sein, daß Sie ihn los sind, finde ich.«

Sie antwortete nicht. Er lachte kurz auf.

»Ich hätte gedacht, daß Sie ihn nie wieder mit einem Auge ansehen würden.«

»Er ist mein Mann, und er darf mir nicht einfach weglaufen, wenn ich's nicht will.«

Geoffrey schwieg, weil er nicht wußte, was er sagen sollte.

»Haben Sie eine Jacke an?« fragte er endlich.

»Was denken Sie denn? Sie halten sie ja fest!«

»Sie sind wohl durchnäßt?«

»Ich kann doch nicht trocken sein, wenn ich durch den strömenden Regen laufe! Aber er ist ja nicht hier, also will ich weiter.«

»Ich meinte«, sagte er sanft, »sind Sie völlig durchnäßt?«

Sie antwortete nicht. Er fühlte, wie sie erschauerte.

»Frieren Sie?« fragte er überrascht und besorgt.

Sie antwortete nicht. Er wußte nicht, was er sagen sollte.

»Warten Sie einen Augenblick«, sagte er und suchte in seinen Taschen nach Streichhölzern. Er zündete eines an und hielt es in seiner breiten, harten, hohlen Hand. Er war groß, und er sah ängstlich aus. Er ließ den Lichtschimmer auf sie fallen und entdeckte, daß sie sehr blaß war und sehr müde aussah. Ihr alter Matrosenhut war aufgeweicht und tropfte vor Nässe. Sie trug eine rehbraune Jacke aus glattem Stoff. Wo der Regen hingeklatscht hatte, war die Jacke schwarz, und der Rock hing ihr aufgeweicht um die Füße und tropfte auf ihre Stiefel. Das Zündholz verlosch.

»Mein Gott, Sie sind völlig durchnäßt«, sagte er.

Sie antwortete nicht.

»Wollen Sie nicht hierbleiben, bis es vorbei ist?« fragte er.

Sie antwortete nicht.

»Wenn Sie das nämlich wollen, sollten Sie lieber Ihre Sachen ausziehen und sich in die Decke wickeln. In der Kiste liegt eine Pferdedecke.«

Er wartete, aber sie brachte keine Antwort heraus. Also zündete er die Fahrradlampe an, wühlte in der Kiste und zog eine große braune Decke hervor mit roten und gelben Streifen. Sie stand mäuschenstill. Er ließ das Licht auf sie fallen. Sie war sehr blaß, und hin und wieder überlief sie ein Schauer.

»Frieren Sie?« fragte er besorgt. »Ziehen Sie die Jacke aus, nehmen Sie den Hut ab und hängen Sie sich das hier um!«

Mechanisch öffnete sie die riesigen rehbraunen Knöpfe und zog die Nadel aus dem Hut. Mit ihrem schwarzen Haar, das aus der offenen, niedrigen Stirn gekämmt war, sah sie eher wie ein Mädchen aus, wie ein Mädchen, dessen Fraulichkeit durch die Härte ihres Daseins ganz versteinert war. Sie war klein und zierlich, mit klaren, feinen Zügen. Aber sie zitterte krampfhaft.

»Fehlt Ihnen etwas?« fragte er.

»Ich bin bis Bulwell und zurück gelaufen«, sagte sie und schauerte zusammen, »und habe ihn gesucht, und seit heute früh hab ich noch nichts angerührt.« Sie weinte nicht – sie war zu trübselig-verhärtet, um zu weinen. Er schaute sie betroffen an – hielt Maulaffen feil, wie Maurice gesagt haben würde.

»Sie haben nichts zu essen gehabt?« fragte er.

Dann ging er zur Kiste. Dort wurde das Brot aufbewahrt und das große Stück Käse und Dinge wie Zucker und Salz und alles Tischgerät, und auch Butter war da.

Sie setzte sich müde auf das Heulager. Er gab ihr ein Stück Brot mit Butter und Käse. Sie nahm es, aber sie aß teilnahmslos.

»Ich möchte trinken«, sagte sie.

»Wir haben kein Bier«, sagte er. »Mein Vater duldet es nicht.«

»Ich möchte Wasser«, sagte sie.

Er nahm eine Kanne und tauchte in das nasse Dunkel, durch die schwarze Hecke und hinab zum Tümpel. Als er zurückkam, sah er von weitem, wie sie in der halb erleuchteten kleinen Höhle zusammengeduckt dasaß. Das feuchte Gras durchnäßte ihn, und er mußte an sie denken. Als er ihr einen Becher mit Wasser reichte, berührte ihre Hand die seine, und er fühlte, daß ihre Finger heiß und blank waren. Sie zitterte so, daß sie das Wasser verschüttete.

»Geht es Ihnen sehr schlecht?« fragte er.

»Ich kann nicht stillbleiben – aber es kommt bloß, weil ich müde bin und nichts gegessen habe.«

Er kratzte sich nachdenklich den Kopf und wartete, während sie ihr Butterbrot aß. Dann bot er ihr noch ein Stück an.

»Nicht jetzt gleich«, sagte sie.

»Sie müssen aber etwas essen«, erwiderte er.

»Ich könnte noch nichts essen.«

Er legte das Brot zaudernd auf die Kiste. Dann entstand wieder eine lange Pause. Er erhob sich, den Kopf gesenkt. Hinter ihm blinkte das Fahrrad und lehnte, ein friedliches Tier, gegen die Wand. Die Frau hockte auf dem Heu und zitterte.

»Können Sie nicht warm werden?« fragte er.

»Allmählich werd ich's schon, machen Sie sich keine Gedanken! Aber ich nehme Ihnen den Platz weg – bleiben Sie die ganze Nacht über hier?«

»Ja.«

»Ich gehe bald.«

»Nein, ich will nicht, daß Sie gehen! Ich überlege, wie Sie warm werden können.«

»Machen Sie sich keine Gedanken meinetwegen!« wehrte sie, fast gereizt, ab.

»Ich will bloß sehen, ob die Schober in Ordnung sind. Ziehen Sie Ihre nassen Sachen aus!«

»Kommen Sie wieder?« fragte sie.

»Vielleicht nicht, nicht vor morgen früh.«

»Na, dann bin ich in zehn Minuten fort. Ich hab kein Recht, hier zu sein, und ich möchte niemanden vertreiben.«

»Sie vertreiben mich ja gar nicht!«

»Ob ich's tue oder nicht – ich kann nicht bleiben!«

»Aber wenn ich wiederkomme, bleiben Sie dann?« fragte er. Sie antwortete nicht.

Er ging. Nach ein paar Augenblicken blies sie das Licht aus. Der Regen fiel gleichmäßig weiter, und die Nacht war ein schwarzer Schlund. Alles war unendlich still. Geoffrey lauschte überall. Kein Laut als der Regen. Er stand zwischen den Schobern, hörte aber nur das Tröpfeln des Wassers und das leise Zischen des Regens. Alles war in Finsternis versunken. Er stellte sich vor, daß der Tod so wäre, alle Dinge in Schweigen und Dunkel aufgelöst, weggewischt, doch vorhanden. In der dichten Schwärze fühlte er sich selbst wie ausgelöscht. Er hatte Angst, er könne die Dinge nicht so wiederfinden, wie sie waren. Fast außer sich, stolperte er, ertastete sich den Weg, bis seine Hand das nasse Metall berührte. Er hatte nach einem Lichtschimmer ausgespäht.

»Haben Sie die Lampe ausgeblasen?« fragte er, voller Angst, daß nur Schweigen ihm antworten würde.

»Ja«, antwortete sie sanft. Er war froh, als er ihre Stimme hörte. Er fühlte in dem pechschwarzen Schuppen umher und stieß gegen die Kiste, deren Deckel als Tisch gedient hatte. Etwas klirrte und fiel.

»Das war die Lampe – und das Messer – und der Becher«, sagte er und zündete ein Streichholz an.

»Der Becher ist nicht entzwei.« Er legte ihn in die Kiste zurück.

»Aber die Lampe ist ausgelaufen. Es war schon immer ein morsches altes Ding.« Er blies hastig sein Streichholz aus, weil es ihm die Finger verbrannte. Dann zündete er ein neues an.

»Sie brauchen keine Lampe. Sie wissen ja, daß Sie keine brauchen, und ich gehe sofort; also legen Sie sich hin und sehen Sie, daß Sie zu Ihrem Schlaf kommen. Ich nehme Ihnen keinen Platz weg!«

Im Licht eines andern Zündhölzchens sah er auf sie nieder. Sie war ein komisches, kleines Bündel, ganz braun, mit lustig-bunten Streifen ringsherum, und ihr Gesichtchen blickte ihn an. Als das Zündholz erlosch, sah sie, daß er zu lächeln begann.

»Ich kann hier ganz auf der Seite sitzen«, sagte sie. »Sie müssen sich hinlegen.«

Er setzte sich in einiger Entfernung von ihr aufs Heu. Nach einem beklommenen Schweigen fragte er:

»Ist er wirklich Ihr Mann?«

»Ja«, antwortete sie finster.

»Hm.« Dann wurde es wieder still.

Nach einem Weilchen: »Haben Sie's jetzt warm?«

»Warum sorgen Sie sich?«

»Ich sorge mich nicht. – Laufen Sie ihm nach, weil Sie ihn gern haben?« Er fragte sehr schüchtern. Er mußte es wissen.

»Nein, ich wünschte, er wäre tot«, sagte sie mit bitterer Verachtung. Dann, verbohrt:

»Aber er ist mein Mann.«

Er lachte kurz auf:

»Großer Gott!«

Und wieder, nach einer Weile: »Sind Sie schon lange verheiratet?«

»Vier Jahre.«

»Vier Jahre? Aber wie alt sind Sie denn?«

»Dreiundzwanzig.«

»Schon dreiundzwanzig geworden?«

»Im Mai.«

»Dann sind Sie vier Monate älter als ich.« Er grübelte

darüber nach. In der pechschwarzen Nacht waren sie nichts als zwei Stimmen. Wieder herrschte gespenstige Stille.

»Und ziehen Sie bloß so als Landstreicher umher?« fragte er.

»Er bildet sich ein, er suche eine Stelle. Aber er kann Arbeit nicht ausstehen, einerlei, was es ist. Als ich ihn heiratete, war er Stallknecht, bei Greenhalgh, dem Pferdehändler, wo ich als Hausmädchen war. Er gab die Stelle auf, als das Baby zwei Monate alt war, und seitdem bin ich herumgehetzt worden von Pontius zu Pilatus.«

»Und wo ist das Kind?«

»Es starb mit zehn Monaten.«

Jetzt schien das Schweigen endgültig.

Es dauerte sehr lange, ehe Geoffrey wagte, teilnahmsvoll zu sagen: »Sie haben nicht gerade viel Gutes vor sich!«

»Wenn ich nachts fröstelnd und zitternd dalag, hab ich schon unzählige Male gewünscht, es sollte mich wegholen. Aber so schnell stirbt sich's nicht!«

Er schwieg. »Aber was wollen Sie denn nur tun?« stammelte er dann.

»Ich werd ihn schon finden, und wenn ich auf der Straße tot umfalle!«

»Warum?« fragte er verwundert und sah zu ihr hinüber, obwohl er nichts sah als schwärzeste Finsternis.

»Weil ich's will. Es soll nicht nach seinem Kopf gehen.«

»Aber warum lassen Sie ihn denn nicht laufen?«

»Weil es nicht nach seinem Kopf gehen soll!«

Es klang sehr entschlossen, sogar rachsüchtig. Er saß sehr erstaunt da und war unruhig und irgendwie unglücklich ihretwegen. Sie saß vollkommen still. Nur eine Stimme schien sie zu sein. Ein Geist.

»Ist Ihnen jetzt wärmer?« fragte er, halb ängstlich.

»Ein bißchen wärmer – bis auf die Füße!« Es klang kläglich.

»Ich will sie Ihnen mit meinen Händen wärmen«, bat er. »Mir ist ganz heiß.«

»Nein, danke«, sagte sie kalt.

Dann spürte sie durch das Dunkel, daß sie ihn verletzt hatte. Er litt Qualen unter ihrer Ablehnung, denn sein Angebot war nichts als Güte gewesen.

»Sie sind leider schmutzig«, sagte sie halb spöttisch.

»Ach, meine auch, und ich bade fast jeden Tag«, antwortete er.

»Möcht wissen, wann sie warm werden!« stöhnte sie vor sich hin.

»Also dann geben Sie sie mir in die Hände!«

Sie hörte, wie er leise mit der Streichholzschachtel rasselte, und dann stieg ein phosphoreszierender Glanz und Rauch auf. Er hielt zwei blaugrüne, qualmende Lichtkreise gegen ihre Füße. Sie fürchtete sich. Aber ihre Füße taten so weh, und ihr Instinkt trieb sie, die Sohlen leicht gegen die zwei qualmenden Lichter zu kehren. Seine großen Hände legten sich warm und fest um ihren Spann.

»Sie sind wie Eis«, sagte er tief bestürzt.

Er wärmte ihr die Füße, so gut er konnte, und stemmte sie fest gegen sich. Hin und wieder lief ein krampfhaftes Zucken über ihren ganzen Körper. Sie spürte seinen warmen Hauch auf den Ballen ihrer Zehen, die in seinen Händen steckten. Da beugte sie sich vor und berührte mit ihren Fingern behutsam sein Haar. Er zitterte. Immer wieder strich sie ihm sanft übers Haar, mit scheuen, bittenden Fingerspitzen.

»Fühlen sie sich jetzt besser an?« fragte er mit leiser Stimme und hob plötzlich das Gesicht zu ihr auf.

Dadurch glitt ihre Hand von selbst auf sein Gesicht, und ihre Fingerspitzen berührten seinen Mund. Sie zuckte schnell zurück. Er streckte die Hand aus, um ihre Hand zu finden, und in der andern Hand hielt er ihre beiden Füße. Seine suchende Hand fand ihr Gesicht. Er berührte es neugierig. Es war naß. Er hob seine großen Finger vorsichtig an ihre Augen und fand zwei kleine Tränenteiche.

»Was ist?« fragte er mit leiser, erstickter Stimme.

Sie lehnte sich zu ihm hinunter, faßte ihn fest um den Hals und preßte ihn in einem kleinen Verzweiflungsanfall fest an ihre Brust. Ihre bittere Enttäuschung über das Leben, die nie verminderte Schande und Erniedrigung während der letzten vier Jahre hatten sie in eine Einsamkeit getrieben und so hart gemacht, daß ein großer Teil ihres Wesens erstarrt und tot war. Jetzt wurde sie wieder weich, und ihr Aufblühen war herrlich. Sie war auf dem besten Wege gewesen, eine häßliche alte Frau zu werden.

Sie preßte Geoffreys Kopf an ihre Brust, die sich hob und senkte und wieder hob. Er war verwirrt und voller Staunen. Er ließ mit sich geschehen, was die Frau tat. Ihre Tränen fielen auf sein Haar. Sie weinte lautlos, und er atmete tief, gleich ihr. Endlich gab sie ihn aus der Umklammerung frei. Er legte die Arme um sie.

»Komm und laß dich wärmen«, sagte er, nahm sie auf die Knie und hielt sie an sich gedrückt, geborgen in seinen Armen. Sie war klein und *câline*. Er hielt sie warm und fest. Dann stahlen sich ihre Arme um ihn.

»Wie groß du bist«, flüsterte sie.

Er erbebte, packte sie fester und ließ seinen Mund, auf der Suche nach ihr, tiefer wandern. Seine Lippen trafen ihre Schläfe. Langsam und willig wandte sie ihm ihren Mund zu, mit offenen Lippen, und kam ihm im Kuß entgegen – seinem ersten Liebeskuß.

5

Kalte Morgendämmerung brach an, als Geoffrey erwachte. Die Frau schlief noch in seinen Armen. Ihr schlafendes Gesicht weckte seine ganze Zärtlichkeit: der fest geschlossene Mund, gewillt, alles zu tragen, was so schwer zu ertragen war, stand in rührendem Gegensatz zu der kleinen Form ihres Gesichtchens. Geoffrey drückte sie fest an die Brust; er fühlte es: wenn er sie hatte, konnte er den Spöttern den

Mund einschlagen und aufrecht und unangefochten weitergehen. Wenn sie ihn ergänzte und in sein Innerstes einging, wurde er fest und ganz. Da er sie so sehr brauchte, liebte er sie glühend.

Mittlerweile kam das Morgengrauen wie der Tod herauf: eine jener langsamen, fahlen Morgenstunden, die wie kalter Schweiß sind. Allmählich und schmerzhaft wurde die Luft heller. Geoffrey sah, daß es nicht regnete. Während er noch die spukhafte Veränderung draußen beobachtete, kam ihm etwas zu Bewußtsein. Er blickte nach unten: sie hatte die Augen aufgeschlagen und sah ihn an. Sie hatte goldbraune, stille Augen, die ihm sofort zulächelten. Er lächelte auch, bückte sich leise nieder und küßte sie. Eine Zeitlang sprachen sie nicht.

Dann fragte er neugierig: »Wie heißt du?«

»Lydia«, sagte sie.

»Lydia«, wiederholte er verwundert.

Er war ganz verlegen.

»Ich heiße Geoffrey Wookey«, sagte er.

Sie lächelte nur.

Sie schwiegen lange Zeit. Im Morgenlicht sahen alle Dinge klein aus. Die mächtigen Bäume vom Abend vorher waren zu kleinen grauen, undeutlichen Dingen zusammengeschrumpft, die die kränkliche Blässe der Luft störten. Es herrschte dichter Nebel, so dicht, daß das Licht kaum atmen konnte. Alles schien vor Kälte und Krankhaftigkeit zu zittern.

»Hast du oft im Freien übernachtet?« fragte er.

»Nicht sehr oft«, antwortete sie.

»Du willst ihm doch nicht nachlaufen?« fragte er.

»Ich muß wohl«, erwiderte sie, schmiegte sich aber an Geoffrey an.

Eine jähe Angst überfiel ihn.

»Du mußt nicht!« rief er, und sie sah, daß er bange war – seinetwegen. Sie ließ es hingehen und schwieg.

»Könnten wir nicht heiraten?« fragte er nachdenklich.

»Nein.«

Er sann lange darüber nach. Schließlich sagte er:

»Würdest du mit mir nach Kanada auswandern?«

»Wollen abwarten, was du in zwei Monaten denkst«, erwiderte sie ruhig und ohne Bitterkeit.

»Ich denke das gleiche«, beteuerte er verletzt.

Sie antwortete nicht, sondern sah ihn nur still an. Er konnte mit ihr tun, was er wollte; aber sie wollte seinem Glück nicht im Wege stehen, auch nicht um seiner Seele willen.

»Hast du keine Verwandten?« fragte er.

»Eine verheiratete Schwester in Crick.«

»Auf einer Farm?«

»Nein, sie ist mit einem Knecht verheiratet; aber es geht ihr sehr gut. Ich kann zu ihr gehen, wenn du es möchtest, bis ich eine Stelle gefunden habe.«

Er dachte darüber nach.

»Könntest du auf einen Hof gehen?« fragte er hoffnungsvoll.

»Greenhalghs hatten einen Hof.«

Nun sah er die Zukunft in hellerem Licht: sie konnte ihm eine Hilfe sein. Sie willigte ein, zu ihrer Schwester zu gehen und sich eine Stelle zu suchen – bis zum Frühling, sagte er, bis sie sich nach Kanada einschiffen würden. Er wartete auf ihre Zustimmung.

»Du kommst doch mit mir?« fragte er.

»Wenn die Zeit soweit ist«, sagte sie.

Er ließ den Kopf sinken: ihr mangelndes Vertrauen war nicht unbegründet.

»Willst du nach Crick laufen oder von Langley Mill nach Ambergate fahren? Aber es ist nur zehn Meilen zu laufen. Dann könnten wir zusammen nach Hunt's Hill gehen; da kämest du an unsrer Einfahrt vorbei, und ich könnte schnell hinaufspringen und dir etwas Geld holen«, sagte er bittend.

»Ich habe einen halben Sovereign bei mir, das ist mehr, als ich brauche.«

»Zeig ihn mir!« sagte er.

Nachdem sie ein Weilchen unter der Wolldecke herumgesucht hatte, brachte sie das Geldstück zum Vorschein. Er sah ein, daß sie unabhängig war. Ziemlich erbittert dachte er nach und sagte sich, sie würde ihn verlassen. Sein Ärger gab ihm den Mut, sie zu fragen:

»Wirst du unter deinem Mädchennamen in Stellung gehen?«

»Nein.«

Er war bitterböse auf sie und tief gekränkt.

»Ich wette, ich bekomm dich nie wieder zu sehen«, sagte er und lachte kurz und hart. Sie legte die Arme um ihn und drückte ihn an die Brust, und Tränen stiegen ihr in die Augen. Er war beruhigt, aber noch nicht zufrieden.

»Schreibst du mir heut abend?«

»Ja, gern.«

»Und kann ich dir schreiben? Und an welchen Namen?«

»Mrs. Bredon.«

»Bredon«, wiederholte er bitter.

Er war furchtbar unruhig.

Der Morgen schien fahl herein. Er sah, wie die Hecken im grauen Nebel tropfnasse Zweige hängen ließen. Dann erzählte er ihr von Maurice.

»Oh, das geht nicht«, sagte sie. »Du hättest ihnen die Leiter hinstellen müssen – *wirklich!*«

»Ach, mir ist's einerlei!«

»Geh und tu's jetzt – und ich gehe auch!«

»Nein, ja nicht! Bleibe hier, damit du Maurice kennenlernen kannst. Bitte, bleibe hier, dann kann ich's ihm gleich erzählen.«

Sie willigte schweigend ein. Er nahm ihr das Versprechen ab, daß sie nicht gehen würde, ehe er zurückkehrte. Sie brachte ihr Kleid in Ordnung und fand den Weg hinunter zum Tümpel, wo sie sich wusch.

Geoffrey wanderte zur oberen Wiese hinauf. Die Heuschober sahen im Nebel feucht aus, und die Hecke war triefend naß. Nebel stieg wie Dampf aus dem Grase, und die nahen Hügel schienen nur noch wie Schemen durch die Schleier.

Im Tale zeichneten sich die Wipfel einiger Schwarzpappeln ziemlich deutlich ab. Er zitterte vor Kälte.

Von den Heuschobern kam kein Laut, und er konnte nichts sehen. Ob sie überhaupt oben waren, fragte er sich. Doch richtete er die Leiter an der Stelle auf, von der sie abgeglitten war, und ging dann zur Hecke hinab, um trockene Stecken zu suchen. Von einem Stechpalmenbusch brach er dünne, tote Zweige ab, und dann hörte er in der vollkommen lautlosen Luft:

»Na, da bin ich sprachlos!«

Er lauschte gespannt. Maurice war auf.

»Da sieh!« rief die Stimme des jungen Burschen; dann, nach einem Weilchen, die fremdartige Stimme des Mädchens:

»Was? Oh – da!«

»Ja, die Leiter! Da steht sie wirklich.«

»Du sagst, sie fiel um!«

»Ja, ich hab sie fallen hören – und ich konnte sie weder sehen noch fühlen.«

»Du sagst, sie fiel um – du lügst, du Lügner!«

»Nein, so wahr ich hier ...«

»Du lügst mir vor – ich soll hierbleiben – du lügst ...« Sie war leidenschaftlich wütend.

»So wahr ich hier stehe ...« begann er.

»Lügen! Lügen! Lügen!« rief sie. »Will dir nicht glauben. Nie mehr. Du bist *gemein, gemein, gemein*!«

»Meinetwegen!« Jetzt war er aufgebracht.

»Du bist böse, gemein, gemein, gemein!«

»Kommst du nach unten?« fragte Maurice kalt.

»Nein, ich komm nicht mit dir. Gemein, mir vorlügen!«

»Kommst du nach unten?«

»Nein, ich will dich nicht.«

»Meinetwegen denn!«

Geoffrey spähte hinter dem Stechpalmenbusch hervor und sah, wie Maurice sich der Leiter näherte. Die oberste Sprosse war noch unterhalb des Randes vom Heuschober und lehnte gegen die Plane, war also nur unter Gefahr zu erreichen. Das Fräulein beobachtete ihn vom andern Ende des Schobers, wo die Plane zurückgeworfen war und das helle, trockene Heu hervorsah. Er glitt fast aus, und sie schrie auf. Als er auf der Leiter stand, zog er die Plane beiseite und warf sie zurück, damit das Fräulein leichter hinabsteigen könne.

»Kommst du jetzt?« fragte er.

»Nein!« Sie schüttelte heftig den Kopf, noch immer bitterböse.

Geoffrey verachtete sie ein bißchen. Aber Maurice wartete.

»Kommst du?« rief er wieder.

»Nein!« fauchte sie wie eine Wildkatze.

»Meinetwegen, dann geh ich.«

Er kletterte hinab. Unten blieb er stehen und hielt die Leiter.

»Komm jetzt, solange ich sie festhalte«, sagte er.

Es kam keine Antwort. Einige Minuten lang stand er ungeduldig da, den Fuß auf der untersten Sprosse der Leiter. Er war blaß, machte einen ziemlich übernächtigten Eindruck und schauerte vor Kälte zusammen.

»Kommst du oder nicht?« fragte er schließlich. Es kam noch immer keine Antwort.

»Dann bleib, bis du soweit bist«, brummelte er und ging. Auf der andern Seite des Schobers stieß er auf Geoffrey.

»Was, du bist hier?« rief er.

»Bin die ganze Nacht hier gewesen«, erwiderte Geoffrey. »Ich kam, weil ich dir bei der Plane helfen wollte, aber sie war schon oben, und die Leiter lag unten; deshalb dachte ich, du bist wieder weg.«

»Hast du die Leiter aufgestellt?«

»Ja, vorhin.«

Maurice überdachte es, während Geoffrey mit sich kämpfte, um seine eigenen Neuigkeiten anzubringen. Endlich platzte er los:

»Weißt du noch die Frau, die gestern kam, als wir beim Essen waren? Die ist wiedergekommen und blieb die ganze Nacht im Schuppen, weil's regnete.«

»Oh? Aha!« sagte Maurice, und seine Augen leuchteten auf, und ein Lächeln flog über das blasse Gesicht.

»Und ich will ihr jetzt Frühstück geben.«

»Oh? Aha!« wiederholte Maurice.

»Der Mann ist der Taugenichts, sie nicht«, versicherte Geoffrey. Maurice fand, daß er nicht berechtigt sei, Steine zu werfen.

»Wie du willst«, sagte er. »Tu's nur!«

Er war sehr still, anders als sonst. Er schien unruhig und ängstlich, wie Geoffrey ihn nie gesehen hatte.

»Was ist denn mit dir?« fragte der ältere Bruder, dem jetzt froh und leicht ums Herz war.

»Nichts«, lautete die Antwort.

Sie gingen beide zum Schuppen. Die Frau legte gerade die Decke zusammen. Nach dem Waschen sah sie frisch und sehr hübsch aus. Ihr Haar war nicht länger straff nach hinten gestriegelt, sondern zu einem Nackenknoten geflochten, der auch ihre Ohren etwas bedeckte. Früher hatte sie sich mit Absicht häßlich gemacht: jetzt sah sie nett und hübsch aus und war von einer süßen, fraulichen Würde.

»Hallo! Wer hätte gedacht, daß wir uns wiedersehen!« sagte Maurice sehr verlegen und lächelte. Sie sah ihn ernsthaft an, ohne etwas zu erwidern. »Aber diese Nacht war's besser in einem Unterschlupf als im Freien«, fuhr er fort.

»Ja«, sagte sie.

»Kannst du noch ein paar Zweige holen?« bat Geoffrey. Es war ganz neu, daß Geoffrey die Führung übernahm. Maurice gehorchte. Er lief in den feuchten, unfreundlichen Morgen hinaus. Zum Schober ging er nicht, da er sich scheute, Paula zu begegnen.

Geoffrey machte vor dem Schuppen ein Feuer. Die Frau holte den Kaffee aus der Kiste. Geoffrey setzte den Blechtopf zum Kochen auf. Sie legten alles zum Frühstück zurecht, als Paula erschien. Sie war ohne Hut. Heuhalme steckten ihr noch im Haar, und ihr Gesicht war weiß. Sie zeigte sich nicht gerade von der besten Seite.

»Oh – Sie?« rief sie, als sie Geoffrey erblickte.

»Hallo«, antwortete er. »Sie sind aber früh unterwegs.«

»Wo ist Maurice?«

»Ich weiß nicht – er muß gleich wieder hier sein.«

Paula schwieg. »Wann sind Sie gekommen?« fragte sie.

»Ich kam gestern abend, aber ich sah niemand hierherum. Vor einer halben Stunde bin ich aufgestanden und hab die Leiter angestellt, damit wir nachher die Plane abziehen können.«

Paula begriff und schwieg. Als Maurice mit dem Reisig zurückkehrte, kauerte sie am Feuer und wärmte sich die Hände. Sie sah zu ihm auf, aber er wandte die Augen ab. Geoffreys und Lydias Blicke trafen sich: sie lächelten. Maurice hielt ebenfalls seine Hände ans Feuer.

»Du frieren?« fragte Paula zärtlich.

»Bißchen«, antwortete er, recht freundlich, aber zurückhaltend. Und die ganze Zeit, während die vier ums Feuer saßen und ihren rauchigen Kaffee tranken und gebratenen Speck aßen, ein Stückchen für jeden, sah Paula unentwegt Maurice an, und er wich ihren Blicken aus. Er war freundlich, aber er wollte ihr nicht in die Augen sehen. Und Geoffrey lächelte dauernd Lydia zu, die ernsthaft dreinblickte.

Dem deutschen Mädchen gelang es, unbemerkt ins Pfarrhaus zurückzukehren, und niemand wußte von ihrem Streich, nur das Hausmädchen. Ehe eine Woche verstrichen war, hatte sie sich öffentlich mit Maurice verlobt, und nach Ablauf des ihr gekündigten Monats ging sie auf den Hof und blieb dort.

Geoffrey und Lydia hielten sich die Treue.

Das Mädchen und der Zigeuner

I

Als die Frau des Vikars mit einem jungen Kerl durchbrannte, der nichts hatte, kannte der Skandal keine Grenzen. Ihre beiden Töchter waren erst sieben und neun Jahre alt, und der Vikar ein so ausnehmend guter Ehemann. Sein Haar war schon ergraut, aber sein Schnurrbart noch schwarz, überhaupt sah er gut aus und war seiner hemmungslosen und schönen Frau leidenschaftlich zugetan gewesen.

Warum sie ihn verließ? Ihm Knall und Fall durchbrannte gleich einer Verrückten? Das war schwer zu sagen. Für die frommen Gemüter war sie einfach eine Verworfene, während die Einsichtigeren lieber den Mund hielten, denn sie wußten Bescheid. Die zwei kleinen Mädchen hingegen bekamen es nie zu wissen. Sie waren tief verwundet, weil sie sich den Vers darauf machten, daß ihre Mutter sie nicht liebte.

Die Faust des Schicksals, die noch keinem wohlgetan hat, erschütterte die Vikarsfamilie in ihren Grundfesten. Aber dann, man höre und staune, hatte der Herr ein Einsehen und bedachte den Vikar, der sich mit einigen Artikeln und Streitschriften einen Namen erworben hatte und in der Fachwelt Ansehen genoß, mit einer Pfarre im Norden des Landes, der Pfarre des Städtchens Papplewick.

Die Pfarrei war ein ziemlich häßliches Steinhaus, dicht vorm Städtchen hart am Fluß Papple gelegen, nicht weit von der alten Baumwollspinnerei, die früher ihre Triebkraft aus der Papple bezogen hatte. Dahinter führte die Straße bergauf nach Papplewick mit seinen kahlen Gassen hinein.

Der Umzug in die Pfarrei brachte für die Familie erhebliche Veränderungen mit sich. Der Vikar, der nun Pfarrer war, nahm seine alte Mutter, seine Schwester Cissy und seinen Bruder Fred zu sich. Die beiden kleinen Mädchen hatten es fortan ganz anders als früher. Der Pfarrer war jetzt siebenundvierzig Jahre alt. Nach der Flucht seiner Frau hatte er sich einem heftigen, nicht sehr würdevollen Kummer hingegeben. Mitleidige Seelen hatten ihn vorm Selbstmord bewahrt. Sein Haar war weiß geworden, seine Blicke hatten einen Ausdruck wilder Tragik angenommen. Man sah ihm an, wie übel ihm mitgespielt war. Aber doch stimmte da irgendwas nicht. Gerade bei den Mitfühlendsten schlich sich ein gewisses Mißtrauen gegen ihn ein, und zwar weil, bei Licht besehen, eine versteckte Selbstgerechtigkeit in ihm waltete.

Für die zwei kleinen Mädchen waren, wie das bei Kindern so geht, die Familienvorurteile maßgebend. ›Oma‹, die über siebzig war und nicht mehr gut sah, war die Hauptperson. Tante Cissy, über vierzig, bläßlich, frömmelnd und innerlich von einem heimlichen Gram zerfressen, führte den Haushalt. Onkel Fred, ein unansehnlicher Mann von etwa vierzig Jahren, lebte ein schäbiges Leben für sich und fuhr täglich in die Stadt. Hinter Oma war natürlich der Pfarrer selber die Hauptperson.

Die alte Dame gehörte zu jenen robusten und schlauen alten Kumpanen, die immer ihren Willen durchsetzen, indem sie die Schwächen der Mannsbilder ausbeuten. Sie wußte auch hier, wie das Ding zu drehen war. Der Pfarrer hing noch immer an der Verworfenen; ›lieben‹ würde er sie bis ans Grab. Daher Vorsicht – seine Gefühle waren heilig. Als ein reiner Engel lebte die Frau, die er geehelicht und verehrt hatte, im Grund seines Herzens fort.

Sie aber, die ihren Gatten betrogen und ihre Kinder verlassen hatte, trieb sich nun draußen in der Welt herum, mit Schande bedeckt und an einen Taugenichts gefesselt, der ihr die gebührende Schmach gewißlich noch antun würde. Soviel war klarzustellen, darüber hinaus aber Vorsicht!

In der Reinheit seines Herzens blühte gleic Schneeglöckchen das Bild seiner jungen Braut un nicht.

So bestieg denn die alte Dame, die als Witwe in [illegible] Verhältnissen nichts zu melden gehabt hatte, den dominierenden Lehnstuhl des Pfarrhauses und errichtete die feste Herrschaft ihres alten Kadavers. Diesen Thronsitz gab sie nicht wieder her. Heuchlerisch zollte sie der ehelichen Anhänglichkeit des Pfarrers an das Schneeglöckchen ihre Ehrfurcht, derweil sie sie ebenso heuchlerisch mit mildem Tadel bedachte. Kein abfälliges Wort über das Stück Unkraut, das einst Mrs. Saywell geheißen hatte, kam ihr über die Lippen. Gottlob führte es nun, da es wieder geheiratet hatte, nicht mehr diesen Namen; keine Frau führte ihn. Es lebte in der Vorstellung der Familie nur noch als die, ›die Cynthia geheißen hatte‹.

Wasser auf Omas Mühle. Die Gefahr, daß Arthur Saywell wieder heiratete, bestand nicht. Oma packte ihn bei seiner Eitelkeit. Er hatte ein ewiges Schneeglöckchen geehelicht, war betrogen worden und hatte gelitten. Welch ein großmütiges Herz hatte er doch: er hatte verziehen. Sogar in seinem Letzten Willen hatte er der Verworfenen gedacht, für den Fall, daß jener Schurke – doch still! Nicht einmal in Gedanken sollte man daran rühren. Mochte das Schneeglöckchen in unvergänglicher Reinheit weiterhin blühen . . .

In dieser Atmosphäre des schlauen Selbstbetrugs und Totschweigens wuchsen die Kinder auf. Auch für sie blühte das Schneeglöckchen in einsamer Höhe und Ferne. Aber doch drang von Zeit zu Zeit aus jener verderbten Welt des Unkrauts ein Hauch zu ihnen herein, denn sie, die einst Cynthia geheißen, brachte es zuwege, den Kindern hin und wieder ein Briefchen zukommen zu lassen. Die silberhaarige Greisin bebte vor Wut. Sollte jene einmal heimkehren, dann hatte Oma nichts mehr zu bestellen. Ein stiller Kraftstrom des Hasses floß von ihr zu den Kindern des Unkrauts, derselben Cynthia, die der Alten so viel Verachtung erwiesen hatte.

Aber die beiden Mädchen gingen daran nicht zugrunde, sondern wuchsen heran. Und die alte Dame büßte, je älter sie wurde, immer mehr an Sehkraft ein. Sie mußte sich im Haus herumführen lassen. Sie stand erst um die Mittagszeit auf. Aber blind oder nicht, im Bett oder auf den Füßen – die Herrschaft über das Haus gab sie nicht aus der Hand. Aber im übrigen war sie nicht ernstlich bettlägerig. Sondern, wenn sie die Männer im Haus wußte, war sie auf den Beinen, saß auf ihrem Thron. Da erlaubte sie sich kein Erlahmen, zumal sie nicht ohne Rivalinnen war.

Ihre Hauptrivalin war das jüngere der Mädchen, Yvette. Sie hatte eine nachlässig-zerstreute Heiterkeit in ihrem Wesen, ein Erbteil Cynthias; nur war sie gefügiger. Der Vater war in sie vernarrt und verzog sie auf eine selbstgefällige Art, die kundzutun schien: bin ich nicht ein weichherziges altes Haus? Er gefiel sich darin, das durchschaute Oma genau. Sie machte sich seine Eitelkeit zunutze und leitete lauter bestrickende, kleine Vorzüge daraus ab, die sie ihm zuschrieb. Wie sich Frauen im Besitz hübscher Kleider gefallen, so er im Bewußtsein bestrickender Vorzüge. Emsig klebte Oma seine Mängel mit Schönheitspflästerchen zu und verbarg sie mütterlich unter allerhand rührendem Schmuckwerk.

Merkwürdig war, daß Oma Lucille, die Ältere, heimlich noch mehr haßte als die verzogene Jüngere. Denn empfindlich wie sie war, spürte Lucille die Herrschaft der Alten deutlicher als die verwöhnte und achtlose Yvette.

Tante Cissy haßte nun wiederum Yvette. Schon den Namen! Sie hatte ihr ganzes Leben der Alten gewidmet; sie wußte es, und die Alte wußte, daß sie es wußte. Im Laufe der Zeit war dann eine feste Tradition daraus geworden. Cissy war kein selbständiger Mensch für sich mehr, sie hatte Leben und Geschlecht drangegeben. Da sie nun aber den Fünfzig entgegenkroch, zuckten zuweilen grüne, unheimliche Flämmchen der Wut in ihr auf, und in solchen Augenblicken war sie nicht mehr bei Verstand.

Dieser teuflische Haß richtete sich gegen alles, was jung war. Die Arme, sie betete sogar, um vom Himmel Vergebung dafür zu erlangen; aber sie selber konnte nicht vergeben, was ihr angetan war, und das Gift des Hasses kochte wie Vitriol in ihren Adern.

Nein, ein warmherziges, kindliches Gemüt war Oma nicht. Sie täuschte es nur vor. Ihren Enkelinnen dämmerte allmählich auf, wie sie wirklich war. Unter ihrem biederen Spitzenhäubchen, dem Silberhaar und der schwarzen Seide, die sich über ihrem vorgewölbten Busen und Bauch spannte, verbarg sich eine berechnende Schläue, die auf nichts als die Erhaltung ihrer weiblichen Macht bedacht war. Mit den Schwächen der kümmerlichen Mannsbilder hatte sie diese Macht großgefüttert und hielt sie eisern fest, während die Jahre vergingen: vom siebzigsten zum achtzigsten, vom achtzigsten dem neunzigsten entgegen.

Es existierte ein altüberliefertes Gesetz, welches das feste Zusammenhalten aller Familienmitglieder vorschrieb, insbesondere aber die Ehrfurcht vor Oma. Sie war die Achse, um die das ganze Familienleben sich drehte. Die Familie war nur ihr erweitertes Selbst. Die Herrschaft, die sie ausübte, war Naturgesetz. Ihre Söhne und Töchter waren nur, jeder für sich, lose Splitter, die sich an den Zusammenhalt klammerten. Denn in der Außenwelt gab es für sie nichts als Gefahr, Kränkung und Schmach. Hatte es der Pfarrer nicht selber zu spüren bekommen? Mochte es also in den eigenen Reihen Zerwürfnisse geben, darauf kam es nicht an. Der Außenwelt gegenüber tat der feste Wall der Einigkeit not.

2

Erst als Lucille und Yvette die Schule verließen, bekamen sie die volle Last der Greisinnenhand auf ihrem Leben zu spüren. Lucille war fast einundzwanzig, Yvette neunzehn. Sie hatten nach der Schule noch ein Jahr lang ein Mädchenpensionat in Lausanne besucht; nun waren sie, was zu erwarten war – schlanke, junge Geschöpfe mit frischen, lebendigen Gesichtern, knappgeschnittenen Haaren und verwegenen Jungensmanieren.

»Was ich so gräßlich in Papplewick finde«, sagte Yvette, als sie auf dem Schiff standen und sich der Küste von Dover näherten, »ist, daß es da gar keine Männer gibt. Warum hat Papa keinen einzigen in seinem Bekanntenkreis! Und Onkel Fred, nein, der ist das letzte!«

»Man kann nie wissen«, meinte Lucille philosophisch.

»Ach, du weißt ganz genau, was uns bevorsteht«, jammerte Yvette. »Sonntags erst einmal den gemischten Kirchenchor! Kann ich nicht ausstehen. Knabenstimmen, fein, aber Weiberstimmen dazwischen, nein! Na, und dann Sonntagsschule, Jungfrauenverein und Besuch, und alle die lieben Leutchen, die sich nach Oma erkundigen. Weit und breit kein einziger netter junger Mann.«

»Schließlich sind doch Framleys da«, erwiderte Lucille. »Und außerdem schwärmt Gerry Somercote für dich, das weißt du doch.«

»Ich kann Jungens, die mich anschwärmen, nicht ausstehen!« rief Yvette. »Sie öden mich an, sie hängen sich an einen wie Bleigewichte!«

»Schön, schwärmen sollen sie also nicht für dich; aber was willst du eigentlich? Es ist doch sehr nett, angeschwärmt zu werden. Klar, daß man sich nicht heiratet, aber warum nicht anschwärmen, wenn es ihnen Spaß macht?«

»Ich will aber heiraten«, rief Yvette.

»Schön, dann mußt du dich auch anschwärmen lassen, bis sich einer findet, der sich zum Heiraten eignet.«

»Ach, auf die Art findet man ja doch keinen Mann. Nichts ödet mich so an wie so ein Verehrer. Das macht mich einfach wütend.«

»Gott, aus etwas Entfernung ist es doch ganz nett.«

»Du, ich möchte mich zu gern mal wahnsinnig verlieben.«

»Das sieht dir ähnlich! Ich nicht. Fände ich scheußlich. Du

fändest es im Ernstfall auch scheußlich. Und überhaupt müssen wir uns erst etwas einleben, bevor wir wissen, was wir wollen.«

»Aber findest du es nicht auch gräßlich, wieder nach Papplewick zu müssen?«

»Das ist doch nicht so schlimm. Ja, zuerst wird es ja ein bißchen langweilig sein. Wenn Papa sich doch einen Wagen anschaffte. Aber wahrscheinlich müssen wir die alten Fahrräder wieder hervorholen. Ich möchte mal wieder nach Tansy Moor hinauf.«

»Ja, das wäre fein. Nur furchtbar anstrengend, mit so einem Ding den ganzen Berg hinauf.«

Das Schiff näherte sich den Klippen von Dover. Es war Sommer. Sie hatten ihre Pelzkragen hochgeklappt und ihre kecken Hütchen über die Ohren gezogen. Frisch, unverbildet und selbstbewußt waren sie mit ihren Schulmädchenansichten – ganz und gar englisch. Sie schienen so frei, und waren in Wirklichkeit in lauter Vorurteile verstrickt. Sie schienen so unabhängig, und waren in Wirklichkeit in einen Käfig gesperrt. Sie schienen zwei kühne Segler, die aufs weite Meer des Lebens hinausschifften; aber in Wirklichkeit waren sie zwei steuerlose, kleine Kähne, die von einem Ankerplatz abgetrieben waren, um an einen anderen anzuschwemmen.

Im Elternhaus angekommen, fröstelten sie. Es war armselig und beinahe schmutzig. Die muffige Atmosphäre spießiger Behaglichkeit umfing sie, die längst kein Behagen, sondern nur noch Staub und Mief ausströmt. Nichts im ganzen Haus atmete Frische; selbst das Essen hatte jene trübselige Ödigkeit, die für ein junges Ding, das aus der Fremde kommt, so niederdrückend ist. Rostbraten, zerkochter Kohl, kaltes Hammelfleisch, Kartoffelbrei, saure Gurken, unausstehliche Puddings.

Dabei bekam Oma, die ›ein Bissel was vom Schwein liebte‹, extra Gerichte, Fleischbrühe, Zwieback, Cremespeise. Die trübselige Tante Cissy aß gar nichts, sondern saß nur stumm am Tisch, mit einer einzigen gekochten Kartoffel auf dem Teller, bösartig und beharrlich, während Oma ihre Leckerbissen emsig hinunterschmatzte und man froh sein konnte, wenn sie sich nicht den vorgewölbten Bauch bekleckerte. Appetitlich war nichts von dem, was auf den Tisch kam – wie konnte es auch, da Tante Cissy alles Essen, ja die Mahlzeit selbst verabscheute, so daß kein Dienstmädchen länger als ein Vierteljahr im Haus blieb. Lucille und Yvette aßen ebenfalls mit Widerwillen, Lucille immerhin mit Fassung, Yvette mit deutlichen Zeichen der Abneigung auf ihrem hochgezogenen Näschen. Der Vater machte eine Ausnahme, wischte sich den grauen Schnurrbart mit der Serviette und machte seine Witze. Aber er fing an, dick und träge zu werden, weil er den ganzen Tag im Studierzimmer saß und keine Spur körperlicher Bewegung hatte.

Alles, wovor die Schwestern sich gegrault hatten, trat ein: sie mußten in den gemischten Chor und in die Arbeit fürs Kirchspiel. Yvette wehrte sich tapfer gegen Sonntagsschule, Bund der guten Hoffnung und Jungfrauenverein, also gegen alles, was mit alten Jungfern und engstirnigen alten Männern zusammenhing. Sie drückte sich, soviel es nur ging, und machte sich so oft als möglich aus dem Pfarrhaus davon. Die Framleys, eine zahlreiche, liederliche und lustige Sippe oben auf dem Meierhof boten ihr willkommenen Unterschlupf. Auch sonst nahm sie jede Einladung an, auch wenn sie von Arbeiterfrauen zum Tee gebeten wurde. Solche Häuser vermittelten ihr Gefühle der Angeregtheit, und sie unterhielt sich gern mit Arbeitern, deren rassige Köpfe sie liebte. Aber natürlich lebten diese in einer anderen Welt.

Die Monate flossen dahin. Gerry Somercote war ihr ein getreuer Verehrer. Auch andere fanden sich ein, Söhne von Landwirten oder Mühlenbesitzern aus der Umgebung. Es gab Gesellschaften und Tanzereien, Freunde holten sie im Wagen ab und fuhren sie in die Stadt, wo in vornehmeren Hotels oder im eleganten neuen Tanzlokal nachmittags getanzt wurde. All das erlebte sie wie in Trance. Niemals fühlte sie sich so recht frei und heiter. Ein unerklärliches Gefühl der Gereiztheit suchte sie heim, das ihr selber verhaßt war, aber das sie nicht zu bannen vermochte. Namentlich zu Hause war sie reizbar und benahm sich schlecht gegen Tante Cissy. Ihre Launenhaftigkeit wurde in der Familie geradezu berüchtigt.

Lucille mit ihrer praktischen Veranlagung nahm in der Stadt eine Stellung als Privatsekretärin an, da sie fließend Französisch und Stenographie konnte. Sie fuhr täglich in die Stadt, und zwar im gleichen Zug wie Onkel Fred, aber nicht mit ihm zusammen, sondern sie radelte zum Bahnhof, ob das Wetter gut oder schlecht war, während Fred zu Fuß ging.

Hierin waren die beiden Schwestern sich einig: sie gedachten ein unterhaltsames, geselliges Leben zu führen. Es gereichte ihnen zu immer neuem Ärger, daß das Pfarrhaus für ihre Freunde nicht in Frage kam. Es hatte unten nur vier Räume: die Küche, in der die beiden ewig verdrießlichen Dienstboten saßen, das dunkle Eßzimmer, das Studierzimmer des Vaters und der trostlose, große Salon. Nur hier wurde ein richtiges Kaminfeuer unterhalten, aber eben hier hatte natürlich Oma ihren Sitz aufgeschlagen. Hier versammelte sich die Familie, und hier lösten abends nach dem Essen der Pfarrer, Fred und Oma unweigerlich ihre Kreuzworträtsel.

»Oma, hast du es? N, Punkt, Punkt, Punkt, Punkt; W, ein siamesischer Beamter.«

»Wie? Was? M, Punkt, Punkt, Punkt, W?« Sie war ja schwerhörig.

»Nein, Oma, nicht M! N! N, Punkt, Punkt, Punkt, Punkt, W: ein siamesischer Beamter.«

»Ah, so. N, Punkt, Punkt, Punkt, Punkt, W, ein chinesischer Beamter.«

»Nein, siamesisch!«

»Wie?«

»Siamesisch! Siam!«

»Ein siamesischer Beamter? Wer kann das sein?« sagte sie grüblerisch und faltete die Hände überm vorgewölbten Bauch. Die beiden Söhne ergingen sich in Vermutungen, und die alte Dame sagte aha und soso dazu. Der Pfarrer war im Rätselraten sehr geübt, auch Onkel Fred wußte viele technische Ausdrücke. Und wenn keiner mehr weiter wußte, sagte Oma: »Das ist eine harte Nuß!«

Lucille saß in einer Ecke und tat, als läse sie, und Yvette beschäftigte sich verärgert mit einem Zeichenblock oder summte wohl auch dumme Melodien, um das Familienkonzert abzurunden. Tante Cissy kaute Schokolade, ihre Kiefer arbeiteten unablässig; sie lebte buchstäblich davon. Sie saß abseits, kaute und las in einer kirchlichen Zeitschrift. Zuletzt sah sie nach der Uhr und fand es an der Zeit, Oma ihre Tasse Kakao zu machen.

Kaum war sie draußen, so machte Yvette nervös das Fenster auf. Im Zimmer war es immer muffig, und sie fand, es röche nach Oma. Diese, schwerhörig wie sie war, hatte Luchsohren, wenn sie etwas nicht hören sollte. »Du machst das Fenster auf, Yvette? Du solltest daran denken, daß noch ältere Leute als du im Zimmer sind.«

»Man erstickt doch hier. Kein Wunder, daß wir alle immer erkältet sind!«

»Das Zimmer ist doch groß genug«, entgegnete die alte Dame und schüttelte sich. »Es zieht, daß man sich den Tod holen kann.«

»Das bißchen frische Luft! Es zieht doch gar nicht!«

Der Pfarrer begab sich ans Fenster und schloß es, ohne seine Tochter anzusehen. Er tat nicht gern, was sie nicht mochte; aber alles hatte seine Grenzen. Die Rätselraterei, vom Teufel selber erdacht, nahm ihren Fortgang, bis Oma ihren Kakao getrunken hatte und zu Bett ging. Es erfolgte das feierliche Ritual des Gutenachtsagens. Alle standen auf. Die Schwestern bekamen von der blinden Alten ihren Kuß, der Pfarrer reichte ihr den Arm, und Tante Cissy führte den Weg nach oben mit einer brennenden Kerze an. Das alles spielte sich um neun Uhr ab; dabei hätte Oma schon früher zu Bett liegen sollen. Lag sie dann aber, so schlief sie nicht ein, ehe Tante Cissy kam.

»Seht ihr«, erklärte sie dann, »ich habe nie allein geschlafen. Vierundfünfzig Jahre lang keine Nacht, in der nicht euer Opa den Arm um mich gelegt hätte. Als er von mir gegangen war, versuchte ich allein zu schlafen, aber wenn ich nur die Augen zumachte, gab es mir einen Stoß, daß mir das Herz aus dem Leib sprang. Ich zitterte an allen Gliedern. Ja, es war schrecklich, nach vierundfünfzig Jahren einer vollkommen glücklichen Ehe. Ich hätte gewünscht, daß der Herrgott mich zuerst heimrief, aber ich glaube, der Opa – hätte es nicht überlebt!«

Also schlief Tante Cissy bei ihr. Und jammerte ihrerseits, nie käme sie zum Schlafen. Sie wurde grauer und grauer, und das Essen, das sie auf den Tisch brachte, wurde immer schlechter, und schließlich mußte Cissy sich sogar operieren lassen.

Oma aber stand stets gegen Mittag auf, und bei Tisch führte sie mit vorgewölbtem Bauch in ihrem Lehnsessel den Vorsitz. Ihr gerötetes Gesicht mit Hängebacken und widerwärtig majestätischem Ausdruck fiel unter dem Wall ihrer hohen Stirn in Falten herab, und ihre Augen spähten blicklos umher. Ihr weißes Haar wurde immer dünner – das Ganze war schon ein bißchen unappetitlich. Der Pfarrer witzelte mit ihr, und sie tat empört, saß aber in ihrem Fett ganz behaglich und behäbig; nach dem Essen entließ sie den Wind aus ihrem Bauch, preßte die Hand auf den Busen und rülpste zufrieden.

Das schlimmste war, daß sie, wenn die Mädchen junge Leute ins Haus brachten, auf ihrem Platz thronen blieb und die Szene beherrschte, ein häßliches Götzenbild aus altem Fleisch. Es kam ja nur dieses eine Zimmer in Frage. Jeder, der kam, mußte zuerst der alten Dame vorgestellt werden, was sie gnädig duldete, denn sie liebte Gesellschaft. Von jedem wollte sie alles wissen, wer, woher und wieso nebst allem, was es in seinem Leben gab. War sie dann im Bilde, so übernahm sie die Führung des Gesprächs.

Nichts ging den Mädchen ärger auf die Nerven. Und die Besucher sagten: »Ist sie nicht fabelhaft, die alte Dame? Mit fast neunzig Jahren noch so rege!«

»Sie interessiert sich für die Angelegenheiten anderer Leute, wenn ihr das rege nennt«, sagte Yvette.

Sie hatte aber ein schlechtes Gewissen. Im Grunde war es doch wirklich allerhand, mit fast neunzig noch so regen Verstandes zu sein. Außerdem tat sie im Grunde niemandem etwas zuleide. Sie war nur im Weg, und es war eigentlich schlecht, jemanden zu hassen, weil er alt und im Weg war. Yvette bereute also und war nett, und Oma blühte auf und erging sich in Erinnerungen an ihre Jungmädchenzeit in Buckinghamshire. Sie schwatzte und schwatzte und war unterhaltsam, es war wirklich fabelhaft.

Nachmittags kamen Lottie, Ella, Bob Framley und Leo Wetherell. »Ah, kommt nur herein!« Und die ganze Gesellschaft drängte sich ins Wohnzimmer, wo die alte Dame mit ihrem weißen Häubchen am Feuer saß.

»Oma, darf ich dir Mr. Wetherell vorstellen?«

»Mr. – ja, wie ist der Name? Ich höre ein bißchen schwer.« Sie gab dem jungen Mann, der sich unbehaglich fühlte, die Hand und starrte ihn blicklos an. »Sie sind wohl nicht von hier?« fragte sie.

»Ich bin aus Dinnington!« brüllte er.

Ella sagte ganz leise zu den anderen: »Wir wollen morgen in Leos Wagen nach Bonsall Head, zum Picknicken. Wir quetschen uns hinein.«

»Bonsall Head, sagen Sie?« erkundigte sich Oma.

»Ja.« Schweigen.

»Und im Wagen wollen Sie hin?«

»Ja. In Mr. Wetherells Wagen.«

»Fährt er auch gut? Die Strecke ist gefährlich.«

»Doch, er fährt sehr gut.«

»Wie, er fährt nicht gut?«

»Doch! Er fährt sehr gut!«

»Wenn ihr nach Bonsall Head fahrt, gebe ich euch etwas für Lady Louth mit.«

Jedesmal, wenn Besuch da war, brachte sie diese Lady Louth aufs Tapet.

»Wir fahren aber eine andere Strecke!« schrie Yvette.

»Welche denn? Ihr kommt doch über Heanor?«

Sie saßen stumm wie die Mastgänse da und rückten verlegen auf ihren Stühlen. Dann kam Tante Cissy mit dem Tee und dem unvermeidlichen gekauften Kuchen, der ewig reichte. Die alte Dame griff nach den Armlehnen ihres Sessels. Alle standen auf und blieben stehen, während sie an Cissys Arm schwerfällig zu ihrem Platz am Tisch schlurfte.

Während des Tees kam Lucille von der Arbeit heim, müde und mit Schatten unter den Augen. Als sie die Gesellschaft vor sich sah, gab sie einen Seufzer von sich. Nachdem sich der Trubel der Begrüßung gelegt hatte, wandte sich Oma an Lucille: »Du hast mir ja nie von Mr. Wetherell erzählt!«

»So, habe ich nicht?«

»Bestimmt nicht. Ich habe den Namen nie gehört.«

Yvette nahm sich noch ein Stück Kuchen von dem jetzt fast leeren Teller. Tante Cissy, von Yvettes zerstreuter Manier in Wut versetzt, fühlte die Flammen des Hasses in ihrem Herzen wieder aufzüngeln. Sie nahm ihren eigenen Teller und bot Yvette das darauf liegende Stück Kuchen an: »Möchtest du nicht meins auch noch nehmen?«

»Ja, danke«, sagte Yvette zerstreut und nahm es. Nun hatte sie gar zwei Stück. Lucille erbleichte und beugte sich über ihre Tasse. In Cissys Blick schwelte Gift. Dicke Luft. Oma, behäbig thronend, sagte unbeirrbar: »Lucille, wenn ihr morgen nach Bonsall Head fahrt, nehmt für mich etwas für Lady Louth mit.«

Lucille warf der blinden Oma einen unsicheren Blick zu. Diese Lady Louth, das Schreckgespenst der Familie, wurde von Oma unweigerlich hervorgekramt, wenn Besuch da war.

»Sie war neulich wieder so sehr liebenswürdig und hat mir durch ihren Chauffeur ein Buch mit Kreuzworträtseln geschickt.«

»Aber du hast dich doch schon dafür bedankt«, schrie Yvette.

»Ja, aber ich möchte ihr schreiben.«

»Gut, dann können wir den Brief ja einwerfen«, schrie Lucille.

»Nein, nein, nehmt ihn lieber mit. Als Lady Louth mich das letzte Mal besuchte . . .«

Die jungen Leute saßen da wie die Ölgötzen, indessen Oma sich weiter über die Lady verbreitete. Mit Tante Cissys Eingreifen war nicht zu rechnen; sie brütete noch in stummer Wut über die Geschichte mit Yvettes Kuchen. Oder betete sie womöglich, die Arme?

Es war eine Erlösung, als die Gäste aufbrachen. Lucille und Yvette waren am Rande ihrer Fassung. Und Yvette wurde plötzlich klar, daß in der mütterlichen alten Dame nichts als blankes, steinernes, unerbittliches Machtgelüst lebte. Wie ein gnadenloser Götze thronte sie da mit ihrem alten Gesicht und den Hängebacken; und alsbald würde sie den Mund auftun und anfangen, auszufragen: alles und jedes über Leo Wetherell würde sie zu wissen verlangen mit ihrer unersättlichen Gier nach dem Leben anderer. Sie glich einer alten Kröte, die Yvette einmal in ihrer Kindheit beobachtet hatte, am Rande eines Bienenkorbes vor dem Flugloch hatte das Tier gesessen und mit teuflisch raschem Zuschnappen seiner Beutelbacken jede Biene gefangen, die herauskam, und eine nach der anderen verschlungen, als wollte sie das ganze Volk dieses Korbes in ihrem runzligen, gewölbten Bauch verschwinden lassen . . .

3

Der Tag darauf war trübe und grau, die Straßen waren vom wochenlangen Regen durchweicht; trotzdem fuhren die jungen Leute los. Omas Brief an die Lady nahmen sie nicht mit. Die beiden Mädchen entwischten, während Oma nach dem Frühstück die Reise über die Treppe in ihr Zimmer antrat. Um keinen Preis wollten sie bei der Lady vorsprechen, die, obwohl eigentlich eine ganz harmlose Person, zu einem Alpdruck ihres Lebens geworden war.

Sie saßen zu sechst im Wagen und kamen sich sehr großartig und selbständig vor. Freilich machten sie auch einen etwas ratlosen Eindruck. Was war es nun schon, wogegen sie sich auflehnen konnten? Sie waren ganz und gar frei, man ließ sie tun, wozu sie Lust hatten. Es gab keine Fesseln zu sprengen und Riegel zu brechen. Gewiß, da war Oma; aber wem tat sie schon etwas zuleide? Es war Unsinn, sie zu hassen. Sie konnten nichts weiter tun als in diesem Wagen sitzen und geringschätzig über andere Leute reden und ein bißchen flirten, was ziemlich dumm und langweilig war. Hätten sie wenigstens ein paar strenge Verbote gehabt, die zu übertreten sich lohnte! Aber nichts dergleichen, außer allenfalls der dagelassene Brief an Lady Louth; und da deckte der Vater ihnen den Rücken, denn auch er war dem Schreckgespenst der Familie nicht gewogen.

Jetzt ging es im zweiten Gang steil bergauf. Mühsam klomm der Wagen durch den Straßenschlamm in das Dorf Bolehill, das am Abhang lag, und weiter, vorbei an zerklüfteten, mit Farnkraut bewachsenen Felswänden, immer steil bergan. Schließlich hörte der Baumwuchs auf, die Felswände waren nur noch mit kümmerlichen Gräsern bewachsen, die Straße war von niedrigen, rohen Steinmauern eingeschlossen. Sie befanden sich auf der Höhe des Berges.

»Ich halte mal einen Augenblick«, schlug Leo vor. Die Mädchen stiegen aus, um einen Blick in die Runde zu tun. Die Aussicht war ihnen vertraut, doch konnte man sie immer wieder genießen. Die Hügel lagen wie die Knöchel einer Hand vor ihnen; dazwischen, zur Tiefe hin, eng, steil und dunkel die Täler. Weit drunten in der Ferne dampfte ein Eisenbahnzug, der langsam dahinkroch, eine winzige Raupe der Welt in der Tiefe. Der Lärm der Lokomotive drang, vom Echo zurückgeworfen, herauf. Dann vernahmen sie den dumpfen Ton einer Sprengung im Steinbruch.

Leo trieb zum Aufbruch: »Wir wollen doch zum Tee in Amberdale sein! Oder sollen wir's woanders versuchen?«

Nein, sie waren für Amberdale, für das Gasthaus ›Marquis of Grantham‹. »Und welchen Weg wollen wir zurück fahren? Codnor und Crosshill, oder Ashbourne?«

Sie entschieden sich für die Höhenstraße von Codnor. Und wieder sausten sie auf dem kahlen Bergkamm dahin. Er verlief dicht unter dem Himmel und war von schwerem, dunklem Grün. Ein Netz alter Steinmauern zog sich über ihn und teilte die Felder ein, zuweilen von den Ruinen alter Bergwerke unterbrochen. Ein einsames Gutshaus streckte kahle Bäume wie Borsten von sich. In der Ferne lag ein Dorf und glich einem grauen, rauchenden Steinhaufen. Hier und da grasten Schafe, sonst war nirgends eine Bewegung zu sehen, kein Ton zu hören. Sie befanden sich auf dem Dach Englands. Alles war steinern und kahl. Ein Schwarm Krähen strich aus dem Nichts an ihnen vorüber.

Vor ihnen fuhr ein leichtes Pferdefuhrwerk, ein Karren, von einem Mann gelenkt, und daneben ging eine ältere Frau mit einem Sack auf dem Rücken. Der Mann hatte sie eingeholt und hielt sich nun neben ihr. Da die Straße zu schmal zum Überholen war, hupte Leo. Der Mann sah sich um, die Frau nahm keine Notiz.

Yvettes Herz tat einen Sprung. Der Mann dort war ein Zigeuner: schwarz, hübsch und verwegen. Er blieb sitzen und sah sich nur um und musterte unter seiner Schirmmütze hervor die Insassen des Autos. Seine Haltung und sein Blick waren von einer unverschämten Gleichgültigkeit. Unter seiner schmalen, geraden Nase stand ein dünnes schwarzes

Schnurrbärtchen, und um den Hals trug er ein rot und gelb gemustertes Seidentuch.

Er sprach etwas zu der Frau, und sie blieb stehen und drehte sich gleichfalls um. Leo hupte noch einmal. Der Zigeuner lenkte seinen Wagen weiter und die Frau hielt weiter mit ihm Schritt, und sie gaben den Weg nicht frei. Leo hupte lauter und trat auf die Bremse. Der Wagen hielt sich jetzt dicht hinter dem Zigeuner. Dieser wandte sich wieder um und sagte etwas, das sie nicht verstanden. Er lachte mit seinem dunklen Gesicht unter der grünen Mütze, die weißen Zähne blitzten, mit der gebräunten Hand machte er eine Bewegung.

»Gehen Sie doch aus dem Weg!« schrie Leo. Der Mann brachte sein Pferd zum Stehen. Es war ein schöner rötlicher Schimmel. Der Karren war grüngestrichen.

Leo mußte halten. Er war wütend.

Der Zigeuner drüben fragte: »Wollen die schönen jungen Ladies ihre Zukunft hören?« Er lachte mit dem ganzen Gesicht, nur seine schwarzen Augen lachten nicht. Sie wanderten von einem zum anderen und blieben auf Yvettes junger Erscheinung haften. Sekundenlang begegnete sie seinem dunklen Blick, seiner Dreistigkeit, seiner Nichtachtung gegenüber allen anderen, die dabei waren. In ihrer Brust flammte etwas auf. Sie dachte: ›Er ist stärker. Er schert sich um nichts.‹

»O ja!« rief Lucille, und auch die anderen Mädchen waren dafür zu haben.

»Mein Gott, wie lange soll das denn dauern?« rief Leo.

»Ach was, dauern! Mußt du immer an die Uhr denken?« rief Lucille.

Der Zigeuner saß seitlich auf seinem Gefährt und besah sich die Gesichter. Dann sprang er etwas steifbeinig herunter. Er zählte etwa dreißig Jahre und mochte für einen schönen Mann gelten. Er trug eine Art grün und schwarz gestreiftes zweireihiges Jägerwams, das bis zu den Hüften reichte, enge schwarze Hosen, lange Stiefel, dazu ein rotgelbes Taschentuch um den Hals und eine grüne Mütze. Sein Aufzug wirkte echt zigeunerhaft und dabei merkwürdig elegant; überhaupt sah er hübsch aus, wie er jetzt den Ankömmlingen keine Beachtung mehr schenkte und das Pferd an den Straßenrand führte, um sein Gefährt zurückzusetzen.

Erst jetzt sahen sie, daß die Straße hier eine Einbuchtung aufwies, in der drei Wohnwagen mit dampfenden Schornsteinen standen. Yvette stieg rasch aus. Sie befanden sich an einem stillgelegten Steinbruch, der aus der Felswand geschnitten war, und auf diesem Lagerplatz, der fast eine Höhle bildete, standen die drei aufgebockten Wohnwagen. Dahinter eine aus Zweigen gebildete Hütte, die offenbar dem Pferd zur Unterkunft diente. Das Ganze war ein geschütztes und behagliches Winterlager.

Die Frau mit dem Sack war in einen der Wagen getreten und hatte die Tür hinter sich offengelassen. Zwei Kinder steckten ihre schwarzen Köpfe durch die Tür und lugten herüber. Der Zigeuner schob sein Gefährt rückwärts in den Steinbruch und rief etwas, worauf ein älterer Mann herbeikam und ihm beim Ausspannen zur Hand ging. Ein weiß und bräunlich gesprenkelter Jagdhund, der unter einem der Wagen angekettet war, stieß ein Knurren hervor, als Leo und Bob sich näherten. In der Tür des gleichen Wagens erschien jetzt eine dunkelhäutige Zigeunerin mit einem knallroten Tuch um den Kopf und langen Ohrgehängen. Ihr gefälteter, weiter grüner Rock schwang um ihre Beine, als sie die Stufen herabstieg. Ihr dunkles, verwegenes, längliches Gesicht war hübsch, hatte aber etwas von einem Raubtier.

»Guten Tag, Ladies, Gentlemen«, sagte sie mit unbeholfenem, fremdem Akzent und betrachtete die Mädchen mit aufmerksamen Blicken. Die Mädchen erwiderten den Gruß. »Welche von den schönen jungen Damen möchte hören ihre Zukunft? Muß mir geben ihre kleine Hand.«

Ihre Augen wanderten forschend und lebhaft, mit einer grausamen Neugierde, von einem zum anderen. Jetzt erschien der Zigeuner, der wohl ihr Mann war, auf der Treppe zum Wohnwagen, eine Pfeife im Mund und ein schwarzhaariges Kind auf dem Arm. So sah er aus seinen dunklen, hochmütigen, unverschämten Augen auf die Gruppe herab. Sein Blick hatte etwas Durchbohrendes, Yvette spürte es in den Knien. Sie tat, als betrachte sie den Hund.

»Wieviel verlangen Sie denn fürs Wahrsagen?« wollte Lottie Framley wissen. Aber die sechs jungen hellhäutigen Leute hielten sich zögernd von der fremdrassigen Frau in einigem Abstand.

»Alle zusammen, Ladies and Gentlemen?« fragte diese mit lauerndem Blick.

»Ich nicht, danke. Macht ihr nur, was ihr wollt«, sagte Leo.

»Ich danke ebenfalls«, sagte Bob. »Also ihr vier Mädchen.«

»Die vier Ladies«, sagte die Zigeunerin und musterte zuerst Bob und Leo und dann die vier Mädchen. »Jede soll geben einen Shilling, und ein bißchen dazu für das Glück.« Sie lächelte, es sah mehr habgierig als schmeichlerisch aus, unter den sanften Worten war ihre starke Willenskraft spürbar.

»Gut«, sagte Leo, »ein Shilling pro Nase. Aber laßt es nicht so lange dauern!«

»Ach was«, entgegnete Lucille. »Wir wollen alles hören.«

Die Frau holte zwei Stühle aus dem Wagen und stellte sie auf. Dann nahm sie Lottie an der Hand und ließ sie sich setzen. »Ist Ihnen recht, wenn alle auch hören?« fragte sie.

Lottie, rot vor Aufregung, als die Zigeunerin ihr mit harten Fingern über die Handinnenfläche strich, sagte: »Mir ist es recht.«

Die Zigeunerin verfolgte Lotties Handlinien mit ihrem harten braunen Zeigefinger, der aber sauber war. Mit langsamer Stimme verkündete sie ihre Wahrsagungen. Die anderen hörten zu und machten ihre Bemerkungen: »Damit muß Jim Baggaley gemeint sein ... Aber das glaub ich nicht

... Nein, das stimmt nicht ... Schöne Frau, die unter einem Baum sitzt? Wer mag das sein?«

Lottie, rot und verlegen, trat zurück, und Ella kam an die Reihe. Sie verhielt sich ruhig und suchte die Orakelsprüche sogleich zu deuten.

Der Zigeuner stand oben auf der Wagentreppe und sah reglos zu. Aber seine kühnen Augen ließen Yvette nicht los. Sie fühlte seine Blicke auf sich ruhen und wagte den Kopf nicht zu heben. Es waren Augen, die aus der Welt der Erniedrigung kamen, der Stolz der Geächteten war darin, die spöttische Herausforderung des Verstoßenen, der die Gesetzestreue verhöhnt und seinen eigenen, einsamen Weg geht. Die ganze Zeit hindurch stand er da oben, das Kind auf dem Arm, und sah gleichgültig zu.

Lucille kam an die Reihe. »Sie waren überm Meer und haben gekannt einen Mann, einen braunen, war aber zu alt für Sie ...«

Lucille tat einen Ausruf der Verblüffung und sah Yvette an. Diese aber hörte nicht hin und war ganz abwesend, wie unter einem Bann.

»Sie werden heiraten. In ein paar Jahren. Nicht jetzt gleich. In ein paar Jahren. Vielleicht vier. Sie werden nicht reich. Aber haben genug. Sie werden verreisen. Eine lange Reise.«

»Mit Mann oder ohne Mann?« fragte Lucille.

»Mit ihm«, sagte die Zigeunerin.

Als Yvette an der Reihe war und die grausam forschenden Augen der Zigeunerin auf ihr ruhten, sagte sie nervös: »Nein, ich will mir nicht wahrsagen lassen. Ich will nichts wissen. Nein, wirklich nicht.«

»Sie haben Angst?« sagte die Zigeunerin schroff.

»Ach, das nicht ...«

»Sie haben ein Geheimnis? Sie haben Angst, daß ich es verrate? Kommen Sie mit in den Wagen, da hört niemand.«

In Yvettes zartem Gesicht stand Eigensinn geschrieben, aber doch sagte sie plötzlich: »Gut. Ich komme.«

»Ja, mach schon«, riefen die anderen, aber Lucille sagte: »Tu's lieber nicht.«

»Doch«, sagte Yvette trotzig. »Ich geh hinein.«

Die Frau rief ihrem Mann auf der Treppe etwas zu. Er verschwand ein Weilchen im Wagen und kam dann wieder hervor, stieg die Stufen hinab und nahm das kleine Kind bei der Hand. Dann schlenderte er langsam an Yvette vorbei über den Platz. Er sah ihr gerade ins Gesicht mit dem nackten, dreisten Blick des Geächteten. Etwas in ihr wehrte sich gegen diesen Blick, aber gleichzeitig stellte jenes gleiche Etwas in ihr fest, wie kühn und klar sein Gesicht geschnitten war, wie die Linien seiner Nase, seiner Wangen, seiner Schläfen verliefen, wie die Anmut seines Körpers herausfordernd war. Er wiegte sich geschmeidig in den Hüften, und abermals mußte sie denken: ›Er ist stärker als ich. Von allen, die ich kenne, ist er als einziger stärker als ich.‹

Dann kletterte sie neugierig hinter der Zigeunerin her in den Wagen. In der Tür sah sie sich nach den anderen um und sagte: »Es dauert nicht lange.« Sie wußte, daß er sich umgewandt hatte, ihr nachzusehen. Der Pelzkragen ihres Mantels stand ein wenig offen und ließ ein Stück ihres zarten, schlanken Halses sehen. Weich wirkte sie und zugleich hochmütig und ungebunden.

Was die Zigeunerin ihr sagte, erfuhr niemand. Den anderen wurde die Zeit lang. Es dämmerte, die Luft wurde rauh und kalt. Aus dem zweiten Wagen dampfte es und roch nach kräftigem Essen. Fern von den Wartenden standen zwei Zigeuner und sprachen gedämpft miteinander. Endlich öffnete sich die Tür und Yvette kam hervor, sie bückte sich und stieg mit ihren langen, schlanken Beinen die Stufen hinunter. »Hat es lange gedauert?« fragte sie zerstreut, ohne jemanden anzusehen. »Hoffentlich habt ihr euch nicht gelangweilt.« Über das, was sie gern hören wollten, schwieg sie sich aus. »Jetzt freu ich mich auf den Tee. Los, laßt uns fahren!«

»Steigt ein«, sagte Bob. »Ich zahle.«

Die Zigeunerin kam das Treppchen herab und stand, überlegen dreinblickend, hochaufgerichtet da. Ihr Kopftuch war zur Seite geglitten und ließ ihr krauses schwarzes Haar sehen. Sie betrachtete die jungen Leute mit ihrem verwegenen Blick. Bob gab ihr zwei halbe Kronen. »Nur ein klein bißchen mehr. Ein klein bißchen mehr für Glück der jungen Lady«, sagte sie schmeichelnd, aber es klang wie das Knurren eines Wolfs. »Noch ein bißchen mehr Silber, es bringt Ihnen Glück.«

»Sie haben schon einen Shilling extra fürs Glück bekommen«, sagte Bob ruhig und ging zum Wagen.

»Noch ein bißchen mehr Silber. Etwas Silber für Glück in der Liebe!«

Als Yvette eben in den Wagen steigen wollte, drehte sie sich mit einem plötzlichen Entschluß noch einmal um, ging auf die Zigeunerin zu und steckte ihr etwas in die Hand. Dann kam sie zurück und stieg ein.

»Glück und Segen für die schöne Lady, den Segen der Zigeuner!« klang die eindringliche Stimme der Frau hinter ihr her. Der Motor sprang an, die Scheinwerfer strahlten auf, und alsbald ließen sie den Steinbruch hinter sich in der Schwärze der Nacht. Der Lichtstrahl des Wagens beglänzte die talabwärts führende Straße.

»Erzähl, Yvette, was hat sie dir gesagt?« rief Lucille, die sich nicht daran kehrte, daß Yvette sich ausschwieg.

»Ach, nichts, jedenfalls nichts Aufregendes«, erwiderte Yvette mit gespieltem Gleichmut. »Nur so das Übliche, ein dunkler Herr, der Glück bedeutet, und ein anderer, hübscher, der Unglück bringt, ein Todesfall in der Familie. Wenn damit Oma gemeint ist, na ja, das wäre ja nicht so entsetzlich. Und ich heirate mit dreiundzwanzig, kriege einen Haufen Geld und viel Liebe und zwei Kinder. Klingt alles sehr nett, aber doch zu schön, um wahr zu sein, weißt du.«

»Warum hast du ihr denn noch Geld gegeben?«

»Gott, es machte mir Spaß. Man muß gegen solche Leute auch mal ein bißchen großzügig sein.«

4

Fürchterliche Aufregung gab es, als die Sache mit Yvette und der Kirchenfenstersammlung herauskam. Tante Cissy hatte ihr ganzes Herz daran gehängt, daß für die Kirche ein Buntglasfenster zum Andenken an die Gefallenen gestiftet werden sollte. Da diese nun aber überwiegend Nonkonformisten gewesen waren, kam bei der Sammlung nicht mehr heraus als eine unansehnliche, kleine Gedenktafel vor der wesleyanischen Kapelle.

Tante Cissy ließ aber nicht locker, sondern brachte Wohltätigkeitsveranstaltungen zustande, auf denen die Mädchen Stücke aufführten. Yvette, der dies lag, nahm sich des Schwankes *›Maria im Spiegel‹* an und sammelte die Beiträge ein, die für die Fensterstiftung bestimmt waren. Jede der Schwestern hatte eine Sammelbüchse für die einkommenden Gelder.

Als Tante Cissy meinte, daß jetzt genügend beisammen wäre, verlangte sie Yvettes Büchse und fand nur fünfzehn Shilling darin. Fassungsloses Entsetzen.

»Wo ist der Rest?«

»Ach, ich hab ihn mir ausgeliehen«, sagte Yvette obenhin. »Es war ja nicht viel.«

»Und die drei Pfund dreizehn für die Aufführung?« fragte Cissy mit einem Gesicht, als täten sich die Pforten der Hölle vor ihr auf.

»Ja, die auch. Ich habe sie mir geliehen. Ich zahle sie ja zurück.«

Die arme Tante Cissy. Der Haß brach wie ein Geschwür in ihr auf; es gab eine greuliche Szene. Noch lange danach zitterte Yvette vor Abscheu und Angst. Sogar der Pfarrer nahm die Sache tragisch:

»Warum tust du nicht den Mund auf, wenn du in Geldnot bist? Hab ich dir je etwas Vernünftiges abgeschlagen?«

»Ich dachte«, stotterte Yvette, »es sei nicht so wichtig.«

»Was hast du mit dem Geld gemacht?«

»Ich hab's ausgegeben«, sagte sie mit aufgerissenen Augen und bleichem Gesicht.

»Ausgegeben. Wofür?«

»Ich weiß nicht mehr genau. Strümpfe und so. Ich hab auch was davon verschenkt.«

Die Arme. Jetzt mußte sie erleben, wie ihre hochmütige und eigenmächtige Art sich gegen sie selber kehrte. Der Vater war verärgert, er sah böse und fast höhnisch drein, denn die Furcht stieg in ihm auf, einige der unmoralischen Eigenschaften Cynthias kämen bei seiner Tochter zutage.

»So, du spielst dich wohl gern mit fremdem Geld auf?« sagte er bissig. Ein kalter Hohn lag in diesen Worten, der zeigte, wie wenig Güte in seinem Herzen lebte. Er glaubte nicht an Yvette, sein Herz war leer.

»Was hast du zu deiner Entschuldigung vorzubringen?«

Sie sah ihn nur aus erstorbenen Augen in dem schneeglöckchenblassen Gesicht an, machtlos und schuldbewußt; so starr und schneeglöckchenblaß hatte auch Cynthia dreingesehen, in Angst vor der Erniedrigung seines Unglaubens, vor diesem Wurm in seinem Herzen. Ja, er wußte, daß dieser Wurm da war, und fürchtete sich davor, ihn sehen zu lassen. Als er gewahrte, wie Yvette vor ihm zurückschrak, legte er wieder die Maske des launigen alten Spötters an: »Na gut, dann zahlst du es eben zurück, mein Mädchen, das ist alles. Ich will dir den Betrag auf dein Taschengeld vorschießen. Aber ich ziehe dir vier Prozent Zinsen davon ab. Der Teufel selber muß seine Schulden bezahlen! Und wenn es mal wieder vorkommt, daß es mit dir durchgeht, vergreif dich nicht wieder an fremdem Geld. Unehrlichkeit lohnt sich nicht.«

Yvette war zerknirscht und erniedrigt. Mit hängenden Flügeln schlich sie umher. Sie verstand sich selber nicht. Warum hatte sie das schmutzige Geld nur angerührt! Es war unrecht gewesen. Klar, sie hätte es nicht tun dürfen. Kein Wunder, daß man böse auf sie war.

Woher aber rührte dieser körperliche Ekel? Warum war

ihr plötzlich zumute, als sei sie mit einer Krankheit angesteckt worden?

Auch die arme Lucille ärgerte sich sehr und hielt ihr eine Strafpredigt. »Was ich so furchtbar dumm von dir finde, ist, daß du dich ihnen damit so ausgeliefert hast. Es war doch klar, daß es herauskommen würde! Ich hätte das Geld schon für dich aufgetrieben und wir hätten uns den Krach erspart. Es war zu widerlich! Und was Tante Cissy dir da alles an den Kopf geworfen hat! Was hätte Mama dazu gesagt!«

Immer wenn etwas ganz schlimm wurde, dachten sie an ihre Mutter und verachteten den Vater und die ganze elende Brut der Saywells. Ihre Mutter hatte ja einer anderen, höheren, freilich auch gefährlichen, einer ›unmoralischen‹ Welt angehört. Einer entschieden selbstsüchtigeren. Aber das war eine Welt, die etwas herzeigte, bedenkenloser und hochgemuter, wo es dergleichen Erniedrigungen nicht gab.

Yvette glaubte, daß sie ihre erlesene Zartheit von der Mutter geerbt hätte. Die Saywells waren alle wie aus Leder gemacht und innerlich schmierig. Doch ließen sie einen nicht im Stich, und Cynthia hatte ihren Mann allerdings Knall und Fall im Stich gelassen und ihre Kinder dazu. Ihre kleinen Kinder! Ganz konnten sie ihr das nie verzeihen.

Nach diesem großen Krach begann Yvette die ganz anders geartete Sauberkeit und Unberührtheit ihres edleren Fleisches und Blutes zu begreifen, das von den Saywells mit ihrer angeblichen Moralität verwässert werden sollte. Immerdar trachteten sie danach, sie zu verderben. Sie waren Ungläubige. Cynthia aber hatte nur an ihre Moralität nicht geglaubt.

Der Pfarrer gab Tante Cissy das Geld, und es gereichte der Dame zur Wut. Ihr Geschwür eiterte noch immer. Am liebsten hätte sie die Schande ihrer Nichte im Kirchenblatt veröffentlicht gesehen. Es fraß an der zerfressenen Frau, daß sie die Affäre nicht aller Welt mitteilen konnte.

Der Pfarrer händigte seiner Tochter eine Aufstellung aus.

Der Betrag, den sie ihm schuldete, war mitsamt Zinsen gegen ihr Taschengeld aufgerechnet. Außerdem aber hatte er ihr ein Pfund gutgeschrieben, und zwar dafür, daß er selber verpflichtet wäre, für seine Mitschuld zu büßen.

»Als Vater der Übeltäterin«, sagte er humorig, »bin ich zu einer Geldstrafe von einem Pfund verurteilt. Damit bin ich wieder reingewaschen.« In Geldsachen war er großzügig. Seine Freigebigkeit war ihm ein Anlaß, sich für hochherzig zu halten.

Tante Cissy hingegen wurde ihre Wut nicht so leicht los. Eines Abends war Yvette, die sich nicht wohl fühlte, früh ins Bett gegangen. Lucille hatte eine Einladung angenommen. Die Tür tat sich leise auf, Tante Cissys graues Gesicht schob sich durch den Türspalt. Yvette fuhr erschrocken hoch.

»Lügnerin! Diebin! Gemeine, kleine Bestie!« zischte das Gesicht. »Heuchlerin du! Lügnerin! Du gieriges, gemeines, kleines Biest!«

Ein so schrankenloser, giftiger Haß schoß Yvette aus diesem Gesicht entgegen, daß sie den Mund zu einem Schrei wahnsinniger Angst auftat, aber Tante Cissy machte die Tür ebenso rasch wieder zu und verschwand. Yvette sprang aus dem Bett und drehte den Schlüssel um, dann kroch sie wieder unter die Decke, halb tot vor Ekel, Angst und beleidigtem Stolz. Und mitten darin stieg ein irres Gelächter in ihr auf. Wie lächerlich schmutzig doch dies alles war!

Da sie noch jung war, vermochte sie nicht zu begreifen, was geschehen war. Sie lag da und wünschte sich, eine Zigeunerin zu sein. In einem Lager, einem Wohnwagen leben, kein Haus betreten, von keiner Kirchengemeinde wissen, keine Kirche nur je ansehen! Ihr Herz verhärtete sich gegen das Pfarrhaus. Wie haßte sie diese eingebauten sanitären Einrichtungen, diese Badezimmer, das muffige Dahinleben mit einer Spülleitung, die nicht erwähnt werden durfte, deren Gestank man aber überall, von den Dienstmädchen bis zur Oma allenthalben zu spüren bekam.

Die Zigeuner hatten kein Badezimmer, aber eine Spülleitung hatten sie wenigstens auch nicht, sondern dafür frische Luft, und die gab es im Pfarrhaus nicht. In den Seelen der Menschen hier stand die Luft still, bis sie stank.

Sie lag mit vergiftetem Herzen und tauben Gliedern da und dachte an die Worte der Zigeunerin: »Ich sehe einen Mann mit schwarzem Haar, der in keinem Haus wohnt. Er liebt Sie. Die anderen treten Ihr Herz mit Füßen. Sie treten so lange, bis sie glauben, es ist tot. Aber der Mann mit dem schwarzen Haar wird wieder entfachen den Funken, daß er mit starkem Feuer brennt.«

Sie liebte diese Zigeunerin, liebte ihre Grausamkeit und ihre Furchtlosigkeit, ihre lauernde, rücksichtslos fordernde Kraft, die Kraft ihres Geschlechts, die unmoralisch sein mochte, aber stolz und trotzig. Kein Mann könnte sie bändigen. Für das Pfarrhaus und seine Moralität hätte sie nur Verachtung. Oma würde sie mit einer Hand erwürgen, und dieselbe Verachtung wie für den fetten alten Neufundländer würde sie für all solche Haushunde haben, die sich Männer nannten, wie Fred und den Vater.

Und dann er, der Zigeuner. Sie hatte die unverhüllte Begierde in seinen verwegenen Augen zu spüren bekommen. Diese Begierde lähmte sie so, daß sie wie betäubt und verwandelt in ihren Kissen lag.

Niemandem hatte sie gestanden, daß die zwei Pfund aus jener Fenstersammlung in die Hand der Zigeunerin gewandert waren. Wenn der Vater und Tante Cissy das wüßten! Sie reckte sich schadenfroh. Der Gedanke an ihn, den Zigeuner, hatte sie aus ihrer Starre gelöst, hatte ihren Haß geformt, so daß sie nun Kraft in sich fühlte, nicht Ohnmacht.

Als Lucille nach Hause kam und von Tante Cissys Auftritt hörte, war sie empört. Sie war um diese Zeit überhaupt sehr reizbar. Sobald sie das Pfarrhaus betrat, rebellierten ihre Nerven. Sie war gewissenhaft und nahm es mit jeder Kleinigkeit ernst. Sie bürdete sich alle Scherereien auf, sorgte für Dienstboten, Ärzte und Hausmittel und alles, was es nur gab. Sie saß von zehn bis fünf Uhr in einem Büro bei künstlichem Licht und arbeitete; dann kam sie nach Hause, um Omas gräßliche, eigensinnige Neugier und alle ihre rücksichtslosen Altersgewohnheiten über sich ergehen zu lassen.

Der Sturm um die Sammlung für das Kirchenfenster tobte sich schließlich aus, aber die Luft im Haus blieb dick. Wenn Lucille ihren freien Nachmittag hatte, blieb sie zu Hause, hatte aber keine Freude daran. Der Pfarrer saß in seinem Studierzimmer, Oma lag auf dem Sofa. Die Schwestern schneiderten an einem Kleid für Yvette. Es war aus blauem französischem Seidensamt und wurde sehr hübsch. Lucille bestand darauf, daß Yvette es noch einmal überzog, da der Sitz unter den Armen ihr nicht gefiel.

»Ach Gott, dieser Umstand!« klagte Yvette und reckte ihre langen, kindlichen Arme, die dazu neigten, bei Kälte blau anzulaufen. »Sei doch nicht so pedantisch, es sitzt doch sehr gut!«

»Wenn das der Dank ist, daß ich mich hier für dich plage, könnte ich ja lieber was für mich selber tun!«

»Ich hab dich nicht darum gebeten, aber du mußt ja immer was zu befehlen haben, sonst hältst du es nicht aus«, sagte Yvette mit der ihr eigenen entwaffnenden Freimütigkeit und besah sich im Spiegel.

»Wenn du jetzt nicht still stehst und aufhörst zu zappeln, tu ich keinen einzigen Stich mehr!«

»Gott, bist du schlecht gelaunt und übelnehmerisch«, sagte Yvette und trat von einem Fuß auf den anderen.

Lucilles Augen schossen Blitze: »Jetzt hör aber auf. Wer soll sich auch deine Launen gefallen lassen!«

»Ich und Launen? Nicht daß ich wüßte«, entgegnete Yvette, wand sich aus dem halbfertigen Kleid und schlüpfte in ihr altes. Dann setzte sie sich und begann in dem trüben Licht an dem blauen Stoff zu nähen. Ihr Gesicht sah bockig aus, wie immer bei Auseinandersetzungen. Stoffreste lagen überall im Zimmer herum, die Schere war zu Boden gefallen, der Inhalt des Nähkorbes überallhin verstreut, ein kleiner Spiegel stand auf dem Klavier bedrohlich nah an der Kante.

Oma hatte im Halbschlummer gedöst, jetzt richtete sie sich auf und ordnete ihr Häubchen. »Dabei soll man nun schlafen können!« klagte sie und betastete ihr strähniges weißes Haar.

Tante Cissy kam herzu und suchte in einem Beutel nach Schokolade. »Was für eine Unordnung! Es wäre angebracht, Yvette, wenn du einmal aufräumtest.«

»Tu ich schon«, gab Yvette zurück. »Gleich.«

»Das heißt: überhaupt nicht«, sagte Tante Cissy, schoß herzu und hob die Schere vom Fußboden auf. Eine Weile herrschte Stille, dann ließ sich Tante Cissy wieder vernehmen: »Es wäre angebracht, daß du aufräumtest!«

»Tu ich ja schon. Vor dem Tee«, erwiderte Yvette, stand auf, zog das Kleid wieder über den Kopf und steckte die nackten Arme durch die Ärmellöcher. Dann stellte sie sich zwischen die beiden Spiegel und stieß dabei gegen den, den sie hart an die Kante des Klaviers gestellt hatte. Er fiel lärmend zu Boden. Glücklicherweise zerbrach er nicht, aber alle erschraken. »Du hast den Spiegel kaputtgemacht!« schrie Tante Cissy.

»Den Spiegel kaputtgemacht? Welchen Spiegel? Wer hat ihn kaputtgemacht?« kam Omas scharfe Stimme.

»Nichts hab ich kaputtgemacht«, sagte Yvette ruhig. »Er ist ja heil geblieben.«

»Stell ihn lieber da nicht wieder hin«, sagte Lucille.

Yvette zuckte die Achseln über soviel Aufsehen und versuchte den Spiegel woanders aufzustellen, was ihr aber nicht gelang. »Wenn man doch im eigenen Zimmer Feuer hätte«, sagte sie ärgerlich, »dann brauchte man nicht andere aufzuregen, wenn man was nähen will.«

»Was ist denn das für ein Spiegel?« wollte Oma wissen.

»Der von früher, von zu Hause«, sagte Yvette in abweisendem Ton.

»Dann mach ihn nicht gerade in diesem Haus kaputt,

egal woher er ist«, sagte Oma. Über alle Gegenstände, die aus Cynthias Zeit stammten, war nämlich eine Acht verhängt. Nach Möglichkeit wurden sie in die Dienstbotenzimmer abgeschoben.

»Ich bin nicht abergläubisch«, sagte Yvette. »Weder mit Spiegeln noch mit sonstwas.«

»Kein Wunder«, sagte Oma. »Wer sich nicht für die eigene Handlungsweise verantwortlich fühlt, nimmt sich auch mit nichts sonst in acht.«

»Schließlich war es ja *mein* Spiegel, weiter sage ich nichts«, erwiderte Yvette.

Und Oma darauf: »Und ich sage weiter nichts, als daß hier im Haus überhaupt keine Spiegel kaputtgemacht werden sollen, ganz gleich, wem sie gehören oder woher sie stammen. Cissy, sitzt meine Haube richtig?«

Cissy rückte ihr die Haube zurecht. Yvette summte laut und herausfordernd eine fade Melodie.

»Räumst du jetzt endlich auf?« sagte Tante Cissy.

»Verdammt«, schrie Yvette, »daß man mit Leuten zusammenleben muß, die immerzu an einem herumsticheln.«

»Darf man fragen, was für ›Leute‹ du meinst?« sagte Oma drohend. Neuer Krach lag in der Luft. Lucille sah Yvette mit einem glühenden Blick an. Die Mutter erwachte in dem Blut der zwei Mädchen.

»Gern darf man fragen!« sagte Yvette böse. »Du weißt genau, daß ich die Leute in diesem widerlichen Haus meine.«

»Wir wenigstens«, sagte Oma, »stammen nicht aus einer halbverkommenen Familie.«

Eine Sekunde Pause voll unerträglicher Spannung. Lucille sprang auf, sie kochte vor Wut. »Halt den Mund!« schrie sie. Das Wort schmetterte auf die fadenscheinige Majestät der alten Dame nieder. Omas Busen wogte heftig auf und nieder voller Stürme, die Gott allein kannte. Die Stille, die hiernach eintrat, war eisig.

Dann stürzte sich Tante Cissy wie eine Furie auf Lucille.

»Geh in dein Zimmer!« schrie sie heiser. »In dein Zimmer mit dir!«

Sie stieß Lucille, die es widerstandslos geschehen ließ, aus dem Zimmer ins Treppenhaus. »Du bleibst in deinem Zimmer, bis du um Verzeihung bittest. Du bittest Oma um Verzeihung!«

»Ich bitte nicht um Verzeihung!« erscholl Lucilles klingende Stimme vom Treppenhaus her, während Cissy sie mit wilder Wut nach oben vor sich her stieß.

Yvette stand noch immer in dem halbfertigen Kleid, aus dessen Ärmellöchern ihre nackten Arme hervorsahen, im Wohnzimmer, mit nachdenklich-zerstreutem Gesicht, wie es ihre Art war. Lucilles Ausbruch hatte sie halbwegs betäubt.

»Ich habe natürlich niemanden kränken wollen«, ließ sich Oma vernehmen.

»Nicht?« sagte Yvette kalt.

»Natürlich nicht. Ich habe nur gesagt, wir sind noch nicht verkommen, wenn wir wegen zerbrochener Spiegel abergläubisch sind.«

Yvette traute kaum ihren Ohren. Es war eine glatte Lüge, womit Oma da ihr ehrwürdiges Alter schändete. Yvette wußte aber, daß sie sie in dem nämlichen Augenblick, da sie sie aussprach, auch schon selber glaubte.

Jetzt, da es still geworden war, erschien der Pfarrer auf der Bildfläche: »Was ist eigentlich los?« fragte er mit aufgetragener Munterkeit.

»Nichts«, sagte Yvette abweisend. »Oma sagte was, und da bat Lucille sie, den Mund zu halten. Da hat Tante Cissy sie aus dem Zimmer geschickt. Viel Lärm um nichts! Vielleicht ist Lucille diesmal zu weit gegangen.«

Die alte Dame hatte Yvettes Worte nicht verstanden. »Lucille muß sich zusammennehmen«, ließ sie sich vernehmen. »Der Spiegel fiel hin, das ärgerte mich. Das sagte ich Yvette, und sie redete was von Aberglauben und von ›Leuten‹ in diesem ›widerlichen‹ Haus. Ich habe nur gesagt, die Leute in diesem Haus sind noch nicht widerlich, weil sie nicht mögen, wenn ein Spiegel zerbricht. Da hat Lucille mich angeschrien, ich solle den Mund halten. Es ist wirklich eine Schande, wie diese Kinder sich gehenlassen. Aber ich weiß ja, es sind nur die Nerven.«

Währenddem war Tante Cissy wieder hereingekommen. Zuerst sagte sie nichts, dann fand sie, daß Oma es richtig dargestellt hätte.

»Lucille darf nicht wieder herunterkommen, bis sie sich bei Oma entschuldigt hat«, sagte sie.

»Ich bezweifle, daß sie das tut«, sagte Yvette gelassen.

»Ich will auch gar keine Entschuldigung«, sagte Oma. »Es sind nur die Nerven. Aber was soll aus Kindern werden, die schon so früh mit den Nerven anfangen! Lucille sollte Brom nehmen. Ja, und jetzt muß Arthur seinen Tee haben, Cissy!«

Yvette räumte ihre Näharbeit weg, um nach oben zu gehen. Sie summte immer noch vor sich hin, aber innerlich zitterte sie vor Wut. Auf dem Treppenabsatz blieb sie stehen, um aus dem Fenster zur Landstraße und zur Flußbrücke hinauszusehen. Das tat sie immer. Irgend etwas mußte doch einmal von Papplewick her ins Tal kommen. Oft war es ein Karren oder Lastwagen mit Steinen, oder ein Arbeiter, oder ein Dienstmädchen, oder ein Auto. Und diesmal bog mit dem munteren Trapp-Trapp eines rötlich gefleckten Schimmels eben ein Wägelchen um die Kurve der staubgrauen Landstraße. Sein Lenker war ein Mann mit einer Mütze auf dem Kopf, der sich lässig auf seinem schwankenden Sitz im Gleichgewicht hielt. Hinter ihm ragten lange Reisigbesen und kürzere Federwische und Staubwedel aus dem Gefährt hervor und wackelten mit ihren Rohrstielen.

Yvette stand am Fenster, ließ die Vorhänge hinter sich zufallen und umklammerte ihre bloßen Oberarme mit den Händen.

Das Pferd schlug jetzt einen munteren Trab an. Das Gefährt klapperte über die Brücke, der Mann darauf saß mit schwankenden Bewegungen da und schien zu schlafen. Es war ein Bild wie aus einem Traum.

Als er von der Brücke her an der Pfarrhausmauer entlang in die Straße einbog, sah er zu dem Haus hinauf. Yvettes Hände taten eine rasche Bewegung, und im gleichen Augenblick belebte sich das gebräunte Räubergesicht des Mannes unter seiner Schirmmütze.

Er hielt vor der weißen Gitterpforte, immer zu Yvettes Fenster hinaufblickend, das Pferd an. Dann machte er mit einem raschen Kopfnicken ein Grußzeichen und lenkte das Pferd von der Straße auf den Rasenstreifen. Er schlug mit einer geschickten Bewegung das Zelttuchverdeck des Gefährts zurück und holte mehrere der Reisig- und Federbesen hervor; hierauf deckte er den Wagen wieder zu und schritt auf das Haus zu. Als er sich die Pforte aufmachte, sah er abermals zu Yvette empor.

Sie nickte ihm zu und lief hastig ins Badezimmer, um ihr Kleid anzuziehen. Hoffentlich habe ich nicht zu deutlich genickt, dachte sie. Daß er nicht weiß, ob es ein Nicken war oder nicht. Dann vernahm sie das heisere Knurren Rovers, des alten Neufundländers, und das hohe Gekläff der jungen Trixie dazwischen. Gleichzeitig mit dem Dienstmädchen kam sie an der Haustür an.

»Das wird der Mann sein, der Besen verkauft«, sagte sie. »Lassen Sie nur. Tante Cissy, draußen ist einer, der Besen verkauft. Soll ich aufmachen?«

»Was für ein Mann?« fragte Tante Cissy, die mit Oma und dem Pfarrer zusammen beim Tee saß.

»Ein Mann mit einem Pferdewagen.«

»Ein Zigeuner«, sagte das Dienstmädchen.

Tante Cissy stand sofort auf; den Zigeuner wollte sie sehen. Er stand vor dem Hintereingang am Fuße des steilen, mit Lärchen bestandenen Hügels. In der einen Hand hielt er seine Besen, in der anderen allerhand Geräte aus Messing und Kupfer – eine Pfanne, ein Leuchter, Schalen aus getriebenem Kupfer. Er sah sauber und fast etwas schwerenöterhaft aus mit seiner dunkelgrünen Mütze und seinem zweireihigen grünkarierten Mantel. Er trat aber unauffällig und ruhig auf, doch zugleich auch stolz und mit einem Anflug von Herablassung und Distanz.

»Heute etwas gewünscht, Lady?« sagte er und sah mit seinen dunklen, forschenden und schlauen Augen Tante Cissy an, wobei er seiner Stimme einen einschmeichelnden Klang gab.

Tante Cissy entging es nicht, wie hübsch er war mit seinen geschwungenen Lippen und dem schmalen schwarzen Bärtchen darüber; schon war sie gefangen. Hätte er nur eine Spur von Zudringlichkeit an den Tag gelegt, sie hätte ihm die Tür vor der Nase zugeschlagen. Aber er legte in sein männliches Auftreten eine so leise Dosis von Unterwürfigkeit, daß sie zögerte.

»Der Leuchter ist süß«, sagte Yvette. »Haben Sie ihn selber gemacht?« Sie sah mit kindlichen Augen, die so vieldeutig sein konnten wie die seinen, zu ihm auf.

Er bejahte und erwiderte ihren Blick, und es war darin wieder jener Ausdruck nackten Verlangens, der sie umnebelte und ihren Willen lähmte. Als wolle sie in Schlaf sinken, so sah sie aus. »Er ist süß«, murmelte sie ganz abwesend.

Tante Cissy fing an, um den Leuchter zu feilschen. Es war eine kurze, dicke Kupferröhre auf einer flachen, zweiteiligen Schale montiert. Der Zigeuner ging geduldig auf ihre Fragen ein. Von Yvette, die im Türrahmen lehnte und nur zusah, nahm er keine Notiz.

Plötzlich fragte sie: »Wie geht es Ihrer Frau?« Tante Cissy war ins Haus gegangen, um den Leuchter zu zeigen. Der Zigeuner sah Yvette gerade in die Augen, ein kaum merkliches Lächeln erschien auf seinen Lippen. »Es geht ihr gut«, erwiderte er. »Wann kommen Sie einmal wieder zu uns hinauf?« Es klang vertraulich und wie ein Streicheln.

»Ach, ich weiß nicht«, sagte Yvette.

»Freitags bin ich da«, sagte er.

Yvette blickte ins Leere, als hätte sie nichts gehört. Tante Cissy kam mit dem Leuchter und dem geforderten Geldbetrag zurück. Yvette wandte sich ab und tat mit der ihr eigenen Art, als ginge sie dies nichts mehr an. Doch stellte sie sich auf dem Treppenabsatz ans Fenster, um ihn weggehen zu sehen. Diesmal versteckte sie sich dabei. Sie wollte wissen, ob er eine Macht über sie hatte, aber sehen sollte er sie nicht. Sie schaute ihm nach, wie er zur Pforte hinaus und zu seinem Gefährt ging. Er verstaute die Pfannen und Besen und zog das Zelttuch darüber. Dann stieg er mit einer geschmeidigen Bewegung auf den Sitz und schlug die Zügel leicht auf den Rücken des Pferdes. Die Räder knarrten bergan, und schon war der Mann verschwunden, ohne sich noch einmal umzublicken. Er war dahin wie ein Traum, aber ein Traum, der sich nicht abschütteln ließ.

Nein, er hatte keine Macht über sie. Sie empfand Enttäuschung darüber. Sie sehnte sich danach, daß jemand Macht über sie hätte.

Als dann der Freitag herankam, mußte sie unablässig an den Steinbruch droben auf dem Bergkamm denken. Sie wünschte sich dorthin; dennoch kam es ihr nicht in den Sinn, einfach hinaufzufahren. Zudem regnete es wieder. Während sie an dem blauen Kleid nähte, um es auf der bevorstehenden Gesellschaft in Lambley Close tragen zu können, spürte sie, wie ihr Herz da oben war, zwischen den Wohnwagen bei den Zigeunern. Es war ihr, als träumte sie oder als hätte man ihr das Herz gestohlen.

Am anderen Tag auf der Party bemerkte sie nicht, wie sehr sie Leo Wetherell entflammte, und auch nicht, daß sie ihn Ella Framley ausspannte. Erst als sie beim Eisessen waren, ging es ihr auf, denn er sagte zu ihr: »Hör mal, Yvette, warum verloben wir uns nicht? Wir würden fabelhaft zueinander passen. Doch, wirklich!«

Leo war ein bißchen gewöhnlich, aber gutartig und vermögend. Yvette mochte ihn. Aber verloben? Was für ein Unsinn. Fast hätte sie geantwortet, er könne sich ebensogut mit einem Stück ihrer seidenen Unterwäsche verloben. Statt dessen erwiderte sie erstaunt: »Aber ich dachte, du wolltest dich mit Ella ...?«

»Ja, vielleicht; wenn es nur dich nicht gäbe! Aber seit neulich, als wir da oben bei den Zigeunern waren und ihr euch wahrsagen gelassen habt, muß ich immer denken: zu dir paßt keiner als ich, zu mir keine andere als du!«

»Nein, so etwas!« sagte Yvette ganz starr vor Verwunderung.

»Ist dir nicht auch ein bißchen so zumute?« fragte er. Sie schnappte immer noch vor Staunen nach Luft. »Ist dir nicht auch so zumute?« fragte er noch einmal, und sie, sich fassend:

»Mir? Wieso?«

»Ich meine, hast du nicht auch das Gefühl, daß du ... und ich ...«

»Daß wir uns verloben müßten, meinst du? Ich? Nein! Wie kommst du nur darauf. Nicht im Traum. Unmöglich!«

Sie war offen wie immer, sie nahm nicht die geringste Rücksicht auf seine Gefühle.

»Aber warum nicht?« fragte er gekränkt. »Und ich dachte schon, du wärest auch ein bißchen ...«

»Nein wirklich, dachtest du das?« fragte sie mit der ganzen jungmädchenhaften Unbefangenheit, die ihr Verehrer wie Feinde schaffte. Ihm blieb nichts übrig, als verlegen dazustehen und mit den Fingern zu spielen. Die Musik setzte ein, sein Blick ruhte auf ihr.

»Nein, ich will jetzt nicht tanzen«, sagte sie. Sie blickte umher, als wäre Leo gar nicht mehr da. Wer ihr zartes, zerstreutes, unberührtes Gesicht sah, mußte an das Schneeglöckchen denken, das der rührseligen Einbildung ihres Vaters entsprungen war. Dann wandte sie sich herablassend zu ihm: »Aber du sollst ruhig tanzen. Fordre doch jemanden auf!«

Er stand verdrießlich auf und ging durch den Raum. Sie blieb zurück und überließ sich ihrer Verwunderung. Ein Heiratsantrag von Leo! Ebensogut hätte ihr der Neufundländer Rover einen Antrag machen können. Überhaupt, sich mit irgend jemandem zu verloben – guter Gott, etwas Lächerlicheres war gar nicht zu denken!

In diesem Augenblick schoß ihr der Gedanke durch den Kopf, daß es diesen Zigeuner gab. Und sie war empört. Niemals! Dann wieder: warum eigentlich. Warum. Klar, es ist absolut unmöglich; aber warum?

Eine harte Nuß. Die übrigen jungen Herren, die da durch den Saal tanzten, gespreizte Ellbogen, ausladende Hüften, betont schlanke Taillen, machten sie nicht klüger. Nur ödete all diese elegante Selbstgefälligkeit sie an. In ihr war etwas, das jene nicht gewahrten, niemals gewahren konnten. Das fühlte sie erbittert und zugleich erleichtert – denn es war gut so. Es vereinfachte das Leben.

Und wieder der dunkelgrüne Pullover des Zigeuners, den er über die schwarzen Hosen gerollt trug, seine geschmeidigen Hüften, die flink waren wie Augen. Das war Eleganz! Daneben kamen diese Tänzer hier ihr wie ausgestopfte Anzüge vor, ihre Hüften wie mit Fett gepolstert – auch Leo, der sich für einen wunder wie feschen Tänzer, für das Bild von einem Mann hielt!

Daneben das Gesicht des Zigeuners, die schmale, gerade Nase, die geschwungenen Lippen, der deutliche Blick, der wie ein Schuß ins Schwarze traf, in den Kern ihres Lebens. Er erregte ihren Zorn. Wie durfte er es wagen, sie so anzusehen! Und sie ließ ihren Zorn an den affigen Jünglingen auf dem Tanzparkett aus. Wie sie sie verachtete! So mochten wohl Zigeunerweiber Mannsbilder verachten, die wie abgerichtete Haushunde durchs Leben trabten. Sie verspürte kein Verlangen, sich mit solch einem Haushund zusammenzutun.

So saß sie da und grübelte, ein unberührtes Mädchen, und doch war etwas von einer Hexe aus dem Märchen an ihr, von der sich die Haushunde scheu fernhalten. Ehe man wußte, woran man war, mochte sie sich in etwas Unheimliches verwandeln.

Leo freilich glich einer Bulldogge unter den Haushunden. Er kehrte nach seinem Tanz zu ihr zurück und nahm das Geplänkel unverzagt wieder auf: »Na, hast du dir's inzwischen mal überlegt?« Er nahm neben ihr Platz, ein behaglicher, wohlgenährter, unverdrossener junger Herr. Warum es sie nur so reizte, wie er sich so selbstgefällig niederließ und die nicht allzu schönen Beine von sich streckte, nachdem er die Hose an den Knien, der Bügelfalten wegen, ein wenig hochgezupft hatte.

»Überlegt? Wieso, was denn?« gab sie zerstreut zurück.

»Du weißt es doch! Was ist nun, ja oder nein?«

»Vollkommen unmöglich«, erwiderte sie so sanft, als handelte es sich um eine recht belanglose Frage. »Ich hab schon gar nicht mehr daran gedacht. Nein bitte, verschone mich damit. Gänzlich unmöglich.«

»Unmöglich, so?« gab er zurück und lächelte sonderbar, als belustige sie ihn nur. »Willst du etwa als alte Jungfer sterben?«

»Daraus mach ich mir nichts«, erwiderte sie abwesend.

»Ich aber.«

»Du aber? Was geht es dich an, ob ich als alte Jungfer sterbe?«

»Mich geht es viel an.« Er lächelte vielsagend, ja überdeutlich; doch traf dieses Lächeln keineswegs wie ein Schuß in den Kern ihres Lebens, sondern nur die Haut, prallte ab und löste bei ihr nur Ärger aus.

»Ich finde dies ganze Gerede blöde«, sagte sie wie ein ungezogenes Kind. »Du bist doch, genaugenommen, mit ...« Sie schluckte hinunter, was sie eigentlich sagen wollte. »Du bist doch mit einem halben Dutzend anderer verlobt, und was du redest, ist für mich nicht schmeichelhaft. Ich wünsche nicht, daß jemand davon erfährt, und hoffentlich hast du genug Verstand, nicht darüber zu reden. Da ist Ella!«

Und ohne ihn mehr anzusehen, schwebte sie wie eine leichte Blüte von dannen, auf die arme Ella Framley zu.

Leo spielte mit seinen weißen Handschuhen. »Kleines Kratzbiest!« sagte er vor sich hin. Aber als Bulldoggentyp, der er war, ließ er sich ganz gern von einem kleinen Kratzbiest anspringen. Jedenfalls beschloß er, nicht lockerzulassen.

5

Die Woche darauf regnete es wieder in Strömen. Es fiel Yvette auf die Nerven – jetzt hätte schönes Wetter sein sollen. Namentlich zum Wochenende verlangte sie danach. Warum, wußte sie nicht. Der Donnerstag mit seinem freien Nachmittag brachte Frost und Sonnenschein. Leo erschien mit seinem Auto und schlug den üblichen Massenausflug vor. Yvette sagte übelgelaunt ab. Einen Grund gab sie nicht an. »Ich habe keine Lust«, sagte sie nur. Es machte ihr Spaß, die Widerspenstige zu spielen. Sie unternahm einen einsamen Spaziergang und wanderte die vereisten Hügel hinauf.

Auch am Tage darauf war es sonnig und kalt. Es war im Februar, und hier oben im Nordland taute die Sonne den Boden nicht auf. Yvette verkündete, sie wolle eine Radtour machen und Essen mitnehmen; vielleicht käme sie erst nachmittags zurück.

Sie radelte gemächlich los. Bei aller Kälte war eine Vorahnung des Frühlings zu spüren. Sie fror nicht, konnte nur beim Radeln ihre Hände nicht warm halten. Erst als sie abstieg, um die letzte Steigung zu Fuß zu machen, wurde es besser. Es war windstill. Auf der Höhe radelte sie weiter, besorgt, den richtigen Weg nicht zu verfehlen. Schließlich vernahm sie ein leises Klopfen mit einem metallischen Echo ...

Der Zigeuner hockte auf dem Erdboden, an die Deichsel seines Wohnwagens gelehnt, und hämmerte an einer Kupferschale. Er trug seinen grünen Pullover, die Mütze hatte er abgelegt, um sich die Sonne auf den Kopf scheinen zu lassen. In der Zweighütte, die dem Pferd als Stall diente, spielten drei kleine Kinder, ohne Lärm zu machen. Das Pferd und der Wagen waren nicht zu sehen. Eine alte Frau kochte Essen auf einem Reisigfeuer. Kein Ton war zu vernehmen als das Kling-Kling des Hammers auf der kupfernen Fläche.

Der Zigeuner blickte hoch, als Yvette vom Rad stieg, und hörte sogleich auf zu hämmern, blieb aber sitzen. Ein kaum merkliches Lächeln der Genugtuung glitt über seine Züge. Die alte Frau drehte sich um und musterte Yvette unter ihrem schmutziggrauen, strähnigen Haar hervor. Der Mann sagte halblaut etwas zu ihr, und sie wandte sich wieder dem Kochtopf zu. Er sah zu Yvette hin.

»Wie geht es Ihnen allen?« fragte sie höflich.

»Gut, gut. Setzen Sie sich etwas her?«

Er drehte sich im Sitzen um und angelte unter dem Wagen einen Schemel hervor. Während sie ihr Rad an die Felswand schob, nahm er sein Gehämmer wieder auf. Sein Schlag war so leicht wie das Flattern eines Vogelflügels. Yvette trat ans Feuer und wärmte sich die Hände.

»Ist das Ihr Mittagessen?« fragte sie mit kindlicher Naivität, während sie die vor Kälte geröteten Hände an die glühende Asche hielt.

»Ja, Mittagessen. Für ihn und die Kinder«, sagte die Alte. Sie deutete auf die drei schwarzäugigen Kinder, die unter ihren wirren Haaren hervor Yvette anstarrten. Sie sahen sauber aus, nur die Alte nicht. Den ganzen Steinbruch hatten die Zigeuner schön saubergehalten.

Yvette hockte sich nieder, der Mann hämmerte und machte nur hin und wieder eine kleine Pause. Die Alte kletterte schwerfällig die drei Stufen des ältesten Wohnwagens hinauf. Die Kinder nahmen ihr Spiel wieder auf, still und emsig wie Jungtiere im Urwald.

»Sind das Ihre?« fragte Yvette und wandte sich an den Zigeuner. Er nickte.

»Und wo ist Ihre Frau?«

»Weggegangen mit dem Wagen, um Sachen zu verkaufen. Ich verkaufe sie nicht, ich mache sie. Ich gehe nur selten weg, um zu verkaufen.«

»Sie machen alles aus Kupfer und Messing?«

Er nickte und bot ihr wieder den Schemel an. Sie setzte sich.

»Sie sagten, Sie seien freitags hier. Da bin ich gekommen, weil so schönes Wetter ist.«

»Sehr schönes Wetter!« wiederholte er und ließ den Blick auf ihr ruhen. »Ist Ihnen kalt vom Radeln?«

»Ja, an den Händen.«

»Sie hatten keine Handschuhe an?«

»Doch, aber sie nützen nicht viel.«

»Kälte dringt durch.«

»Ja.«

Die Alte kam gebückt wie eine Hexe wieder zum Vorschein und brachte zwei Blechteller. »Essen fertig?« fragte er leise. Die Alte murmelte vor sich hin und stellte die Teller ans Feuer. An einer eisernen Querstange darüber hingen zwei Töpfe. Auf einem kleinen Eisengestell stand eine Pfanne, in der es zischte. Hitze und Dampf flimmerten in der Sonne. Der Zigeuner legte seine Arbeit aus der Hand und stand auf. »Essen Sie was mit uns?« Er sah Yvette nicht an.

»Ich habe mein Essen mitgebracht«, sagte sie.

»Etwas Schmorfleisch?« fragte er und sagte wieder leise etwas zu der Alten, was Yvette nicht verstand. »Bohnen und Hammelfleisch«, sagte er.

»Nein, vielen Dank, wirklich nicht«, sagte Yvette, faßte sich aber plötzlich ein Herz und fügte hinzu: »Ja, doch, ein bißchen, wenn ich darf.«

Sie ging zu ihrem Fahrrad, um ihren Proviant zu holen, und er trat in seinen Wohnwagen und kam nach einer Minute, sich die Hände trocknend, wieder hervor. »Wollen Sie hereingehen und sich die Hände waschen?«

»Danke, nein, das ist nicht nötig.«

Er nahm einen Krug und ging zur Quelle, die sich in der Nähe in einen kleinen Tümpel ergoß, und holte frisches Wasser. Mit einer Tasse schöpfte er es in den Krug. Dann kam er zurück und setzte sich auf einen niedrigen Holzklotz ans Feuer. Die Kinder saßen eng aneinandergedrängt auf dem Erdboden und aßen die Bohnen und die kleinen

Stücke Hammelfleisch mit Löffeln und den Fingern. Danach kochte die Alte in einem eisernen Topf auf dem Gestell Kaffee und humpelte in den Wagen, um Tassen zu holen. Keiner sagte etwas. Yvette nahm ihr Hütchen vom Kopf und schüttelte ihr Haar in der Sonne.

»Wieviel Kinder haben Sie denn?« fragte sie plötzlich.

»So an die fünf«, sagte er langsam.

Wie in einem Traum nahm sie die Tasse, die er ihr reichte. Wie in einem Traum gewahrte sie seine stumme Gestalt, die auf dem Klotz saß, die Blechtasse in der Hand, und Kaffee trank. Er hatte Gewalt über sie, ihr Wille war gelähmt, sein Schatten lag auf ihr.

Schließlich sagte er: »Wollen Sie hineingehen und sich die Hände waschen?«

Gleich einer Schlafwandlerin blickte sie ihn an, ohne ihn zu sehen. Sie spürte seinen Willen, der sie wegschmolz.

»Das könnte ich«, erwiderte sie.

Er stand stumm auf, dann sagte er etwas, das wie ein Befehl klang, zu der Alten. Dann zu Yvette: »Kommen Sie.«

Sie folgte ihm, als gäbe es keine andere Wahl, es bedurfte nicht einmal eines Entschlusses. Er stand schon in der Wagentür, und sie wollte eben das Treppchen besteigen, als das Schweigen von einem Laut durchbrochen wurde. Ein Auto kam daher. Yvette blieb am Fuß der Treppe stehen. Der Zigeuner sah auf sie herunter. Das Auto brauste mit anschwellendem Lärm heran und vorüber; dann aber vernahm man den Ruf einer weiblichen Stimme und das Kreischen von Bremsen. Unmittelbar hinter dem Steinbruch kam der Wagen zum Stehen. Der Zigeuner machte die Wohnwagentür wieder zu und kam herunter.

»Sicher wollen Sie Ihren Hut aufsetzen«, sagte er zu Yvette, und gefügig ging sie zu ihrem Schemel am Feuer und nahm ihren Hut. Er setzte sich mit finsterer Miene wieder neben das Wagenrad und nahm seine Arbeit vor. Das rasche Kling-Kling des Hammers auf dem Kupfer, zornig wie ein winziges Maschinengewehr, traf mit dem Rufen einer Frauenstimme zusammen: »Dürfen wir uns mal die Hände an Ihrem Feuer wärmen?«

Eine Dame in einem glatten, schweren Zobelpelz stieg aus und kam heran, hinter ihr ein Herr in blauem Paletot. Er zog seine Pelzhandschuhe aus und holte eine Pfeife hervor.

Der Pelzmantel der Dame war aus vielen toten kleinen Tieren gemacht. Sie lächelte ein zögerndes und etwas herablassendes Lächeln zu allen Anwesenden hin und sagte: »Es sah so einladend aus!«

Niemand sagte etwas. Sie trat ans Feuer und schüttelte sich. Die beiden waren in einem offenen Wagen gekommen. Sie war klein und zierlich, mit einer großen Nase – wahrscheinlich eine Jüdin. In ihrem Pelzmantel sah sie stärker aus, als sie war; sie war schmächtig wie ein Kind. Ihre großen braunen Augen – bestimmt die einer verwöhnten Jüdin – blickten vorwurfsvoll drein, was bei ihrer teuren Aufmachung merkwürdig wirkte. Sie hockte sich nieder und streckte ihre kleinen Hände, an denen Diamanten und Smaragde glitzerten, über das Feuer.

»Puh!« sagte sie schaudernd. »Wir hätten nicht den offenen Wagen nehmen sollen. Aber mein Mann duldet ja nicht einmal, daß ich es kalt finde.« Sie schlug die großen, vorwurfsvollen Kinderaugen zu ihm auf.

Vermutlich war sie reich, und offenkundig liebte sie den großen blonden Mann, wie Jüdinnen oft solche Männer lieben, und er gab ihren Blick mit etwas abwesenden blaßblauen Augen, die ohne Wimpern zu sein schienen, zurück. Ein Lächeln kräuselte seine merkwürdig nackt aussehenden Backen. Es war ein völlig nichtssagendes Lächeln. Er war einer jener Männer, bei deren bloßem Anblick man sofort an Ski- und Eislauf denkt, überhaupt an Wintersport. Ganz riesengroß und lebensfremd stand er da und stopfte sich mit den langen, geröteten Fingern die Pfeife.

Sie wollte irgendeine Antwort von ihm haben, aber es kam keine, nur dieses nichtssagende Lächeln. Sie runzelte die Brauen und spreizte die weißen Händchen über dem Feuer.

Er warf den Paletot ab und ließ seinen schönen gelb, grau und schwarz gemusterten Pullover über tadellos geschneiderten, sehr weiten Hosen sehen. Teuer waren sie angezogen, alle beide! Auch war er prächtig gewachsen mit seinem breiten, gewölbten Brustkasten. Jetzt machte er sich daran, das Feuer besser aufzubauen, wie ein alter Fachmann des Lagerlebens, wie ein Soldat im Feld.

»Wenn es Ihnen recht ist, leg ich ein paar Tannenzapfen drauf, daß es eine richtige Glut gibt«, sagte er zu Yvette und warf zu dem hämmernden Zigeuner nur einen stummen Blick hinüber.

Der Bann, der auf ihr gelegen hatte, wich langsam von ihr, sie kam sich nur wie betäubt vor, wie eine Schiffbrüchige, die an den Strand geschwemmt ist. »Das wäre fein«, sagte sie.

Der Mann ging an seinen Wagen und holte ein ganzes Säckchen Tannenzapfen hervor, aus dem er eine Handvoll herausnahm. »Haben Sie was dagegen, daß ich ein paar Tannenzapfen drauflege?« rief er dem Zigeuner hinüber.

»Mir recht«, gab dieser zurück.

Der Mann gruppierte die Tannenzapfen locker auf die Asche. Sie fingen rasch Feuer und brannten lichterloh mit würzigem Geruch.

»Ah, wundervoll, wundervoll!« rief die Jüdin. »Lieben Sie Feuer auch so? Ach, ich liebe es!« Sie richtete diese Worte an Yvette und mußte laut schreien, um das Gehämmer zu übertönen, worüber sie sich ärgerte. Mit gerunzelter Stirn sah sie sich nach dem Zigeuner um, als wollte sie ihn bitten, aufzuhören. Er saß über seine Arbeit gebückt und nahm keine Notiz davon. Der Herr ging zu ihm hinüber, stellte sich stumm neben ihn, die Pfeife im Mund, und sah ihm zu. Jetzt waren sie weiter nichts als zwei Männer, die einander beschnupperten.

»Wir sind nämlich in den Flitterwochen«, sagte die Dame und sah Yvette schelmisch an, »und das sogar noch vor unserer Trauung!«

»Ach?« machte Yvette.

»Sie kennen sicher den Namen Simon Fawcett?« Yvette kannte ihn, es war der Name eines berühmten Ingenieurs.

»Ich bin Frau Fawcett, aber wir leben in Scheidung.«

»Ach?« machte Yvette noch einmal.

»Und sobald wir geschieden sind, heirate ich den Major Eastwood hier.« So hatte sie nun alle Karten offen auf den Tisch gelegt.

Zwischen den beiden Männern entstand ein kurzes Gespräch. »Ja, beim Train, hinter Arras«, sagte der Zigeuner. Sie sprachen vom Krieg. Er hatte im Regiment des Majors bei der Artillerie gedient.

»Ein schöner Mensch«, sagte die Jüdin auf deutsch und dann noch einmal auf englisch. »Finden Sie nicht auch?« Für sie war ein Zigeuner nichts weiter als ein gewöhnlicher Tommy.

»Ja, ganz hübsch«, sagte Yvette.

»Radeln Sie?« fragte die Jüdin interessiert.

»Ja, von Papplewick her. Mein Vater ist dort Pfarrer. Wir heißen Saywell.«

»Oh, Saywell. Den Namen kenne ich. Er hat gute Bücher geschrieben. Ich habe welche gelesen.«

Die Tannenzapfen waren jetzt heruntergebrannt, und das Feuer war nur noch ein Haufen glimmender Glutblumen. Der Himmel bezog sich, es kamen Wolken auf, abends würde es Schnee geben.

Der Major trat herzu und zog seinen Paletot wieder an. »Mir kam sein Gesicht gleich bekannt vor«, sagte er. »Einer von unseren Burschen beim Pferdetrain. War ein ausgezeichneter Mann.«

»Hören Sie mal«, wandte sich die Dame an Yvette, »kommen Sie doch in unserem Wagen bis Normanton herunter mit. Wir wohnen in Scoresby. Das Rad schnallen wir hinten auf.«

»Ja, gern«, sagte Yvette. Der blonde Major brachte ihr Fahrrad zum Wagen.

Die Dame zog ihr Geldtäschchen und hielt den Kindern ein Geldstück hin: »Kommt mal her! Da!«

Der Zigeuner war in den Wohnwagen gegangen. Die beiden ältesten Kinder kamen zaghaft herbei. Die Jüdin gab ihnen zwei Münzen aus ihrem Täschchen, einen Shilling und ein Zweishillingstück. Die unsichtbare Stimme der Alten rief wiederholt nach den Kindern. Der Zigeuner kam aus dem Wagen wieder hervor und schlenderte zum Feuer. Die Jüdin musterte ihn neugierig. »Sie haben im Krieg in Major Eastwoods Truppe gedient?«

»Ja.«

»Wie komisch, und nun treffen Sie hier zusammen. – Es gibt Schnee.« Sie sah zum Himmel.

»Ja, später«, sagte der Zigeuner. Er war verschlossen. Er gehörte einer Rasse an, die seit uralten Zeiten einen Kampf gegen die bürgerliche Gesellschaft kämpft, ohne ihn je gewinnen zu können. Sie konnte der feindlichen Rasse höchstens einmal die Haut ritzen. Seit dem Krieg war aber auch diese Aussicht stark geschwunden. Trotzdem kam ihr niemals der Gedanke an Unterwerfung. Der Blick dieses Mannes zeugte davon, er war hart und herausfordernd.

»Sie fahren mit?« fragte er Yvette.

»Ja.« Es klang gekünstelt. »Das Wetter ist so unsicher.«

»Ja, unsicher«, sagte er und ließ nicht erkennen, was er dachte. Es war ihr auch gleichgültig. Sie war jetzt von dieser jüdischen Dame ganz eingenommen. Eine Frau mit zwei Kindern, die nun diesem berühmten Ingenieur sein Geld wegnimmt und es einem Sportsmann ausliefert, der fünf oder sechs Jahre jünger sein mußte als sie. Wie sonderbar!

Der blonde Mann kam zurück. »Eine Zigarette, Charles!« rief sie ihm vorwurfsvoll zu. Er holte mit seinen langsamen, athletischen Bewegungen seine Dose hervor. Irgendeine Empfindlichkeit mußte ihm diese Vorsicht und Langsamkeit aufnötigen; es war, als hätte er sich einmal bei der Berührung mit anderen Leuten weh getan. Er bot auch dem

Zigeuner eine Zigarette an. Dieser nahm, dankte höflich und bückte sich übers Feuer, um sie anzuzünden.

»Also, dann auf Wiedersehen!« sagte die Jüdin freundschaftlich. »Und vielen Dank für das warme Feuer.«

»Feuer gehört jedem«, erwiderte er.

Das jüngste Kind kam auf sie zugetrappelt.

»Auf Wiedersehen«, sagte Yvette. »Hoffentlich gibt es keinen Schnee.«

»Ein bißchen Schnee macht uns nichts aus«, sagte er.

»Nein? Ich dachte.«

»Nein«, sagte er.

Sie warf ihren Shawl königlich um die Schultern und folgte dem Pelzmantel der Jüdin, der wie auf eigenen kleinen Beinen vor ihr her wandelte.

6

›Die Eastwoods‹, wie sie sie bei sich nannte, beschäftigten sie sehr. Die Jüdin hatte noch etwa drei Monate bis zu ihrer Scheidung zu warten. Sie hatte kühnlich ein Sommerhäuschen in Scoresby, am Hochmoor, am Fuß des Gebirges, gemietet. Jetzt war Winter, und die beiden lebten ziemlich abgetrennt von aller Welt, ohne ein Dienstmädchen. Der Major hatte den Dienst quittiert und nannte sich schlichtweg Mr. Eastwood. Nach außen hin waren sie längst ein Ehepaar und nannten sich Mr. und Mrs. Eastwood.

Sie war sechsunddreißig Jahre alt und hatte zwei Kinder, beide schon über zwölf Jahre. Ihr früherer Mann war einverstanden, daß sie bei ihr blieben, sobald sie Eastwood geheiratet hatte.

Sie waren ein wunderliches Paar, das zarte, elegante, schwarzgelockte Persönchen und der junge blonde Hüne mit den blassen Augen, der Nachfahr eines obskuren Dänengeschlechts; da lebten sie nun zusammen in der Einsamkeit und machten alle Hausarbeit selber. Ein wunderlicher

Haushalt. Sie hatte die Einrichtung mitgemietet, aber allerhand eigene Sachen, die ihr lieb waren, mit hergebracht. Sie war in das Rokoko vernarrt, und so sah man geschweifte Schränke, mit Perlmutt, Schildpatt, Ebenholz und Gott weiß was noch eingelegt, hochlehnige italienische Stühle mit geflammten Hölzern, mit seegrünem Chintz bezogen, Heiligenfiguren mit verwitterten grellen Gewändern und rosa Gesichtern; Wandborde mit verschrobenen Porzellanfigürchen aus Meißen oder Capo di Monte, und endlich eine ganze Sammlung bunter Glasmalereien aus dem vorigen oder vorvorigen Jahrhundert.

In dieser überfüllten und exzentrischen Umgebung wurde Yvette empfangen, als sie nach einiger Zeit einen heimlichen Besuch machte. Ein ganzes System von Öfen war in das Häuschen eingebaut, so daß es überall warm, ja überhitzt war; und die Jüdin selber, ein zierliches Rokokofigürchen in kapriziösem Kleidchen und Schürzchen darüber, legte Schinkenschnittchen auf eine Schüssel, während der Major, mit einem weißen Kittel angetan, Brot schnitt, Kaffee mahlte, Senf mischte und alles sonstige verrichtete. Sogar eine Schüssel Hasenpfeffer bereitete er zu, der nach der kalten Fleischplatte und dem Kaviar gereicht wurde.

Der Hausherr trank Bier aus einem Silberkrug, seine Frau und Yvette bekamen Sekt in kostbaren Gläsern. Es wurde geplaudert. Die Frau entrüstete sich über ihren früheren Mann, denn sie hatte derart strenge Sittlichkeitsbegriffe, daß sie sich hatte scheiden lassen; auch der Major hatte seine moralischen Auffassungen, und seine Gefühle für die kleine Jüdin entsprangen einem verletzten Gerechtigkeitssinn. Am späten Nachmittag gingen sie alle drei in die Küche; der Mann wusch das Geschirr ab und die Frauen trockneten ab. Dann wanderte er durch das Haus und besorgte die Öfen; endlich holte er seinen kleinen, geschlossenen Wagen und fuhr Yvette durch den Regen nach Hause.

»Denk mal, Lucille, was für komische Leute ich kennengelernt hab«, sagte sie und schilderte die Eastwoods.

Lucille sagte: »Wenn die erst einmal verheiratet sind, stell ich's mir nett vor, mit ihnen zu verkehren.«

»Ja«, sagte Yvette zerstreut, »das glaube ich auch.«

Sie hatte den Zigeuner schon wieder vergessen, aber plötzlich nahm er ihre Gedanken wieder mit heftiger Gewalt gefangen. Gerade die absonderliche Beziehung der Jüdin mit dem Major brachte sie darauf.

»Was ist das nun eigentlich, das die Menschen so zueinander treibt«, sagte sie zu Lucille. »Die Eastwoods oder Papa und Mama, die doch gar nicht zueinander passen; oder die Zigeunerin, die wie ein Pferd aussieht, und ihren schlanken, geschmeidigen Mann. Was ist das nur?«

»Es muß wohl der Geschlechtstrieb sein – was das auch sein mag«, erwiderte Lucille.

»Ja, aber was ist das? Doch nicht etwas Gemeines, wie die gewöhnliche Sinnlichkeit? Bestimmt nicht.«

»Jedenfalls braucht es das nicht zu sein«, sagte Lucille.

»Denn sieh mal, die ordinären Kerle, die eine Frau bloß erniedrigen, was bedeuten die schon? Niemand macht sich was aus ihnen. Zu denen hat man doch gar keine Beziehung. Und doch sind gerade sie die sexuelle Sorte.«

»Ich nehme an«, sagte Lucille, »es gibt zwei sexuelle Arten, eine niedrige und eine nicht niedrige. Es ist gräßlich kompliziert. Ich finde ordinäre Männer widerlich. Aber ich empfinde nie etwas Geschlechtliches« – sie sprach das Wort mit angeekelter Betonung aus – »für Männer, die nicht ordinär sind. Vielleicht hab ich überhaupt keinen Geschlechtssinn.«

»Das ist es!« rief Yvette. »Vielleicht haben wir alle beide keinen. Vielleicht fehlt uns der Trieb völlig, der die Beziehungen mit Männern verursacht?«

»Wie gräßlich das klingt, Beziehungen mit Männern«, sagte Lucille angewidert. »Fändest du es nicht auch ekelhaft, in solche Beziehungen mit Männern zu kommen? Ach, zu scheußlich, daß es so was überhaupt geben muß. Wieviel schöner wäre es auf der Welt, wenn Männer und Frauen ohne diesen Geschlechtskram wären!«

Yvette überlegte. Irgendwo im Hintergrund tauchte ihr das Bild des Zigeuners wieder auf, der sich nach ihr umdrehte und sagte: ›Ja, unsicher!‹ Sie kam sich wie Petrus beim Hahnenschrei vor: sie verleugnete ihn. Richtiger: nicht ihn verleugnete sie – seine Rolle in dem Spiel war ihr gleichgültig – sie verleugnete ein verborgenes Teil ihrer selber: den Teil, der geheimnisvoll, uneingestandenermaßen auf ihn reagierte. Und es war ein unheimlicher, schwarzglänzender Hahn, der sie mit seinem Hahnenschrei höhnte.

»Ja«, sagte sie unbestimmt. »Das Geschlechtliche ist was Scheußliches. Eine Belästigung. Hat man es nicht, so spürt man, man müßte es haben. Hat man es aber mitbekommen, dann ist es einem zuwider.« Und sie rümpfte angeekelt die Nase.

»Ach, ich weiß doch nicht«, sagte Lucille. »Ich glaube, ich möchte mich schon gern mal in einen Mann verlieben.«

»Das glaubst du. Aber wenn du es tätest, würdest du es nicht mehr mögen.«

»Woher weißt du das?«

»Ich weiß nicht. Ich denk es mir nur so.«

»Möglich«, sagte Lucille schaudernd. »Jedenfalls ginge es bestimmt rasch wieder vorüber, und dann wäre es noch abstoßender.«

»Ja, es ist ein Problem«, brütete Yvette und summte vor sich hin.

»Ach was, für uns beide ist es ja einstweilen noch kein Problem. Wir sind beide nicht verliebt, wahrscheinlich werden wir es auch nie sein, damit erübrigt sich das Problem.«

»Da bin ich nicht so sicher«, sagte Yvette weise. »Gar nicht. Eines Tages verliebe ich mich wahnsinnig.«

»Wirst du niemals«, sagte Lucille schroff. »Nur alte Jungfern denken immerzu daran.«

Yvette schaute nachdenklich, aber nicht sorgenvoll drein. »So, meinst du? Ach Gott, diese armen Geschöpfe, das muß schrecklich für sie sein. Was liegt ihnen denn bloß daran?«

»Ja, was? Vielleicht in Wirklichkeit gar nichts. Vielleicht

ist es nur, weil immer von armen alten Jungfern die Rede ist, die keinen Mann abbekommen.«

»Das wird's wohl sein. Das Zeug, was so über sie geredet wird, sitzt ihnen in den Knochen. Es ist schon eine Schande.«

»Wir jedenfalls können uns nicht beklagen. Wir haben einen Haufen Jungens um uns, die uns den Hof machen«, sagte Lucille.

»Ja, schon, aber heiraten könnte ich keinen davon!«

»Ich auch nicht. Aber warum auch? Warum sollen wir uns über so was den Kopf zerbrechen, wo wir es doch so nett mit ihnen haben? Das mußt du doch zugeben, Yvette, sie sind kameradschaftlich und anständig zu uns.«

»Ja, das sind sie«, sage Yvette zerstreut.

»Ich glaube, ans Heiraten braucht man erst zu denken, wenn man es nicht mehr so nett hat. Dann heiratet man und setzt sich zur Ruhe.«

»Stimmt!« sagte Yvette.

Mit einemmal war sie aber über Lucille verärgert und hätte ihr am liebsten den Rücken gedreht. Die arme Lucille! Sie hatte Ränder unter den Augen, und überhaupt, wie sehnsüchtig sahen diese schönen Augen aus. Käme doch ein netter, anständiger, schutzbereiter Mann daher und nähme sie zur Frau! Da wäre die so kameradschaftliche Lucille wohl einverstanden!

Yvette erzählte weder dem Vater noch Oma etwas von den Eastwoods. Es hätte nur Gerede gegeben. Persönlich hatte der Pfarrer wohl nichts gegen die Eastwoods, aber vor dem Tratsch der Leute mußte er sich hüten.

Mrs. Eastwood aber sagte: »Ich möchte nicht, daß Sie ohne Wissen Ihres Vaters herkommen.«

»Dann muß ich es ihm sagen«, erwiderte Yvette. »Er wird an sich bestimmt nichts dagegen haben. Nur wenn er erst gefragt wird, hat er was dagegen, glaub ich.«

Der junge Major sah sie belustigt an. Er war nahe daran, sich in Yvette zu verlieben. Ihre jungfräuliche Zartheit und ihre geistesabwesende Distanziertheit hatten es ihm angetan. Yvette merkte das wohl, tat aber nichts dagegen. Im Gegenteil. Er regte ihre Phantasie an. ›Große Klasse, der Mann‹, dachte sie, wenn er mit weltmännischer Gelassenheit seinen Wagen steuerte oder auch wenn er nur Geschirr abwusch, mit der Pfeife im Mund, und das rasch und geschickt. Oder wenn er ebenso rasch und geschickt an dem geheimnisvollen Inhalt unter der Motorhaube hantierte, oder Hasenpfeffer machte, oder in eisiger Kälte den Wagen wusch, bis er sauber aussah wie eine Katze, die sich abgeleckt hat. Oder wenn er auf das Gefrage der kleinen Jüdin geduldig einging und über alles Bescheid wußte und nie die Fassung verlor. Und dabei war sein sportgestählter Körper auch in der Ruhe immer wie zum Sprung gespannt.

An einem Flirt mit ihm lag ihr nichts. Aber sie mochte ihn.

»Wie denken Sie sich Ihre Zukunft?« fragte sie ihn einmal.

Er nahm die Pfeife aus dem Mund, in seinen Vogelaugen erschien ein Lächeln. »Wieso?«

»Nun ja, Ihre Karriere. Ein Mann muß doch eine Karriere haben – wie eine richtige Gans ihre Sauce«, sagte sie naiv.

»Mir geht es tadellos, und morgen wird es mir ebenso tadellos gehen«, erwiderte er wegwerfend. »Warum sollte meine Zukunft nicht aus lauter Heute und Morgen bestehen?«

»Stimmt! Ich kann auch keine Lebensstellung und all dergleichen leiden.« Dabei aber mußte sie an das Vermögen der Jüdin denken.

Er gab keine Antwort. Sie waren miteinander auf dem Punkt angelangt, wo sie philosophische Betrachtungen tauschten. Die kleine Jüdin sah dabei ein bißchen gezwungen drein. Sie war merkwürdig naiv und dem Mann gegenüber durchaus nicht besitzgierig. Auch zu Yvette war sie keineswegs kratzig. Sie war nur einfach stumm und gezwungen.

Yvette hatte das Bedürfnis, mit offenen Karten zu spielen. »Ich finde, das Leben ist so furchtbar schwierig«, verkündete sie.

»Das kann man wohl sagen!« pflichtete die Jüdin bei.

»Und was ich so besonders gräßlich finde, ist, daß man sich verlieben und heiraten soll«, fuhr Yvette fort. Sie verzog das Gesicht.

»Ja, wollen Sie das denn nicht?« rief die Jüdin verblüfft.

»Nein! Besonders wo man das Gefühl hat, es bleibt nichts anderes übrig. Es ist als würde man in einen Hühnerstall gesperrt.«

»Wissen Sie denn überhaupt, was Liebe ist?«

»Nein. Sie?«

»Ich? Mein Gott, und ob ich es weiß!« Sie sah mit finsterer Nachdenklichkeit den Major an, der, Grübchen in den Wangen und an seiner Pfeife ziehend, dem Gespräch folgte. »Sie wollen doch nicht sagen, daß Sie nicht wissen, was Liebe ist?«

»Doch«, bekannte Yvette. »Ich glaube, ich weiß es tatsächlich nicht. Ist das nicht schrecklich – in meinem Alter?«

»Haben Sie denn noch nie einen Mann kennengelernt, der Sie – nun, gänzlich verwandelt hat?«

»Nein, ich glaube nicht. Höchstens – ja, also höchstens diesen Zigeuner ...« Sie machte eine zerstreute Handbewegung zur Seite hin.

»Was für ein Zigeuner?«

»Der Tommy von damals, der im Krieg in Major Eastwoods Regiment bei den Pferden war«, sagte Yvette kaltblütig.

Die Jüdin starrte sie mit aufgerissenen Augen an. »In den haben Sie sich doch wohl nicht verliebt?«

»Gott, ich weiß nicht«, sagte Yvette. »Jedenfalls wäre er der einzige, der – wie sagten Sie? – mich verwandeln könnte. Doch.«

»Aber wieso? Hat er jemals was zu Ihnen gesagt?«

»Nein, nein!«

»Aber was hat er denn gemacht?«

»Weiter nichts. Mich nur angesehen.«

»Wie angesehen?«

»Weiß ich nicht. Eben anders. Ganz, ganz anders als einen Männer so ansehen.«

»Aber wie, wie hat er Sie angesehen?«

»So, als ob er mich im Ernst, ganz im Ernst begehrte«, erwiderte Yvette. Ihr nachdenkliches Gesicht sah dabei wie eine Blütenknospe aus.

»So ein unverschämter Kerl! Wie kommt er dazu, Sie so anzusehen!« rief die Jüdin empört.

Der Major warf ruhig ein: »Ein Kater darf auch eine Königin angucken.« Er setzte ein Lächeln auf, daß er selber wie ein Kater aussah.

»Sie meinen, das hätte er nicht gedurft?«

»Ganz und gar nicht! So ein Zigeunerhalunke, der ein halbes Dutzend schmieriger Weiber um sich hat?«

»Ich weiß nicht«, sagte Yvette. »Es war nämlich sehr schön. Und in meinem Leben etwas ganz Neues.«

»Ich finde«, sagte der Major, »das Begehren ist das Schönste, was es im Leben gibt. Wer es im Ernst empfindet, ist ein König, den man nur beneiden kann.«

Die Frau sah ihn fassungslos an: »Aber Charles! Das empfindet jeder Stallknecht genauso!«

Er nahm wieder die Pfeife aus dem Mund, sagte: »Das ist nicht Begehren, sondern Freßgier«, und steckte die Pfeife wieder zwischen die Zähne.

»Sie meinen also, der Zigeuner ist für mich der Ernstfall?« fragte Yvette.

Er zuckte die Achseln. »Kann ich nicht sagen. Ich an Ihrer Stelle wüßte es selber, statt andere zu fragen.«

»Charles, ich verstehe dich nicht! Dieser Zigeuner – für sie der Ernstfall? Soll sie ihn vielleicht heiraten und im Wohnwagen mit ihm herumziehen?«

»Von heiraten hab ich nichts gesagt.«

»Oder ein Verhältnis mit ihm ...? Das ist ja monströs.

Was müßte sie von sich selber denken! Das wäre keine Liebe, das wäre Hurerei!«

Charles rauchte. »Bei den Pferden war er unser bester Mann. Wäre beinahe an Lungenentzündung gestorben. War schon so gut wie tot. Für mich war er sozusagen ein Wiederauferstandener. Ich bin selber mal vierundzwanzig Stunden lang im Schnee verschüttet gewesen. Als sie mich ausbuddelten, war ich noch ganz gut in Form.«

Frostige Pause.

»Das Leben ist scheußlich«, sagte Yvette.

»Es war reiner Zufall, daß sie mich fanden«, fügte er hinzu.

»Oh – vielleicht aber auch Fügung?« meinte Yvette.

Er sagte nichts.

7

Der Pfarrer erfuhr von Yvettes Verkehr mit den Eastwoods; sein Verhalten verblüffte Yvette. Sie hatte gedacht, es wäre ihm gleichgültig. Seinem aufgetragenen Humor nach zu urteilen, schien er unkonventionell und kameradschaftlich; er nannte sich selber gern einen konservativen Anarchisten, was bedeutete, daß er, wie viele andere, an gar nichts glaubte. Die Anarchie bezog sich auf seine Humorigkeit und seine Hintergedanken. Sein Konservativismus, der der Angst vor der Anarchie entsprang, war für seine Handlungsweisen maßgebend. Seine Hintergedanken waren ihm insgeheim selber nicht geheuer. Daher lebte er in fanatischer Angst vor dem Unkonventionellen.

»Ich höre, deine neuesten Freunde sind die noch nicht geschiedene Mrs. Fawcett und der Maquereau Eastwood«, sagte er zu Yvette.

Sie wußte nicht, was ein Maquereau war, spürte aber das Gift seiner Bemerkung.

»Ich kenn sie nur flüchtig«, erwiderte sie. »Sie sind sehr nett. In einem Monat heiraten sie.«

»Sie passen ja wohl zu dir«, sagte er höhnisch.

»Doch, das tun sie«, versetzte sie heiter und arglos. »Sie haben so etwas Solides und Anständiges.«

»Du hast einen merkwürdigen Begriff von Anständigkeit«, höhnte er weiter. »Ein junger Taugenichts brennt mit einer älteren Frau durch, um von ihrem Geld zu leben! Die Frau verläßt ihr Heim und ihre Kinder. Da möchte ich wissen, wo die Anständigkeit steckt. Du kennst sie nur flüchtig, sagst du. Du scheinst sie aber sehr gut zu kennen. Wo hast du sie kennengelernt?«

»Auf einer Radtour. Sie kamen zufällig im Wagen vorbei und wir kamen ins Gespräch. Sie erzählte mir gleich, wer sie war, damit ich Bescheid wüßte. Sie ist anständig.«

Das arme Kind versuchte ihre Position zu halten.

»Und wie oft hast du sie gesehen?«

»Ich war zweimal bei ihnen drüben.«

»Was heißt ›drüben‹?«

»In ihrem Landhaus in Scoresby.«

»So. Das nennst du also ›nur flüchtig kennen‹. Das Lügen scheint dir im Blut zu stecken. Von *mir* hast du es nicht.«

Yvette wandte den Kopf ab. Sie mußte an Omas schamlose Anwürfe denken. Sie erwiderte nichts.

»Gibt es nicht genug anständige Leute, mit denen du verkehren kannst?« fuhr er fort. »Wenn du dich mit solch anrüchigen Pärchen zusammentust, wird man dir nachsagen, die anständigen Leute wollten nichts von dir wissen. Am Ende hast du was noch Häßlicheres im Blut als das Lügen?«

»Was soll ich denn noch Häßlicheres im Blut haben?« gab Yvette zurück. Eiskalte Lähmung überkam sie. War sie anomal, eine halbkriminelle Entartete? Es ließ ihr das Blut in den Adern erstarren.

»Du mußt dich selber am besten kennen«, erwiderte er bissig. »Ich rate dir, deine Veranlagung zu zähmen, wenn du nicht in einer Heilanstalt für geisteskranke Verbrecher landen willst!«

»Warum?« brachte sie mühsam hervor, bleich vor Angst. »Heilanstalt für geisteskranke Verbrecher? Was habe ich denn getan?«

»Mach das mit deinem Schöpfer ab«, sagte er. »Ich frage dich nicht danach. Es gibt Neigungen, die zu Irrsinn und Verbrechen führen, wenn man sie nicht bekämpft.«

Nach einer Weile fragte sie: »Meinst du das, weil ich mit den Eastwoods verkehre?«

»Weil du dich an solche Leute wie diese Jüdin und diesen verabschiedeten Major heranwirfst, der sich mit einer älteren Frau wegen ihres Geldes zusammentut – ja, das meine ich.«

»Aber das kannst du unmöglich sagen!« rief Yvette. »Der Major Eastwood ist ein netter, hochanständiger Mensch! Ich dachte sogar, du würdest ihn leiden mögen!« Sie wußte kaum noch, was sie sagte.

»Jetzt hör aber auf!« zischte er. »Kein Wort mehr. Du hast gerade genug Häßliches geredet, weiteres wünsche ich mir nicht anzuhören!«

»Aber was für Häßliches denn nur?« fragte sie hartnäckig. Die Harmlosigkeit ihrer Frage stieß ihn noch ärger vor den Kopf.

»Schweig jetzt. Eh ich dulde, daß du denselben Weg gehst wie deine Mutter, bring ich dich um.«

Gelb im Gesicht, Angst, Wut und Haß in den Blicken, so stand er da. Ein eisiges Gefühl der Vereinsamung umfing sie. Alles begann seinen Sinn für sie zu verlieren.

»Ich darf also nicht mehr mit ihnen verkehren?« fragte sie schließlich.

»Meinetwegen!« gab er böse zurück. »Aber dann halte dich von Oma, Tante Cissy und Lucille fern! Die drei sollen nicht auch noch von dir angesteckt werden. Deine Großmutter war eine so treue Frau und Mutter wie keine andere. Schon einmal hat sie Schande und bittere Enttäuschung erleiden müssen. Ich dulde nicht, daß ihr noch einmal solche Schande angetan wird.«

Yvette vernahm dies alles nur wie durch einen Schleier. »Ich kann ihnen ja schreiben und mitteilen, daß du es nicht wünschst«, sagte sie müde.

»Wähl deinen Weg selber. Aber merke dir, du hast zu wählen zwischen sauberen Menschen und der Achtung vor dem ehrwürdigen Alter deiner Großmutter, und Leuten, die an Leib und Seele beschmutzt sind.«

Erneutes Schweigen. Als Yvette zu ihm hinsah, war nur noch Staunen auf ihrem Gesicht zu lesen. Ihr Vater war gemein, er und alle Saywells waren niedriggeboren.

»Gut«, sagte sie. »Ich schreibe, daß du es nicht wünschst.«

Er erwiderte nichts. Ihr Gehorsam schmeichelte seiner Eitelkeit. Er triumphierte heimlich. Es war ein verächtlicher Triumph. »Ich will, daß diese Angelegenheit von Oma und Tante Cissy ferngehalten wird«, sagte er. »Da du ja vorziehst, deine Bekanntschaften im geheimen zu pflegen, braucht auch dies nicht die Runde zu machen.«

»Gut«, sagte sie noch einmal. »Ich schreibe.«

Und sie ging aus dem Zimmer.

Ihren kurzen Brief richtete sie an Mrs. Eastwood: »Liebe Mrs. Eastwood, mein Vater wünscht nicht, daß ich mit Ihnen verkehre. Sie werden verstehen, daß ich nicht mehr kommen kann. Es tut mir furchtbar leid.« Das war alles.

Als sie den Brief eingesteckt hatte, empfand sie eine trübselige Leere. Sie fürchtete sich vor ihren eigenen Gedanken. Sie sehnte sich, an der Brust des schlanken, schöngewachsenen Zigeuners geborgen zu sein. Er sollte sie in seinen Armen halten, einmal, ein einziges Mal nur, und sie trösten und festigen. Sie festigen gegen ihren Vater, der sie nur zurückstieß.

Zugleich aber wand sie sich innerlich vor Angst, so daß sie kaum zu gehen vermochte, Angst davor, daß unsaubere, verbrecherische Triebe in ihr stecken könnten. Diese Angst schien ihr beim Gehen die Fußsohlen zu ätzen. Angst vor dem Niedrigdenkenden, der ihr Vater war, vor allem was Mensch war und in der Herde lebte. Diese Menschheit war ein Sumpf, der sie herabziehen wollte, in den sie voller Ekel und Angst hineinsank.

Aber sie fing sich wieder, und machte sich ein neues Verhältnis zu den Menschen zurecht und suchte sich mit der Geschmeidigkeit des Nachkriegsgeschlechts den Tatsachen anzupassen. Sie mußte ja leben. Beim Zusammenbruch ihrer Sympathien warf sie Illusionen über Bord. Äußerlich schien sie dieselbe geblieben, innerlich aber hatte sie sich gehärtet und losgelöst, ja sie wurde, was ihr selber nicht bewußt ward – rachsüchtig. Ihr Vater war, der er war – er urteilte nach dem äußeren Schein. Gut, so wollte sie dasselbe tun und nach dem äußeren Schein urteilen. Aus ihrem Bedürfnis nach Rache erwuchs eine neue Sicht der Menschen. Unter des Vaters ritterlich-schönem Gehabe durchschaute sie seine trübselige Nichtigkeit. Sie verachtete ihn.

Aber Oma war es, die sie vor allen anderen aus ganzer Seele verabscheute. Gegen dieses fettleibige alte Weib, das wie ein riesiger, rotgefleckter Pilz dahockte, den Hals von den hochgezogenen Schultern und dem schwappenden Kinn aufgesogen, so daß es formlos wie eine doppelte Kartoffel aussah, verspürte Yvette jenen reinen, echten Haß, der fast einer Freude gleichkommt. Ja, ihr Haß war so klar und deutlich, daß sie ihn, indem sie ihn auskostete, auch genoß.

Da hockte sie, die Alte, das fette, gerötete Gesicht nach hinten gepreßt, mit dem Spitzenhäubchen im weißen Haar, die aufgeworfene Nase voll dummen Stolzes, den Greisinnenmund wie eine zugeklappte Falle zusammengekniffen. Dieser Mund verriet sie, die mütterliche alte Heuchlerin. In ihrem hohen Alter hatte er sich zu einem lippenlosen Krötenmaul ausgewachsen, und die Kinnbacken preßte sie wie den Unterteil einer Falle nach oben. Dieser Anblick der gnadenlos eingekniffenen Kiefer, die die aufgeworfene Nase nach oben schoben und das ganze Gesicht unter der mauerähnlichen Stirn nach rückwärts drängten, war Yvette besonders verhaßt. Der Wille, der uralte, krötenhaft abstoßende Wille des alten Weibes war fürchterlich für jeden, der ihn einmal kennenlernte: dieser Krötenwille der Selbstsucht war gottlos und weniger als menschlich. Er gehörte dem vorsintflutlichen, zähen Geschlecht der Echsen an und gab einem die Vorstellung ein, dieses Scheusal sei unausrottbar. Wie ein Reptil würde es in alle Ewigkeit dahindämmern.

Dem Vater gegenüber hätte Yvette nie auch nur anzudeuten gewagt, daß sie Oma nicht für ein vollendetes Geschöpf hielte. Er hätte ihr mit der Irrenanstalt gedroht. Das war die Drohung, die er immer bereithielt: das Irrenhaus. Gerade als wäre der Abscheu vor ihr und dem ganzen von ekelhaften Verwandten bevölkerten Haus schon ein Beweis für gemeingefährlichen Wahnsinn.

Dennoch geschah es einmal, daß es in einem Wutanfall aus ihr hervorbrach: »Wie absolut widerwärtig es in diesem Haus ist! Tante Lucy kommt, Tante Nell kommt, Tante Alice kommt, und sie hocken zusammen wie ein Schwarm Krähen, mit Oma und Tante Cissy in der Mitte und wärmen sich die Beine am Feuer und wollen von Lucille und mir nichts wissen. Ausgestoßene sind wir in diesem greulichen Haus und weiter nichts!«

Der Pfarrer musterte sie neugierig. Aber sie hatte es zuwege gebracht, in Blick und Redeweise nur einen Ausbruch schlechter Laune vorzutäuschen, so daß er wie über eine kindische Ungezogenheit nur darüber lachte. Irgendwo aber war ihm bewußt, daß sie kalt und böse meinte, was sie sagte, und war vor ihr auf der Hut.

Den Zigeuner sah sie zweimal. Beim erstenmal kam er eben ins Pfarrhaus, um seine Sachen anzubieten, als sie gerade aus dem Treppenfenster blickte. Sie ging aber nicht hinunter. Er bemerkte sie, als er seine Waren wieder in den Wagen legte, grüßte sie aber nicht, noch gab er sonst ein Zeichen. Er gehörte einer Rasse an, die in Feindschaft mit ihrer Umgebung und vom Raub lebte, und er war viel zu sehr an Selbstbeherrschung gewöhnt, um sich dem übermächtigen, erbarmungslosen Zugriff des Gesetzes offen zu stellen. Er war auch im Krieg gewesen, wo man ihn gegen seinen

Willen versklavt hatte. So legte er auch jetzt, an der Tür dieses Pfarrhauses, oder am Zaun schweigend mit seinem Gefährt beschäftigt, die Haltung eines stummen, doch unbeugsamen Ausgeschlossenseins an den Tag, die ihm seine uralte, einsame Anmut mitteilte. Er wußte, daß sie ihn sah; sie sollte ihn auch sehen, wie er still und trotzig, von alters her in Fehde mit ihresgleichen, seinem Handel nachging.

Ihre zweite Begegnung mit ihm entstand zufällig. Es war März, und nach langen Regengüssen schien wieder die Sonne. Das Schöllkraut stand gelb in den Hecken, auf dem Felsgestein blühten Primeln. Von fern aber, von den Stahlwerken her, drang aus dem stahlblauen Himmel Schwefelgeruch herüber.

Und doch war es Frühling.

Yvette radelte gemächlich auf der Landstraße nach Codnor Gate dahin, an den Steinbrüchen vorbei, als sie ihn von einem kleinen Haus her zur Straße gehen sah, wo sein Gefährt stand. Er hatte seine Besen und Kupfersachen im Arm.

Sie stieg ab. In diesem Augenblick kam eine absonderlich aufwallende Zärtlichkeit über sie. Sie liebte die schlanken Linien seines Körpers unter dem grünen Pullover und die stumme Verschlossenheit seines Gesichtes. ›Ich kenne ihn besser als irgendwen sonst‹, mußte sie denken, ›auch besser als Lucille, und irgendeine Bindung, die ich nicht beschreiben kann, besteht zwischen mir und ihm.‹

»Haben Sie irgendwas neues Hübsches gemacht?« fragte sie unbefangen und besah sich die kupfernen Schalen.

»Ich glaube nicht«, erwiderte er.

Immer noch war in dem Blick, den er ihr zuwarf, das neugierige, nackte Begehren lebendig. Doch war es jetzt entfernter, seine Kühnheit gedämpfter. Alsdann erschien in seinem Blick ein Glitzern, das fast etwas Feindseliges hatte. Doch auch dieses verschwand, während sie seine Waren betrachtete. Sie traf mit Bedacht ihre Wahl. Schließlich verfiel sie auf eine längliche Messingschale, in die ein Ornament, das einer Palme glich, eingehämmert war.

»Das ist hübsch«, sagte sie. »Was kostet es?«

»Was wollen Sie geben?« fragte er.

Das ärgerte sie, sein Ton erschien ihr spöttisch.

»Mir ist lieber, Sie nennen einen Preis«, erwiderte sie.

»Geben Sie mir, was Sie wollen«, war seine Antwort.

»Nein«, versetzte sie. »Wenn Sie keinen Preis nennen, will ich sie nicht haben.«

»Also gut«, sagte er. »Zwei Shilling.«

Sie hatte nur eine halbe Krone, und er holte Silber aus der Tasche hervor, um ihr Sixpence herauszugeben.

»Die alte Zigeunerin hat von Ihnen geträumt«, sagte er.

»Nein, wirklich? Und was denn?« Yvette wurde lebhaft.

»Sie sagt Ihnen: ›Sei mutiger im Herzen, sonst verlierst du das Spiel.‹ Dann sagt sie: ›Sei mutiger im Körper, sonst verläßt dich das Glück.‹ Und dann: ›Hör auf die Stimme des Wassers.‹«

Yvette war tief beeindruckt. »Aber was bedeutet das denn?«

»Ich habe sie gefragt, aber sie weiß es nicht.«

»Sagen Sie es noch einmal«, bat Yvette.

»Sei mutiger im Körper, sonst verläßt dich das Glück. Und: Hör auf die Stimme des Wassers.«

»Also ich soll mutiger im Körper sein, und soll auf die Stimme des Wassers hören! Gut. Ich verstehe es nicht, aber vielleicht werde ich es noch verstehen . . .«

»Sie kommen nicht mehr zum Steinbruch hinauf?« fragte er.

»Vielleicht doch – einmal . . .«

»Der Frühling kommt«, sagte er und deutete zur Sonne empor. »Wir ziehen bald weg.«

»Wann?«

»Wahrscheinlich nächste Woche.«

»Und wohin?«

»Wahrscheinlich nach Norden.«

»Vielleicht komme ich einmal, vorher . . . und sage Ihrer Frau adieu. Auch der alten Frau, die mir diese Botschaft geschickt hat.«

8

Dieses Versprechen hielt sie nicht. Es gab noch ein paar schöne Märztage, die sanft dahinglitten. Sie hatte eine seltsame Abneigung dagegen, sich zum Handeln aufzuraffen; viel lieber war es ihr, wenn ein anderer für sie handelte. Sie lebte in den Tag hinein wie immer. Sie besuchte Freunde, ging auf Gesellschaften und tanzte mit dem unverzagten Leo. Nur zu gern wäre sie zum Steinbruch hinaufgefahren, um den Zigeunern Lebewohl zu sagen. Nichts hinderte sie daran. Besonders an einem Freitagnachmittag kam dies Verlangen über sie. Die Sonne schien, Krokusblüten entfalteten am Straßenrand ihr leuchtendes Gelb, die ersten Bienen tasteten die Kelche ab. Der Fluß rauschte unter der Steinbrücke dahin und führte so ungewöhnlich viel Wasser, daß es fast die Brückenwölbung ausfüllte. In der Luft stand der Duft des Seidelbasts.

Yvette fühlte sich träge, ach so träge. Sie durchstreifte das Gärtchen am Flußufer und wartete – sie wußte nicht, auf was. Solange die Frühlingssonne schien, wollte sie im Freien bleiben.

Oma saß drinnen im Lehnstuhl zurückgelehnt, ein bauschiger Haufen schwarzer Seide, das Spitzenhäubchen im Haar, wärmte sich die Füße am Kamin und sah aus wie ein fetter alter Prälat. Sie hörte sich an, was Tante Nelly erzählte. Es war nämlich Tante Nellys Besuchstag. Sie kam freitags zum Frühstück und ging nach dem Fünf-Uhr-Tee wieder weg. Da saßen denn die beiden, die Mutter und die etwas vulgäre Tochter, die vierzig Jahre zählte und Witwe war, am Feuer und tratschten. Tante Cissy lief dabei ein und aus. Der Pfarrer fuhr freitags in die Stadt; das Dienstmädchen hatte seinen freien Nachmittag.

Yvette hatte sich auf das Bänkchen am Flußufer gesetzt, nur ein paar Fuß über dem reißenden, sonderbar hoch dahinschießenden Wasser. Die Krokusblüten in den Beeten wurden schon welk. Der kürzlich gemähte Rasen war dunkelgrün, die Lorbeerbäume sahen kahler als sonst aus. Tante Cissy erschien auf der Verandatreppe und rief Yvette zu, ob sie eine Tasse Tee wolle. Das Rauschen des Wassers übertönte ihre Stimme, aber Yvette erriet, was sie wollte, und schüttelte den Kopf. Jetzt Tee im Haus drinnen, während so schön die Sonne schien? Nein, danke.

Am Fuß des Abhangs machte der Fluß, von den Felsen drüben mit hartem Getöse zurückgeworfen, eine Krümmung und strömte am Garten vorüber der Brücke zu. Er führte unglaublich viel Wasser, das mit gelbem Schlamm vermischt war, und die Strömung war reißend. ›Hör auf die Stimme des Wassers‹, sann Yvette vor sich hin. ›Wenn aber die Stimme nur aus Getöse besteht, was soll ich da hören?‹

Sie vernahm einen Ruf und wandte den Kopf zum Haus; dort standen die Tanten Cissy und Nelly vor der Tür und winkten ihr adieu zu. Yvette winkte zurück. Tante Cissys Stimme übertönte das Rauschen: »Ich bin bald zurück. Vergiß nicht, Oma ist allein!«

»Ich weiß!« schrie Yvette zurück gegen das Rauschen an. Dann sah sie den beiden nach, die über die Brücke gingen und drüben die ansteigende Straße hinauf. Sie sahen in ihren langen Röcken recht dumm aus. Tante Nelly trug eine Art Handkoffer, um Gemüse mitzunehmen. Tante Cissy wollte sie bis zum Dorf begleiten, um Besorgungen zu machen. Sie verschwanden hinter einer Biegung.

Die Sonne neigte sich zum Untergang. ›Schade‹, dachte Yvette, ›ich muß wieder hinein.‹

Sie vernahm ein Rasseln, das sogar das Rauschen des Wassers übertönte. Auf der Straße kam ein Wagen in scharfer Fahrt bergab. Yvette war aufgestanden und schlenderte unschlüssig ein paar Schritte am Uferrand hin. Sie hatte keine Lust, ins Haus zu gehen. Sie lugte zur Straße hinüber, um aufzupassen, ob Tante Cissy zurückkam. Sobald sie kam, wollte sie im Haus verschwinden.

Plötzlich hörte sie einen lauten Ruf, drehte sich um und sah den Zigeuner in langen Sätzen den Pfad, der von dem

Lärchenwäldchen herabführte, daherrennen. Hinter ihm rannte auch der Gärtner, der droben gearbeitet hatte, wie auf der Flucht. Ein Brausen ertönte, das, bevor Yvette noch eine Bewegung tun konnte, zu einem ohrenbetäubenden Gebrüll anschwoll. Der Zigeuner machte ihr im Laufen mit den Armen heftige Zeichen, die bedeuteten, sie solle sich umdrehen. Sie tat es.

Um die Flußkrümmung herum kam eine Flutwelle heran, lohfarben und schaumig, wie eine Mauer aus Tierköpfen. Das dröhnende Gebrüll löschte jedes andere Geräusch aus. Yvette fand nicht mehr die Kraft, sich zu rühren. Schrecken und Staunen lähmte sie, und sie dachte nichts als: ›Was daraus wohl wird?‹

Dann war schon, bevor sie einen anderen Gedanken fassen konnte, die Woge heran: eine Steilwand aus Wasser. Sie vernahm noch das Schreien des Zigeuners und sah, wie er in langen Sätzen zu ihr hinlief, während ihm die schwarzen Augen schier aus dem Kopf quollen. »Lauf!« kreischte er und packte sie am Arm.

Schon aber fegte ihr die Woge die Füße unterm Leib weg und schwemmte sie mit unwiderstehlicher Gewalt über den Garten hin. Das ungeheure Getöse erschien ihr in dieser Sekunde als völlige Stille.

Mühselig, taumelnd, immer wieder versinkend, schleppte er sie ans Haus. Er hielt sie und sich selber noch auf den Füßen; sie aber war kaum noch bei Bewußtsein. Es war, als wäre die Flutwelle tief in ihr Inneres eingebrochen. Nahe an dem Weg, der um das Haus herumführte, erhob sich der Rasen zu einer kleinen Anhöhe; auf dieser stapfte er, Yvette im Arm, hinauf, um den noch trockenen Weg zu gewinnen, dann kämpfte er sich an den Fenstern vorbei zu den Stufen der Veranda. Aber noch bevor sie diese erreicht hatten, kam eine neue Flutwelle mit zermalmender Kraft herangerollt. Sie riß Bäume nieder und begrub auch Yvette und den Zigeuner unter sich.

Sie fühlte, wie der herniederwuchtende Schwall eisigen

Wassers sie hinwarf und fortschwemmte. Die Faust des Zigeuners, die mit großer Kraft ihr Handgelenk umklammerte, war ihr einziger Halt. Beide versanken sie in dem wütenden Wirbel; irgendwo spürte sie einen heftigen Stoß und einen dumpfen Schmerz. Dann riß er sie wieder hoch. An der Hauswand rankte sich eine große Glyzinie empor, daran klammerte er sich, triefend wieder aufgetaucht, und das Wasser preßte ihn mit zermalmender Kraft an die Wand. Jetzt hatte auch Yvette den Kopf wieder über Wasser, und er hielt ihren Arm so fest umklammert, daß der Griff ihn schier verrenkte. Ihre Füße hatten keinen Halt, und sie schlug in einer Übelkeit, die einem Alptraum glich, um sich. Immer noch fanden ihre Füße keinen Boden, nur der Griff des Zigeuners hielt sie. Er zog sie näher zu sich heran, bis sie sich mit der Hand an sein Bein krallte. Fast hätte sie ihn dadurch wieder hinabgerissen. Dann fühlte sie Boden unter den Füßen und umklammerte den Mann mit der Kraft der Verzweiflung. So hingen sie am Stamm der Glyzinie wie ein zweifacher Körper.

Jetzt fand sie sich bis über die Knie im Wasser stehen. Sie sahen sich in die triefenden Gesichter. »Zur Treppe!« schrie er ihr ins Ohr.

Die Treppe war nur vier Schritte entfernt, um die Ecke der Mauer. Yvette konnte die Schritte nicht tun. Seine Augen stierten sie an wie die eines Tigers, dann stieß er sie vor sich her. Sie tappte an der Mauer entlang; jetzt schien es, als fiele das Wasser ein wenig. An der Ecke taumelte sie und stolperte, dann wurde sie zum Geländer der Veranda hinaufgeschwemmt, und der Zigeuner hinter ihr her.

Eben hatten sie auf den Stufen Halt gefunden, als ein neues Getöse sich in das Rauschen mischte, und die Hauswand erzitterte. Ein neuer Schwall ergoß sich um ihre Beine, aber jetzt hatte der Zigeuner die Tür zur Diele geöffnet, und sie wurden weit in die Diele hinein bis an den Fuß der Treppe gerissen. Da sahen sie einen absonderlichen dicken und massigen Umriß von der Eßzimmertür her auftauchen:

die Oma. Sie krallte mit den erhobenen Händen in die Luft, während das Wasser ihr um die Beine schoß, und ihr wie ein Sargdeckel aufgeklappter Mund stieß ein heiseres Geschrei aus.

Yvette sah nichts als die Treppe. Blind gegen alles andere als die rettende Treppe, die aus dem Wasser ragte, kroch sie wie eine nasse, schaudernde Katze, ohne zu wissen, was sie tat, die Stufen hinan. Erst als sie auf dem Treppenabsatz angelangt war, so heftig zitternd, daß sie nicht mehr aufrecht stehen konnte und sich an das Geländer klammern mußte, während das ganze Haus unter dem Anprall der Flut wankte, erst da gewahrte sie wieder den Zigeuner, der, von einem schrecklichen Hustenanfall geschüttelt, auf dem oberen Ende der Treppe stand. Seine Mütze war weg, das schwarze Haar hing ihm in nassen Strähnen über die Augen, er starrte zwischen den Haarsträhnen hindurch auf das tobende Wasser drunten in der Diele. Auch sie blickte halb ohnmächtig hinunter und sah, wie die Oma gleich einem sonderbaren Strandgut mit puterrotem Gesicht aus der Flut auftauchte. Ihre blinden Augen sprangen ihr aus dem Kopf, ihr Mund spie Wasser. Eine ihrer welken Hände umkrallte das Treppengeländer und hielt sich daran einen Augenblick fest, man sah das kurze Aufglänzen eines Eherings.

Der Zigeuner hatte sich ausgehustet, strich sich die nassen Haarsträhnen vom Gesicht und sagte zu dem Gesicht da unten: »Hilft nichts, die hat es erwischt!«

Wieder empfing das Haus einen tiefen, dumpfen Stoß, der wie Donner klang, und darauf erhob sich ein unheimliches Krachen, Knirschen und Rasseln. Wie Meeresbrandung wallte die Flut wieder auf. Jetzt war die Hand da unten fort, nichts war mehr zu sehen, nur die emporschäumende Brandung.

In blindem Entsetzen taumelte Yvette die Stufen der oberen Treppenhälfte hinauf. Erst an ihrer Schlafzimmertür blieb sie stehen, von einem entsetzlichen, zerreißenden Krachen gelähmt. Das Haus schwankte. »Das Haus stürzt ein!« gellte das grünlich bleiche Gesicht des Zigeuners in ihres hinein. »Wo ist der Schornstein? Der hintere Schornstein? In welchem Zimmer? Der Schornstein wird halten!«

Er starrte sie mit wildem Ausdruck an, der sie zwang, zu begreifen. Da nickte sie mit einer merkwürdigen, verrückten Ruhe und erwiderte geradezu heiter: »Hier, hier herein, hier ist es richtig.«

Sie gelangten in ihr Schlafzimmer, das einen kleinen Kamin hatte. Es war nach hinten hin gelegen und hatte zwei Fenster, je eines zu beiden Seiten des großen Rauchfangs. Immerfort fürchterlich hustend und am ganzen Leib zitternd ging der Zigeuner zum Fenster und blickte hinaus.

Da unten, zwischen dem Haus und dem steilen Felshang schäumte ein rasender Wasserwirbel, der lauter Trümmerstücke mit sich führte, darunter war die grüne Hundehütte des Neufundländers zu erkennen. Der Zigeuner hustete, hustete, und starrte mit leeren Blicken hinunter. Ein Baum nach dem anderen trieb vorüber, vom Wasser niedergerissen, das in zehn Fuß Tiefe dahinschoß. Schaudernd wandte er sich Yvette zu, bleichen, verzweifelten Gesichts, die triefenden Arme frierend an die Brust gepreßt. Jetzt lief ein fürchterliches Poltern durch das Haus, gefolgt von einem im Wasserrauschen vernehmbaren Krachen. Etwas, gewiß ein Teil des Hauses war zusammengestürzt. Der Fußboden hob sich und schwankte hin und her. Augenblicke lang setzte beiden der Herzschlag aus.

Dann schrie er: »Macht nichts! Macht nichts! Dies hier wird halten. Guck, der Schornstein! Der steht wie ein Turm! Alles gut, alles gut. Zieh dich aus und leg dich ins Bett, sonst krepierst du vor Kälte!«

»Ja ja, ist ja gut ...« keuchte Yvette. Sie war auf einen Stuhl gesunken und hob ihr totenbleiches, kleines Gesicht, das vom nassen Haar umrahmt war, zu ihm hoch.

»Nein«, rief er, »nicht so! Kleider ausziehen! Ich reib

dich mit dem Handtuch ab. Mich selber auch. Wenn alles einstürzt, sterben wir wenigstens warm. Wenn es hält, sollst du nicht an Erkältung sterben!«

Hustend, vor Kälte zitternd, mit erstarrten Fingern zerrte er seinen nassen Pullover hoch und mühte sich, ihn überm Kopf freizubekommen. »So hilf doch!« schrie er unter dem nassen Pullover heraus.

Gehorsam faßte sie an und zerrte aus Leibeskräften. Endlich kam er frei und stand in Hemdsärmeln da.

»Zieh die Kleider aus!« befahl er hart und heftig. »Hier, reib dich mit dem Handtuch ab!« So mochte es im Krieg hergegangen sein, wenn das Leben auf dem Spiel stand. Wie ein Besessener riß er sich nun auch die Hose herunter und das klatschnasse, klebende Hemd vom Leibe und stand nun dünn und bläulich da, jede Faser geschüttelt von der Kälte und dem Entsetzen.

Dann ergriff er ein Handtuch und rieb sich damit, seine Zähne schlugen aufeinander, daß es sich anhörte wie Tellergeklapper. Yvette begriff instinktiv, daß dies das richtige war. Sie versuchte ihr Kleid loszuwerden, und er riß ihr das nasse, klammernde Zeug über den Kopf; dann fuhr er fort, sich abzureiben.

Sich fortwährend reibend, ging er zur Tür, stand im Türrahmen, nackt, das Hemd in der Hand, und starrte hinaus. Er starrte auf die Stelle, wo das Fenster am Treppenabsatz gewesen war, und starrte über die tobende Flut hinweg, die mit Trümmern und entwurzelten Bäumen besät war, in den Sonnenuntergang. Die ganze Ecke des Hauses mit der Treppe und der Veranda war verschwunden. Die Wand war eingestürzt, die Stufen waren fort, die Fußböden ragten leer heraus. Regungslos sah er über die Verwüstung hin. Ein eiskalter Wind wehte ihn an. Er biß verzweifelt die Zähne zusammen, wandte sich in Yvettes Zimmer zurück und machte die Tür zu.

Yvette, nackt und von einem Schüttelfrost überfallen, versuchte sich mit dem Handtuch trockenzureiben.

»Keine Sorge!« keuchte er. »Das Wasser steigt nicht mehr. Keine Sorge!«

Selbst am ganzen Leibe bebend, faßte er sie mit festem Griff an der Schulter und half ihr, sich abzureiben. Langsam rieb er mit seinen klammen Fingern ihren zarten Körper, sogar das kläglich nasse Haar ihres schmalen Kopfes suchte er trocken zu bekommen.

Plötzlich hielt er inne und sagte: »Leg dich lieber ins Bett. Ich will mich selber trockenreiben.«

Das Klappern seiner Zähne zerhackte ihm die Worte. Yvette kroch halb ohnmächtig ins Bett. Der Zigeuner trat wieder an eins der Fenster und sah hinaus.

Das Wasser war weiter gestiegen. Die Sonne war jetzt untergegangen, am Himmel stand ein rötlicher Schimmer. Der Zigeuner rieb aufs neue sein Haar zu einem wirren, feuchten Schopf, machte, von der Kälte überwältigt, eine Pause, sah wieder hinaus, rieb seine Brust und kämpfte mit einem neuen Hustenanfall, da er viel Wasser geschluckt hatte. Das Handtuch wies Blutflecken auf; er hatte sich irgendwo verletzt, spürte aber nichts davon. Und immer war das Getöse der Flut und das dumpfe Poltern der Trümmer zu vernehmen, die von der Strömung gegen die Hausmauer geworfen wurden. Der Wind wurde stärker und nahm an Kälte zu. Immer aufs neue erzitterte das Haus von den Stößen, deren unheimlicher Lärm heraufdrang.

Entsetzen erfüllte ihn. Wieder trat er zur Tür. Als er sie öffnete, fegte der Wind, mit dem Rauschen des Wassers vermischt, heulend herein. Durch die gähnende Hauslücke sah er alles, die Flut, die Wasserwüste, die Dämmerung und hoch droben am Himmel die bleiche, schmale Mondsichel, an der schwarzes Gewölk vorüberjagte. Er biß die Zähne zusammen. Angst und Ergebung rangen in ihm miteinander. Er ging ins Zimmer zurück, schloß die Tür, nahm Yvettes Handtuch, das noch trockener und nicht so blutbeschmiert war wie seins, rieb sich damit den Kopf und trat wieder ans Fenster.

Dann aber vermochte er den Schüttelfrost nicht mehr zu bändigen, der ihn gepackt hielt. Yvette war jetzt ganz unter der Bettdecke verschwunden, nichts von ihr war mehr zu sehen als das Beben ihres Umrisses unter der weißen Steppdecke. Der Zigeuner legte beruhigend die Hand auf diesen bebenden Umriß, als wolle er ihm Gesellschaft leisten, aber das Beben hörte nicht auf.

»Keine Sorge!« sagte er. »Das Wasser fällt ja schon wieder.«

Sie streckte das weiße Gesicht aus den Kissen heraus und starrte benommen in seine grünlichen, jetzt merkwürdig ruhigen Züge. Doch schlugen seine Zähne noch aufeinander, und in seinen schwarzen Augen glühte es – etwas von dem stoischen Gleichmut des Heimatlosen war darin enthalten.

»Wärme mich!« wimmerte sie. »Mir ist so kalt, ich komme um vor Kälte, wärme mich doch!« Im Liegen krümmte sich ihr Körper zu einem Krampf zusammen, der heftig genug schien, ihr das Leben zu entreißen. Der Zigeuner nickte und nahm sie in die Arme. Er umklammerte sie mit seinem Griff wie mit einem Schraubstock, um auch den eigenen Schüttelfrost zu überwinden. Er selber zitterte zum Gotterbarmen und wußte kaum, was er tat.

Die Umklammerung seiner Arme war nun das einzige, das ihrem Bewußtsein einen Halt gab. Sie bedeutete ihrem Herzen, das zum Zerspringen hämmerte, eine unendliche Erlösung. Wenn auch der Körper des Zigeuners selber wie von elektrischen Stößen geschüttelt wurde, schenkte doch die starre und straffe Spannung seiner Muskeln, die sie umklammerten, ihr zunehmenden Halt. Langsam ebbte das Würgen und Beben, das von dem Versagen der Nerven herrührte, bei beiden ab, zuerst bei ihm, dann bei ihr, und belebende Wärme kehrte bei ihnen zurück.

Indem sie mehr und mehr zunahm, sanken ihre gequälten und halbbetäubten Sinne in Bewußtlosigkeit, der Schlaf überkam sie.

9

Erst als die Sonne am anderen Morgen schon hoch am Himmel stand, gelang es Männern, die Papple mit Leitern zu überqueren. Die Brücke war fort. Die Flut hatte sich verlaufen, und das Pfarrhaus, das sich vornüberneigte, als wollte es vor dem Fluß eine steife Verbeugung machen, stand nun unter Schlamm und Trümmern, und seine südwestliche Ecke war nur noch ein Haufen gestürzten und zerbröckelten Mauerwerks. Die gähnenden, offenen Mäuler der Zimmer boten einen trostlosen Anblick.

Drinnen war kein Lebenszeichen zu entdecken. Jenseits des Flusses tauchte der Gärtner auf und bald darauf auch die Köchin, beide voll schaudernder Neugier. Die Köchin war durch den hinteren Hauseingang und das Lärchenwäldchen auf die Höhenstraße entkommen und hatte den Zigeuner am Haus vorbeirennen sehen; sie hatte den Eindruck, als ob er jemanden umbringen wolle! An der Pforte oben hatte sie dann sein Wägelchen gesehen; der Gärtner hatte es bei Dunkelwerden mitsamt dem Pferd im Gasthaus ›Zum Roten Löwen‹ in Darley in Sicherheit gebracht.

Dies erfuhren die Leute aus Papplewick, als sie auf Leitern über den Fluß und an die Rückseite des Hauses gelangten. Sie hatten Angst, das Haus könnte völlig einstürzen, denn die Vorderfront war total unterwühlt und die Rückseite mit Trümmern bedeckt. Entsetzt blickten sie auf die Bücherborde im aufgerissenen Studierzimmer des Pfarrers und auf die große Messingbettstelle der Großmutter – ein breites, bequemes Bett, das nur jetzt eins seiner Messingbeine über dem Abgrund ins Leere streckte; und auf das verwüstete Dienstmädchenzimmer im obersten Stock. Das Mädchen und die Köchin waren in Tränen aufgelöst. Einer der Männer kletterte vorsichtig durch das zerbrochene Küchenfenster in den Morast hinein, der sich über der Diele des Erdgeschosses gebildet hatte. Dort stieß er auf die Leiche der alten Frau – oder vielmehr er erblickte ihren mit einem schwarzen Pantoffel bekleideten Fuß, der, mit Schlamm bedeckt, aus einem Trümmerhaufen ragte. Der Mann flüchtete.

Der Gärtner sagte aus, Miss Yvette könne bestimmt nicht im Haus gewesen sein. Er habe gesehen, wie sie und der Zigeuner von der Flut fortgerissen wurden. Der anwesende Polizist indessen erklärte, es müsse auf jeden Fall nachgeforscht werden. Inzwischen waren auch die beiden Framleyschen jungen Leute herbeigekommen, und es wurden schließlich Leitern mit Stricken zusammengebunden. Alle hier Versammelten fingen jetzt an, im Chor nach Yvette zu rufen, aber von drinnen kam keine Antwort.

Endlich war die Leiter fertig, und Bob Framley legte sie an und kletterte hinauf. Er schlug ein Fenster ein und gelangte in das Zimmer Tante Cissys. Die Behaglichkeit des ganzen Raumes war ihm so unheimlich, als würde es von Gespenstern bewohnt. Das Haus konnte jeden Augenblick einstürzen.

Eben hatten sie die Leiter bis zum oberen Stockwerk verlängert, als Leute aus Darley angelaufen kamen und erzählten, der alte Zigeuner hätte im ›Roten Löwen‹ sein Pferd abgeholt und gesagt, sein Sohn hätte Miss Yvette drinnen im Haus gesehen. Hierauf kletterte der Polizist zu Yvettes Zimmer hinauf und schlug das Fenster ein.

Yvette hatte fest geschlafen und fuhr, als sie das Klirren hörte, mit einem Schrei aus dem Bett hoch. Hastig raffte sie die Bettdecke um ihren nackten Körper. Der Polizist gab einen Schreckensschrei von sich, den er sogleich in den Ausruf »Miss Yvette!« verwandelte.

Er wandte sich zurück und schrie den angsterfüllt unten Wartenden zu: »Miss Yvette liegt im Bett! Im Bett liegt sie!«

Da hockte er denn, ein Junggeselle, in gefahrvoller Lage auf dieser Leiter, hielt sich krampfhaft fest und wußte sich keinen Rat.

Yvette saß aufrecht im Bett, mit zerzausten Haaren und

verstörten Augen, und preßte sich die Decke an die bloße Brust. Sie hatte so fest geschlafen, daß sie gar nichts begriff.

Dem Polizisten wurde jetzt auf der schwankenden Leiter bange. Er kletterte ins Zimmer hinein und sagte: »Keine Angst, Miss. Seien Sie ganz ohne Sorge. Sie sind gerettet.«

Yvette, die noch immer nicht ganz zu sich gekommen war, dachte, er meinte den Zigeuner. Wo war er geblieben? Das war ihr erster Gedanke. Wo war ihr Zigeuner aus der Nacht des Weltuntergangs geblieben?

Er war fort. Fort! Und an seiner Statt stand ein Polizist in ihrem Zimmer. Nichts begreifend, rieb sie sich die Stirn.

»Miss, wenn Sie sich anziehen wollen«, ließ er sich vernehmen, »können wir Sie nach unten in Sicherheit bringen. Das Haus wird wohl einstürzen. In den anderen Zimmern scheint niemand zu sein.«

Er trat vorsichtig durch die Tür ins Treppenhaus und starrte in die Leere, die die eingestürzte Hauswand geschafft hatte. Dabei sah er, wie ganz hinten auf der Straße, die im Sonnenschein lag, ein Auto mit dem Pfarrer sich näherte.

Yvette war vor Enttäuschung ganz stumpf. Sie stand auf, hüllte sich in die Bettdecke und sah einen Augenblick an sich herab. Sie zog die Schubladen auf, suchte sich ein paar Kleidungsstücke zusammen und zog sie an. Dann sah sie sich im Spiegel. Ihr zerzaustes Haar sah scheußlich aus. Aber das war nun gleichgültig. Der Zigeuner war fort.

Die Sachen, die sie gestern angehabt hatte, lagen als ein durchnäßter Haufen am Boden. Auf dem Teppich war ein großer, nasser Fleck. Das war die Stelle, wo *seine* Kleidungsstücke gelegen hatten. Und außerdem – außerdem lagen da zwei schmutzige, nasse Handtücher, eins davon voller Blutflecken. Sonst war keine Spur von ihm mehr da.

Sie suchte ihr Haar ein wenig zu ordnen, als der Polizist an die Tür klopfte. Sie rief ihn herein. Er stellte erleichtert fest, daß sie angezogen und bei klarem Verstand war.

»Lassen Sie uns so schnell wie möglich nach unten kommen, Miss«, sagte er. »Das Haus kann jeden Augenblick einstürzen.«

»Tatsächlich?« sagte sie ungerührt. »Ist es so schlimm?«

Von unten wurde gerufen. Sie mußte ans Fenster treten. Da stand der Pfarrer und breitete die Arme aus, und Tränen liefen ihm übers Gesicht.

»Ich bin vollkommen gesund, Papa«, sagte Yvette mit einer Ruhe, die nur die Verworrenheit ihrer Gefühle verbarg. ›Ich sage ihm kein Wort von meinem Zigeuner‹, nahm sie sich vor. Dabei strömten jetzt auch ihr die Tränen über die Wangen.

»Weinen Sie doch nicht, Miss«, hieß es. »Der Herr Pfarrer hat seine Mutter verloren, aber er dankt seinem Schöpfer, daß er seine Tochter noch hat. Und wir dachten schon, Sie wären auch umgekommen! Doch, das dachten wir!«

»Ist meine Großmutter denn ertrunken?« fragte Yvette.

»Ich fürchte, ja, die arme Dame!« sagte der Polizist feierlich.

Yvette weinte in ihr Taschentuch, das sie sich eigens dazu aus der Schublade holte.

»Trauen Sie sich, die Leiter hinunterzuklettern?« fragte der Polizist.

Yvette blickte in die schwindelnde Tiefe und sagte zu sich selber: ›Um keinen Preis!‹ Aber dann dachte sie an das Wort der Zigeunerin: Sei mutig in deinem Körper!

»Sind Sie auch in den anderen Zimmern gewesen?« wandte sie sich schluchzend an den Polizisten.

»Ja, Miss. Aber Sie waren die einzige, die noch im Haus war, außer der alten Dame. Die Köchin ist rechtzeitig entkommen, und Lizzie war zu Besuch bei ihrer Mutter. Nur um Sie und die alte Dame haben wir uns geängstigt. Glauben Sie, Sie schaffen es mit der Leiter?«

»Doch, doch«, sagte Yvette gleichgültig. Der Zigeuner war ja fort ...

Und nun mußte der arme Pfarrer es mit ansehen, wie seine schlanke, wohlgeratene Tochter diese schwankende Leiter rückwärts herabkletterte, während der Polizist sich heldenmütig aus dem zerbrochenen Fenster beugte, um das obere Ende der Leiter zu halten.

Drunten angelangt, wurde Yvette, wie nicht anders zu erwarten, in den Armen ihres Vaters ohnmächtig. Bob Framley brachte sie und den Pfarrer in seinem Wagen in das Framleysche Haus. Dort löste sich die arme Lucille, nur noch der Schatten ihrer selber, in Tränen auf, bis sie hysterische Zustände bekam, und sogar Tante Cissy erging sich in schluchzenden Ergüssen: »Laßt nur die Alten dahinfahren und schonet der Jungen! Oh, oh, ich habe keine Tränen mehr für Oma, nun Yvette noch unter uns weilt!«

Ströme von Tränen entstürzten ihren Augen.

Die Überschwemmung war durch einen Bruch des großen Stau-Beckens droben in Papple Highdale, fünf Meilen vom Pfarrhaus entfernt, herbeigeführt worden. Später stellte sich heraus, daß unter dem Damm des Stau-Beckens ein alter Stollen verlaufen war, der wahrscheinlich aus der Römerzeit stammte und von dem niemand mehr etwas gewußt hatte, und dieser war eingebrochen und hatte den ganzen Damm unterhöhlt. Daher hatte der Fluß schon den ganzen Tag so unheimlich viel Wasser geführt; und schließlich war der Damm gebrochen.

Der Pfarrer sollte mit den beiden Töchtern so lange in dem Haus der Framleys bleiben, bis er eine neue Unterkunft fand.

Bei der Beisetzung Omas war Yvette nicht zugegen; sie blieb zu Bett. In ihrem Bericht erwähnte sie lediglich, daß der Zigeuner sie auf die Veranda gezogen habe; danach wäre sie aus dem Wasser die Treppe hinaufgekrochen. Daß der Zigeuner am Leben geblieben war, wußte man; der Alte hatte es erzählt, als er das Pferd und den Wagen vom Gasthaus abgeholt hatte.

Viel wußte Yvette nicht zu sagen. Sie schien sich überhaupt kaum an irgend etwas zu erinnern und machte einen verwirrten und zerstreuten Eindruck; aber das war ihre Art.

Bob Framley aber sagte eines Tages: »Hört mal, eigentlich verdient dieser Zigeuner einen Orden!«

Davon waren alle begeistert, und Lucille sagte: »Ja, wir müssen ihm wirklich unseren Dank abstatten!«

Der Pfarrer machte sich persönlich mit Bob im Wagen auf den Weg. Aber der Steinbruch lag verlassen da. Die Zigeuner hatten ihr Lager abgebrochen und waren fortgezogen. Wohin, wußte niemand.

Yvette aber lag unter ihrer Bettdecke und stöhnte vor sich hin: »Ach, ich liebe ihn, ich liebe ihn!« Der Gram um ihn machte sie krank. Dennoch schickte sie sich in sein Verschwinden. Ihre junge Seele ahnte die Weisheit dieser Fügung.

Nach Omas Beisetzung jedoch erhielt sie ein Briefchen aus einem Ort, von dem sie nichts wußte, und dieses lautete:

»Liebe Miss, ich lese in der Zeitung, daß Sie nach Ihrem Bad wohlauf sind. Ich bin es ebenfalls. Ich hoffe, ich sehe Sie einmal wieder, vielleicht auf dem Viehmarkt in Tideswell, oder wir kommen mal wieder in Ihre Gegend. Ich wollte damals adieu sagen, aber es ging nicht, das Wasser ließ keine Zeit dazu, aber ich hoffe noch. Ihr sehr ergebener Joe Boswell.«

Erst da wurde ihr klar, daß er ja auch einen Namen hatte.

Der Mann, der gestorben war

I

Ein Bauer in der Nähe von Jerusalem erstand sich einen jungen Kampfhahn, der wie ein armseliges kleines Etwas aussah, der aber schmucke Federn bekam, je weiter der Frühling vorrückte, und um die Zeit, als die Feigenbäume an ihren Zweigspitzen Blätter ausschickten, prangte er mit einem prächtig gebogenen rotgoldenen Hals.

Der Bauer war arm; er wohnte in einer Hütte aus Lehmziegeln, und ein schmutziger kleiner Innenhof mit einem zähen Feigenbaum war all sein Grund und Boden. Er verrichtete schwere Arbeit in den Weinbergen und Olivengärten und im Weizenland seines Herrn und kehrte dann heim, um in der Lehmziegelhütte am Wegrand zu schlafen. Doch auf seinen jungen Hahn war er stolz. In dem eingeschlossenen Hof waren drei armselige Hennen, die kleine Eier legten und die paar Federn verloren, die sie hatten; sie machten unverhältnismäßig viel Schmutz. In einer Ecke unter einem Strohdach war auch ein träger Esel, der oft mit dem Bauern auf die Arbeit ging, aber manchmal zu Hause blieb. Und dann war da noch die Frau des Bauern, eine junge Frau mit düsterem Gesicht, die nicht allzu schwer arbeitete. Sie streute den Hennen ein bißchen Korn oder die Reste vom Haferbrei hin, und mit einer Sichel schnitt sie Grünfutter für den Esel.

Der junge Hahn wuchs zu einem herrlichen Tier heran. Dank einer Laune des Schicksals war er in dem schmutzigen Hof mit den drei kümmerlichen Hennen ein Prachtstück von einem Hahn geworden. Er lernte seinen Hals zu krümmen und auf das Krähen der andern Hähne – jenseits der Mauern, in einer Welt, von der er nichts wußte –, schrille Antworten zu schmettern. Sein Krähen hatte einen besonders feurigen Klang, und das ferne Rufen der anderen Hähne regte ihn zu jähem Fanfarengeschmetter an.

»Wie er jubelt!« sagte der Bauer, als er aufstand und sich sein Taghemd über den Kopf zog.

»Er ist gut für zwanzig Hennen«, sagte die Frau.

Der Bauer ging hinaus und blickte voller Stolz auf seinen jungen Hahn. Ein kecker, farbenprächtiger Hahn war es, der schon die endgültige Bekanntschaft mit den drei zerlumpten Hennen gemacht hatte. Doch der Gockel hielt den Kopf schief und lauschte auf die Herausforderung der fernen, nie gesehenen Hähne in einer unbekannten Welt: Geisterstimmen, die ihn geheimnisvoll aus der Vorhölle ankrähten. Er antwortete mit schallendem Trotz und ließ sich nie einschüchtern.

»Sicher wird er uns eines Tages davonfliegen«, sagte die Frau des Bauern.

Deshalb lockten sie ihn mit Korn, fingen ihn, obwohl er sich mit Flügeln und Krallen wehrte, und banden ihm eine Schnur um den Schenkel, die sie an seinem Sporn verfestigten; das andre Ende der Schnur banden sie an den Pfosten, der das schräge Strohdach des Esels stützte.

Als der junge Hahn wieder freigelassen war, ging er mit empörten, stolzen Schritten von den Menschenwesen fort, kam bis ans Ende der Schnur, zog und zerrte an seinem festgebundenen Bein, fiel einen Augenblick hin, zappelte zum Entsetzen der armseligen Hennen wütend auf der unsauberen Erde herum, kam dann nach einem ekelhaften Getorkel wieder auf die Füße und stand da und dachte nach. Der Bauer und seine Frau lachten herzlich, und der junge Hahn hörte es. Und in einem dumpfen, ahnungsvollen Wissen begriff er, daß sie ihn festgebunden hatten.

Nicht länger stolzierte er und plusterte und sträubte er seine Federn. Finster bewegte er sich innerhalb der Grenzen seiner Fessel. Wohl verschlang er noch die besten Futterhappen. Wohl sparte er manchmal einen Extrabissen für seine derzeitige Lieblingshenne auf. Wohl sprang er noch mit flügelschlagendem, wippendem Ungestüm auf diejenige seines Harems, die nachlässig in seine Reichweite kam und die unsichtbare Verlockung spielen ließ. Und wohl krähte er den Hahnenschreien, die im Morgengrauen aus dem Limbus emporschauerten, seine Herausforderung zu.

Doch war jetzt eine grimmige Unersättlichkeit in der Art, wie er sein Futter verschlang, und ein knauseriger Triumph in der Art, wie er sich der armseligen Hennen bemächtigte. Vor allem aber hatte seine Stimme den vollen goldenen Fanfarenton verloren. Sein Bein war angebunden, und er wußte es. Leib, Seele und Geist waren mittels dieser Schnur angebunden.

Doch der grimmige Lebensdrang in ihm war ungebrochen. Die Schnur war es, die brechen mußte. Deshalb erwachte er eines Morgens kurz vor dem Tageslicht, und eine jähe Kraft überfiel ihn: er schnellte auf seinen Schwingen hoch, und die Schnur zerriß. Er stieß einen wilden, merkwürdig heiseren Schrei aus, schwang sich mit einem einzigen Sprung auf die Mauerkrone und krähte dort einen lauten und schmetternden Fanfarenruf. So laut, daß der Bauer davon wach wurde.

Zur gleichen Zeit, und um die gleiche Stunde vor der Morgendämmerung, erwachte ein Mann aus einem langen Schlaf, der ihn in Banden gehalten hatte. Er war betäubt, und er fror, als er in einer aus dem Felsen gehauenen Nische erwachte. Während des ganzen langen Schlafs hatte sein Körper qualvoll geschmerzt, und er schmerzte noch immer. Der Mann schlug die Augen nicht auf. Aber er wußte, daß er wach war, daß er fror und starr und wie betäubt war, und voller Schmerzen. Und er lag in Banden. Sein Gesicht war mit kalten Bändern umwickelt, und seine Beine waren zusammengebunden. Nur seine Hände waren frei.

Er konnte sich bewegen, falls er es wollte: das wußte er. Aber es verlangte ihn nicht danach. Wer wollte wohl von den Toten zurückkehren? Bei dem Gedanken an Bewegung regte sich ein unergründlicher Ekel in ihm. Ihn störte schon die Tatsache, daß bereits eine seltsame, unberechenbare Bewegung in ihm stattgefunden hatte: die Bewegung zurück ins Bewußtsein. Er hatte es nicht gewünscht. Er hatte außerhalb bleiben wollen – dort, wo sogar die Erinnerung tot und erloschen ist.

Doch jetzt war etwas zurückgekehrt, wie ein zurückgekehrter Brief, und während dieses Zurückkehrens lag er überwältigt da, überwältigt von einem Gefühl großen Ekels. Doch plötzlich bewegten sich seine Hände. Sie hoben sich: kalt, schwer und schmerzhaft. Trotzdem hoben sie sich, um das Tuch von seinem Gesicht fortzuziehen und die Schulterbandagen wegzustoßen. Dann sanken sie wieder hinab, waren kalt und schwer und taub – und angewidert, weil sie sich selbst noch so wenig bewegt hatten, und unsagbar abgeneigt, sich weiterhin zu bewegen.

Da sein Gesicht und seine Schultern solchermaßen befreit waren und freilagen, erlosch er wieder und lag wie tot – ruhte im kalten Nichts seines Totseins. Es war das Wünschenswerteste. Und er hatte es beinah vollständig erreicht, das äußerste, kalte Nichts des Außerhalbseins.

Doch als er beinah völlig hinüber war, hoben sich plötzlich, von einem Schmerz in den Handgelenken dazu veranlaßt, seine beiden Hände und begannen, die Bandagen um die Knie wegzustoßen; seine Füße begannen sich zu bewegen, obwohl seine Brust noch kalt und tot dalag.

Und endlich öffneten sich die Augen. Dem Dunkel! Dem gleichen Dunkel! Doch vielleicht war ein blasser Streif des alles aufscheuchenden Lichts da und stemmte das reine Dunkel auf. Er konnte den Kopf nicht heben. Die Augen schlossen sich. Und wieder war es zu Ende.

Dann plötzlich stützte er sich auf, und die große Welt kreiste. Bandagen fielen von ihm ab. Und enge Felswände schlossen sich um ihn und weckten neue Ängste, eingekerkert zu sein. Lichtstreifen drangen ein. Mit aufwallender Kraft, die aus dem Abscheu kam, beugte er sich im engen

Felsenschacht vor und stützte zarte Hände auf den Stein neben den Lichtstreifen.

Die Kraft kam von irgendwoher, kam aus dem Abscheu; dann kam ein Durchbruch und eine Lichtwelle, und der tote Mann kauerte auf seinem Lager und begegnete dem bestialischen Ansturm des Lichts. Und doch war der Morgen kaum heraufgedämmert. Und seltsam schneidend und scharf hauchte ihn der eisige Atem des erwachenden Tages an. Es bedeutete volles Erwachen.

Langsam, langsam glitt er mit der Vorsicht des gräßlich Verwundeten von der Felsenzelle herunter. Bandagen und Linnen und Duftwerk fielen ab, und er kauerte vor der Felswand auf dem Boden, um Vergessen zurückzuerlangen. Doch er sah, wie seine verwundeten Füße mit unsagbarem Schmerz wieder die Erde berührten, die Erde, die sie nie wieder hatten berühren wollen, und er sah seine mageren Beine, die gestorben waren, und unvorstellbarer Schmerz, Schmerz wie äußerste körperliche Ernüchterung, erfüllte ihn so gänzlich, daß er sich erhob, die eine verwundete Hand auf dem Rand des Grabes.

Zurückzusein! Wieder zurückzusein – nach alledem! Er sah, wie die leinenen Bandagen rings um seine toten Füße niederfielen, und bückte sich und hob sie auf und faltete sie zusammen und legte sie wieder in die Felsennische, aus der er hervorgekommen war. Dann nahm er das mit Düften getränkte Leintuch, schlug es wie einen Mantel um sich und wandte sich ab und hinaus in die Blässe der frostigen Morgendämmerung.

Er war allein, und – als Gestorbener – war er sogar über das Verlassensein hinaus.

Der Mann schritt, noch immer mit dem Abscheu unsäglicher Ernüchterung erfüllt, mit zuckenden Füßen den felsigen Hang hinab, vorbei an den schlafenden Soldaten, die unter dem wilden Lorbeergebüsch in wollene Mäntel gehüllt dalagen. Schweigend, auf nackten, zerrissenen Füßen, und eingehüllt in ein weißleinenes Leichentuch, schaute er einen

Augenblick auf die leblosen, in Klumpen daliegenden Leiber der Soldaten. Sie waren abstoßend, ein stumpfsinniger Gliederkompost, doch er empfand ein gewisses Mitleid. Damit sie nicht wach würden, ging er weiter, zur Landstraße hinüber.

Da er kein Ziel hatte, kehrte er der Stadt, die auf ihren Hügeln thronte, den Rücken. Langsam folgte er der Landstraße, die von der Stadt wegführte, an Olivenbäumen vorbei, unter denen die violetten Anemonen fröstelnd in der Morgenkühle standen und wo saftig grünes Kraut wucherte. Diese Welt, die gleiche wie immer, die natürliche Welt, die vor Grün prangte und in der eine Nachtigall hold und sehnsüchtig und lockend aus dem Gebüsch neben einem Wasserrinnsal flötete – in dieser Welt, der natürlichen Welt aus Morgen und Abend, die ewig unsterblich war und aus der er hinweggestorben war!

Er ging weiter auf wunden Füßen, weder dieser Welt noch der nächsten zugehörig. Matt ging er weiter, weder hier noch dort, nicht sehend, aber doch nicht blicklos, fort von der Stadt und ihrer Umgebung, und fragte sich, warum er eigentlich wanderte, jedoch vorangetrieben von einer undeutlichen, tiefen, ekelerregenden Ernüchterung und einem Entschluß, dessen er sich nicht einmal selber bewußt war.

Als er in einer Art Dämmerzustand an der trockenen Steinmauer des Olivenhains entlangging, wurde er durch das schrille, wilde Krähen eines Hahns ganz in seiner Nähe aufgeschreckt, einen Laut, der ihn erschauern ließ, als hätte er einen elektrischen Schlag erhalten. Er erblickte einen schwarzgoldenen Hahn auf einem Zweig über der Landstraße, und dann einen Bauern in einem grauen Wollkittel, der weiter oben zwischen den Oliven umherrannte. Der schwarzgoldene Hahn mit dem roten Kamm hüpfte aus dem Dickicht, und seine Schwanzfedern wehten und schimmerten.

»Oh, haltet ihn fest, Herr!« rief der Bauer. »Mein Hahn ist mir weggeflogen!«

Mit einem jäh aufflackernden Lächeln breitete der Angerufene die großen weißen Fittiche des Leichentuchs vor dem hüpfenden Hahn aus. Der Hahn wich kreischend und flatternd zurück, der Bauer sprang vor, es kam zu einem wilden Flügelschlagen und Federschwirren, und dann hatte der Bauer seinen entflohenen Hahn mitsamt den heruntergedrückten Flügeln, dem wild nach vorn gereckten Hals und den runden, glotzenden Augen sicher unter dem Arm.

»Es ist mein Hahn, er ist mir weggeflogen!« sagte der Bauer und beruhigte mit der Linken den Hahn, während er schwitzend ins Gesicht des Mannes aufblickte, der in weißes Linnen eingehüllt war.

Der Bauer wechselte den Gesichtsausdruck, stand stockstill und blickte in das totenbleiche Gesicht des Mannes, der gestorben war. So still das totenbleiche Gesicht mit dem schwarzen Bart, der wie im Tode weiterwuchs, und die weit offenen, schwarzen, düsteren Augen, die gestorben waren! Und die gewaschenen Wunden auf der wächsernen Stirn! Dem schwerblütigen Bauern sank der Unterkiefer herab, so kindlich unfähig war er, sich der Situation anzupassen.

»Fürchte dich nicht!« sagte der Mann im Leichentuch. »Ich bin nicht tot. Sie haben mich zu früh heruntergeholt. Darum bin ich aufgestanden. Doch wenn sie mich entdecken, werden sie mir alles noch einmal antun ...«

Er sprach mit einer Stimme überzeugten Widerwillens. Die Menschen! Besonders Menschen, die Autorität besaßen! Nur eins konnten sie tun! Er blickte mit schwarzen, gleichgültigen Augen in die flinken, unsteten Augen des Bauern. Der Bauer schreckte zurück: vor dem Blick tödlicher Gleichgültigkeit und fremder, kalter Entschlossenheit war er hilflos. Er konnte nur das eine Wort sagen, das zu sagen er sich fürchtete:

»Wollt Ihr Euch in meinem Haus verstecken, Herr?«

»Ich werde dort ausruhen. Aber wenn du es jemand erzählst, weißt du, was geschieht: man wird dich vor einen Richter stellen!«

»Ich? Ich sage nichts! Laßt uns eilen!«

Der Bauer blickte sich furchtsam um und fragte sich verdrießlich, weshalb er sich auf so ein Verhängnis eingelassen habe. Der Mann mit den wunden Füßen klomm unter Qualen in den Olivenhain hinauf und folgte dem mürrischen, eiligen Bauern durch den grünen Weizen zwischen den Olivenbäumen. Er spürte die seidige Kühle des jungen Weizens unter seinen Füßen, die tot gewesen waren, und die Einfachheit jenes andersartigen Lebens ging ihm auf. Vor den Felskanten sah er die seidigen, silbrig behaarten Knospen der roten Anemone, die den Kopf senkten. Und auch sie gehörten einer andern Welt an. In *seiner* Welt war er allein, unvorstellbar allein. Diese Dinge um ihn her gehörten zu einer Welt, die nie gestorben war. Doch *er* war gestorben oder aus ihr hinausgetötet worden, und alles, was jetzt blieb, war der große, hohle Ekel unvorstellbarer Ernüchterung.

Sie kamen zu einer Lehmhütte, und der Bauer wartete unterwürfig, um den andern Mann eintreten zu lassen.

»Tretet ein!« sagte er. »Tretet ein! Niemand hat uns gesehen.«

Der Mann im weißen Linnen betrat den Raum mit den Lehmwänden und trug das Aroma fremder Wohlgerüche herzu. Der Bauer verschloß die Tür und ging durch die Innentür in den Hof hinaus, wo innerhalb der hohen Mauern wohlgeborgen der Esel stand und nicht gestohlen werden konnte. Dort band der Bauer voll großer Besorgnis den Hahn fest. Der Mann mit dem wächsernen Gesicht setzte sich auf eine Matte in der Nähe des Herdes, denn er war erschöpft und kaum bei Besinnung. Doch er hörte, wie der Bauer seiner Frau draußen etwas zuflüsterte, denn sie hatte vom Dach heruntergespäht.

Dann traten sie ein, und die Frau bedeckte ihr Gesicht. Sie schenkte Wasser ein und legte Brot und getrocknete Feigen auf einen Holzteller.

»Esset, Herr!« sagte der Bauer. »Esset! Niemand hat Euch gesehen.«

Aber der Fremdling trug kein Begehr nach Essen. Doch er feuchtete ein wenig Brot im Wasser an und aß es, weil Leben leben muß. Doch Begehren war in ihm erloschen, sogar nach Essen und Trinken. Er war aufgestanden ohne Begehren, sogar ohne Begehren zu leben, leer bis auf die alles überwältigende Ernüchterung, die jetzt wie ein großer Ekel dort lag, wo einst sein Leben gewesen war. Vielleicht aber lag eine wunschlose Entschlossenheit tiefer noch als die Ernüchterung, tiefer gar als das Bewußtsein.

Der Bauer und seine Frau standen neben der Tür und schauten. Sie sahen voller Entsetzen die fahlen Wunden auf den mageren, wächsernen Händen und den abgezehrten Füßen des Fremdlings und die kleinen Schrammen auf der stillen, toten Stirn. Sie rochen voller Entsetzen den Geruch der üppigen Düfte, die ihm, seinem Körper, entströmten. Und sie blickten auf das feine, schneeweiße, kostbare Linnen. Vielleicht war er wirklich ein toter König aus dem Reiche des Grauens. Und er war noch kalt und in den Bereich des Todes entrückt, und Düfte entströmten seinem Körper wie einer fremden Blüte.

Nachdem er mühsam von dem angefeuchteten Brot geschluckt hatte, hob er die Augen zu ihnen auf. Er sah sie, wie sie waren: begrenzt und karg in ihrem Dasein, ohne jede Herrlichkeit der Gesten oder des Mutes. Aber sie waren, was sie waren: schwerfällige, unvermeidbare Bestandteile der natürlichen Welt. Sie besaßen keinen Adel, doch die Furcht stimmte sie mitleidig.

Und der Fremdling wiederum empfand Mitleid mit ihnen, weil er wußte, daß sie am ehesten für Sanftmut empfänglich sein und sie mit plumper Sanftmut vergelten würden.

»Fürchtet euch nicht«, sagte er sanft zu ihnen. »Laßt mich noch ein kleines Weilchen bei euch bleiben! Ich werde nicht lange bleiben. Und dann werde ich auf immer weggehen. Aber fürchtet euch nicht! Durch mich wird euch kein Leid entstehen.«

Sie glaubten ihm sofort, doch die Furcht wich nicht von ihnen. Und sie sagten:

»Bleibt, Herr, solange Ihr wollt. Ruhet aus! Ruhet Euch friedvoll aus!«

Aber sie fürchteten sich.

Er ließ sie also sein, und der Bauer ging mit dem Esel fort. Die Sonne war strahlend aufgegangen, und in dem dunklen Haus und bei der geschlossenen Tür war es dem Mann wieder so wie im Grab. Darum sagte er zu der Frau: »Ich möchte draußen im Hof liegen!«

Und sie fegte den Hof für ihn und breitete eine Matte aus, und er legte sich am Fuß der Mauer in die Morgensonne. Dort sah er die ersten grünen Blätter, die wie Flammen aus den Zweigspitzen des eingepferchten Feigenbaums sproßten – aus der Dürftigkeit empor zum Frühlingshimmel oben. Doch der Mann, der gestorben war, konnte nicht schauen, er lag nur still in der Sonne, die noch nicht zu heiß schien, und hatte kein Begehren in sich, nicht einmal den Wunsch, sich zu bewegen. Aber mit seinen abgezehrten Beinen lag er in der Sonne, und seine schwarzen, duftgetränkten Haare fielen in die Gruben an seinem Hals, und seine mageren, farblosen Arme regten sich nicht. Während er so dalag, gluckten und scharrten die Hühner, und der eingefangene und wieder am Bein festgebundene Hahn kauerte in der Ecke.

Die Frau des Bauern ängstigte sich. Sie spähte verstohlen, und als sie sah, daß er sich überhaupt nicht rührte, befürchtete sie, einen Toten in ihrem Hof zu haben. Doch die Sonne war stärker geworden; er öffnete die Augen und sah sie an. Und jetzt ängstigte sie sich vor dem Mann, der lebendig war, der aber nicht sprach.

Er öffnete die Augen und sah wieder die Welt: funkelnd wie Glas. Es war Leben, an dem er keinen Anteil mehr hatte. Doch außerhalb von ihm strahlte alles: blauer Himmel und ein kahler Feigenbaum mit kleinen Spritzern grüner Blätter. Funkelnd wie Glas – und er gehörte nicht dazu, denn das Begehren war versiegt.

Aber er war da und nicht ausgelöscht. Der Tag verging in einer Art Bewußtlosigkeit, und am Abend ging er in die Hütte. Der Bauer kam nach Hause, aber er ängstigte sich und wußte nichts zu sagen. Der Fremdling aß ebenfalls ein wenig von dem Bohnenbrei. Dann wusch er seine Hände, drehte sich zur Wand um und schwieg. Auch die Bauersleute schwiegen. Sie beobachteten ihren Gast, wie er schlief. Schlafen konnte er noch – Schlaf war so nahe am Tod.

Doch als die Sonne aufging, stand er wieder auf, um sich draußen in den Hof zu legen. Die Sonne war das einzige, das ihn anzog und mitriß, und immer wollte er die kühle Morgenluft in seinen Nüstern spüren und den blassen Himmel zu Häupten sehen. Er haßte es noch, eingeschlossen zu sein.

Als er hinaustrat, krähte der junge Hahn. Es war ein geschwächter, bedrückter Schrei; aber etwas, das stärker als Kummer war, sprach aus der Stimme des Hahns. Es war der Drang zu leben und sogar, den Triumph des Lebens zu verkünden. Der Mann, der gestorben war, stand da und beobachtete den entflohenen und wieder eingefangenen Hahn, wie er sich plusterte und auf die Zehen hob und seinen Kopf aufwarf und in einer neuen Herausforderung des Lebens an den Tod den Schnabel öffnete. Die wackeren Rufe erschollen, und wenn sie auch wegen der Schnur um den Fuß des Tiers beeinträchtigt wurden, waren sie doch nicht vernichtet. Der Mann, der gestorben war, blickte offen auf das Leben und sah überall eine riesige Entschlossenheit, die sich in stürmischen oder leisen Wogenkämmen aufschwang, und Schaumkronen, die aus der unsichtbaren Bläue aufstiegen, und einen schwarzrotgoldenen Hahn oder die grünen Flammenzungen an den äußersten Enden des Feigenbaums. Sie kamen hervor, diese Dinge und Frühlingsgeschöpfe, und glühten vor Verlangen und Selbstbehauptung. Sie kamen wie Schaumkronen hervor aus der blauen Flut unsichtbaren Verlangens, aus dem unendlichen, unsichtbaren Ozean der Kräfte, und sie kamen farbig und greifbar und kurzlebig und waren doch todlos in ihrem Kommen. Der Mann, der gestorben war, blickte auf das große Ins-Dasein-Schwingen von Dingen, die nicht gestorben waren, doch er sah nicht länger ihr zitterndes Verlangen, zu sein und zu leben. Statt dessen hörte er ihre schallende, trotzige Herausforderung an alle andern lebenden Dinge.

Der Mann lag still, und mit Augen, die gestorben und jetzt weit offen und ruhig und dunkel waren, sah er die ewige Entschlossenheit des Lebens. Und der Hahn mit seinem leeren, blanken Blick blickte mit dem halb sehenden Ausdruck eines Vogels auf ihn. Und immer sah der Mann, der gestorben war, nicht nur den Vogel allein, sondern die kurze, spitze Lebenswoge, deren Kamm der Vogel war. Er beobachtete den wunderlichen Schnabelzugriff des Geschöpfs, als es die Futterbrocken in sich hineinschlang, das Herumblicken aus dem Auge des Lebens, immer wachsam und auf der Hut, hochmütig und vorsichtig, und die Stimme dieses Lebens, die Triumph und Selbstbehauptung hervorkrähte, jedoch durch die Fessel der Umstände stranguliert wurde. Er schien die wunderliche Stimme des Lebens selbst zu hören, als der Hahn triumphierend das Glucksen der Lieblingshenne nachmachte, die ein Ei gelegt hatte – ein Glucksen, das bei dem männlichen Tier noch immer den dumpfen Ärger wegen der Schnur um sein Bein verriet. Und als der Mann dem Hahn ein bißchen Brot hinwarf, rief das Geschöpf mit einer erstaunlichen, gurrenden Zärtlichkeit die Hennen herbei, zerzauste den Brocken und sparte ihn für sie auf. Die Hennen kamen gierig angerannt und trugen die Brocken über die Reichweite der Schnur hinaus.

Dann, als er selbstgefällig hinter ihnen drein stolzierte, blieb das Bein des Hahns plötzlich am Ende der Fessel hängen, und in einer Art Kollaps mußte er sich fügen. Seine Fahne sank, er schien zusammenzuschrumpfen und duckte sich in den Schatten. Und er war jung: seine Schwanzfedern, so sehr sie auch glänzten, waren noch nicht zu voller

Größe ausgewachsen. Erst gegen Abend ließ ihn die Hochflut des Lebens sein Mißgeschick vergessen. Als seine Lieblingshenne gleichgültig in seiner Nähe herumstreifte und die Verlockung ausstrahlte, stürzte er sich auf sie, und all seine Federn zitterten. Der Mann, der gestorben war, beobachtete das unsichere Wippen und Erzittern des vornübergebeugten Vogels, und es war nicht der Vogel, den er sah, sondern ein Wellenkamm des Lebens, der während einer Minute über eine andre Welle in der schwankenden Flut des Lebensmeers glitt. Und das Schicksal des Lebenmüssens erschien ihm wilder und zwingender als sogar das Schicksal des Sterbenmüssens. Das Verhängnis des Sterbens war ein Schatten, verglichen mit der rasenden Lebensgier, der entschlossenen Brandungswoge des Lebens.

In der Dämmerung kehrte der Bauer mit seinem Esel zurück, und er sagte: »Herr! Wie es heißt, wurde der Leichnam aus dem Garten gestohlen, und das Grab ist leer, und die Soldaten wurden weggeholt, die verfluchten Römer! Und die Frauen sind da und weinen.«

Der Mann, der gestorben war, blickte den Mann an, der im Leben war.

»Es ist schon recht«, sagte er. »Sprich nicht darüber, dann sind wir sicher.«

Und der Bauer war erleichtert. Er sah ziemlich schmutzig und dumm aus, und nicht einmal soviel Feuer würde je in ihm glühen, wie das in dem jungen Hahn, den er am Bein festgebunden hatte. Er war ohne Feuer. Aber der Mann, der gestorben war, dachte bei sich:

›Warum sollte er dann erhöht werden? Erdklumpen werden umgewendet, um erneuert zu werden – erhöht sollen sie nicht werden. Möge die Erde nur Erde bleiben und sich gegen den Himmel behaupten! Ich wollte versuchen, sie zu erhöhen. Ich tat unrecht, als ich versuchte, mich einzumischen. Die Pflugschar der Zerstörung wird in die Erde Judäas gesenkt werden, und das Leben des Bauern hier wird umgepflügt werden wie die Schollen auf dem Acker. Niemand kann die Erde vor der Bearbeitung bewahren. Es geht um Bearbeitung, nicht um Rettung.‹

Daher sah er den Mann, den Bauern, voller Mitgefühl an; doch der Mann, der gestorben war, wollte sich nicht mehr einmischen und mit der Seele des Mannes befassen, der nicht gestorben war und der nie sterben konnte, ohne wieder zu Erde zu werden. Möge er in der ihm gemäßen Stunde zur Erde zurückkehren, und möge niemand versuchen, sich einzumischen, wenn die Erde Anspruch erhebt auf ihr Eigentum.

Der Mann mit den Wunden ließ also den Bauern weggehen, denn für den Bauern war seine Wiedergeburt noch nicht gekommen. Doch der Mann, der gestorben war, dachte bei sich: ›Er beherbergt mich!‹

Und im Morgengrauen, als der Mann, der gestorben war, sich besser fühlte, erhob er sich und lenkte seine Schritte auf langsamen, wunden Füßen zurück in den Garten. Denn in einem Garten war er verraten und in einem Garten war er begraben worden. Und als er in der Nähe der Felswand um ein Lorbeergebüsch bog, sah er, daß eine Frau zaudernd vor dem Grabe stand, eine in Blau und Gelb gekleidete Frau. Sie spähte wieder in die Öffnung des Grabes, das wie ein tiefer Wandschrank war. Doch er war und blieb leer. Und sie rang die Hände und weinte. Und als sie sich umdrehte, sah sie den Mann in Weiß, der neben dem Lorbeergebüsch stand, und sie stieß einen Schrei aus, weil sie meinte, es könne ein Spion sein; und sie sagte:

»Sie haben ihn weggenommen!«

Deshalb sagte er zu ihr: »Madeleine!«

Da schwankte sie, als würde sie umsinken, denn sie erkannte ihn. Und er sagte zu ihr:

»Madeleine! Fürchte dich nicht! Ich lebe. Sie haben mich zu früh heruntergenommen, deshalb bin ich ins Leben zurückgekehrt. Danach wurde ich in einem Haus beherbergt.«

Sie wußte nicht, was sie sagen sollte, und sank vor ihn hin, um seine Füße zu küssen.

»Rühre mich nicht an, Madeleine!« sagte er. »Noch nicht! Ich bin noch nicht geheilt und den Menschen noch nicht verbunden.«

Daher weinte sie, weil sie nicht wußte, was tun. Und er sagte:

»Laß uns beiseitegehen, ins Gebüsch, wo wir unbeobachtet sprechen können!«

Mit ihrem blauen Mantel und ihrem gelben Kleid folgte sie ihm also unter die Bäume, und er setzte sich unter einen Myrtenbusch. Und er sagte:

»Ich bin noch nicht ganz bei mir. Madeleine, was soll als nächstes getan werden?«

»Meister!« sagte sie. »Oh, wir haben um Euch geweint! Wollt Ihr zu uns zurückkehren?«

»Was zu Ende ist, ist zu Ende«, sagte er, »und für mich ist das Ende Vergangenheit. Der Bach fließt solange, bis ihn kein Regen mehr auffüllt, und dann trocknet er aus. Jenes Leben ist für mich vorbei.«

»Und wollt Ihr Euren Triumph aufgeben?« fragte sie traurig.

»Mein Triumph«, sagte er, »ist, daß ich nicht tot bin. Ich habe meine Mission überdauert und weiß nichts mehr davon. Es ist mein Triumph. Ich habe den Tag und den Tod meiner Einmischung überlebt und bin noch ein Mann. Ich bin noch jung, Madeleine; ich bin nicht einmal in mittleren Jahren. Ich bin froh, daß all das vorbei ist. Es hatte sein müssen. Aber jetzt bin ich froh, daß es vorbei ist und daß der Tag meiner Einmischung hinter mir liegt. Der Lehrer und der Erlöser sind in mir gestorben; jetzt kann ich meiner eigenen Sache nachgehen – hinein in mein eigenes einsames Leben.«

Sie hörte ihn und verstand ihn nicht ganz. Doch sie war enttäuscht über das, was er sagte.

»Aber Ihr werdet zu uns zurückkehren?« fragte sie beharrlich.

»Ich weiß nicht, was ich tun werde«, antwortete er.

»Wenn ich geheilt bin, werde ich es eher wissen. Doch meine Mission ist beendet, und mein Lehren ist beendet, und der Tod hat mich vor meiner eigenen Erlösung errettet. Oh, Madeleine, ich möchte im Leben meinen einsamen Weg gehen, der mein Los ist. Mein Leben in der Öffentlichkeit ist vorbei – das Leben meiner Selbstüberschätzung. Jetzt kann ich dem Leben dienen, ohne etwas zu sagen, und niemand wird mich verraten. Ich wollte größer sein als die Grenzen meiner Hände und Füße, deshalb lenkte ich den Verrat auf mich. Und ich weiß, daß ich Judas unrecht getan habe, meinem armen Judas. Denn ich bin gestorben, und nun kenne ich meine eigene Begrenzung. Jetzt kann ich leben, ohne noch länger bestrebt zu sein, andre zu beeinflussen. Denn meine Reichweite endet mit meinen Fingerspitzen, und mein Schritt ist nicht länger als die Enden meiner Zehen. Und doch wollte ich Scharen umarmen – ich, der ich niemals auch nur einen einzigen Menschen wahrhaft umarmt habe. Aber Judas und die Hohepriester erretteten mich vor meiner eigenen Erlösung, und bald kann ich mich meinem Los zuwenden, wie im Morgengrauen ein Badender, der gerade allein an den Strand gekommen ist, sich dem Meer zuwendet.«

»Wollt Ihr hinfort allein bleiben?« fragte sie. »Und bedeutet Eure Mission denn nichts? War es alles unwahr?«

»Nicht doch!« sagte er. »Ebensowenig, wie die Liebhaber deiner Vergangenheit! Sie bedeuteten dir viel, aber du nahmst mehr als du gabst. Dann kamst du zu mir, um erlöst zu werden von deiner eigenen Maßlosigkeit. Und ich verfiel mit meiner Mission auch in die Maßlosigkeit. Ich gab mehr als ich nahm, und auch das ist Leid und Eitelkeit. Also retteten mich Pilatus und die Hohepriester vor meiner eigenen unmäßigen Erlösung. Verfalle jetzt nicht in die Maßlosigkeit im Leben, Madeleine! Das bedeutet nur einen weiteren Tod.«

Sie grübelte schmerzlich, denn in ihr war ein Bedürfnis, im Übermaß zu geben, und sie konnte nicht ertragen, daß es ihr verweigert wurde.

»Und wollt Ihr nicht zu uns zurückkehren?« fragte sie. »Seid Ihr für Euch allein auferstanden?«

Er hörte den Spott in ihrer Stimme und blickte in ihr schönes Gesicht, das noch immer ein übermäßiges Bedürfnis nach Erlösung von der Frau widerspiegelte, die sie gewesen war, von dem Weibchen, das sich Männer ganz nach Belieben eingefangen hatte. Wie eine Wolke hing die Notwendigkeit über ihr, von der alten, eigenwilligen Eva, die viele Männer geliebt und mehr genommen als gegeben hatte, erlöst zu werden. Jetzt bedrohte sie ein anderes Verhängnis: sie wollte geben, ohne zu nehmen. Und auch das ist hart und wirkt sich grausam auf den warmen Körper aus.

»Ich bin nicht von den Toten auferstanden, um wieder den Tod zu suchen«, sagte er.

Sie blickte zu ihm auf und sah, daß sich die Müdigkeit wieder auf sein wächsernes Gesicht senkte, und unendliche Ernüchterung in seine dunklen Augen, und verborgene Gleichgültigkeit. Er spürte ihren Blick und dachte bei sich: ›Jetzt werden meine eigenen Anhänger mich dem Tode ausliefern wollen, weil ich entgegen ihren Erwartungen auferstanden bin.‹

»Aber Ihr werdet doch kommen und uns besuchen, uns, die wir Euch lieben?« fragte sie.

Er lachte ein wenig und sagte:

»O ja.« Dann fügte er hinzu: »Hast du etwas Geld? Kannst du mir etwas Geld geben? Ich schulde es.«

Sie hatte nicht viel, aber sie freute sich, es ihm geben zu können.

»Glaubst du«, fragte er sie, »daß ich zu dir kommen und in deinem Haus wohnen könnte?«

»Jetzt?« fragte sie mit eigentümlichem Triumph.

Und er, der vor jeder Art von Triumph zurückschreckte, sowohl dem eigenen wie dem anderer, sagte:

»Nicht jetzt. Später, wenn ich geheilt bin und ... und in Verbundenheit mit dem Fleisch bin.«

Die Worte versagten ihm. Und im Herzen wußte er, daß

er niemals in ihrem Haus wohnen würde. Denn das Flackern des Triumphs war in ihren Augen aufgeleuchtet – die Gier zu geben. Sie aber murmelte in eifrigem Entzücken:

»Oh, Ihr wißt, daß ich alles für Euch opfern würde!«

»Nicht doch!« sagte er. »Das hatte ich nicht verlangt.«

Ein Abscheu gegen all das Leben, das er gekannt hatte, überfiel ihn wieder: der große Ekel der Ernüchterung und der Lanzenstich durch seine Eingeweide. Kraftlos kauerte er unter dem Myrtengebüsch. Doch seine Augen waren offen. Und sie blickte ihn wieder an, und sie sah, daß es nicht der Messias war. Der Messias war nicht auferstanden. Die Begeisterung und die glühende Reinheit waren dahin, dahin wie die stürmische Jugendfrische. Seine Jugendfrische war tot. Dieser Mann war in mittleren Jahren und ohne Illusionen, mit einer gewissen schrecklichen Gleichgültigkeit und von einer Entschlossenheit, die nie von der Liebe besiegt werden würde. Der hier war nicht der Meister, den sie so verehrt hatte, der junge, feurige, körperlose Beflügler ihrer Seele. Der hier stand den Liebhabern näher, die sie einstmals gekannt hatte, doch mit einer größeren Gleichgültigkeit gegenüber der persönlichen Auswirkung, und mit einer geringeren Zugänglichkeit.

Ihre verzückte, schmerzliche Verehrung war ins Wanken geraten. Dieser auferstandene Mann war der Tod ihres Traums.

»Du solltest jetzt gehen«, sagte er zu ihr. »Rühre mich nicht an, ich bin im Tode! Am dritten Tag werde ich wieder herkommen. Wenn du willst, komme dann im Morgengrauen. Und wir können wieder sprechen.«

Sie ging fort und war verwirrt und erschüttert. Doch während sie ging, verwarf ihr Geist die Bitternis der Wirklichkeit, und sie beschwor Entzücken und Staunen herauf, weil der Meister auferstanden und nicht tot war. Er war auferstanden, der Erlöser, der Beflügler, der Wundertäter! Er war auferstanden, aber nicht als Mensch: als reiner Gott, der nicht vom Fleisch angerührt und der in den Himmel entführt werden sollte. Es war die glorreichste und jenseitigste der Wundertaten.

Unterdessen hatte sich der Mann, der gestorben war, endlich aufgerafft und langsam auf den Weg zum Haus des Bauern begeben. Er freute sich, zu ihnen zurückzukehren – weg von Madeleine und seinen eigenen Gefährten. Denn den Bauern eignete die Schwere der Erde, sie würden ihn ruhen lassen und ihm einstweilen keinen Zwang antun.

Die Frau war auf dem Dach und hielt Ausschau nach ihm. Sie befürchtete, er könne fortgegangen sein. Seine Anwesenheit im Haus war für sie wie ein milder Wein gewesen. Sie eilte an die Tür, ihm entgegen.

»Wo seid Ihr gewesen?« fragte sie. »Warum seid Ihr fortgegangen?«

»Ich bin in einem Garten umhergegangen und habe eine Bekannte getroffen, die mir ein wenig Geld gab. Es ist für dich.«

Er streckte seine abgezehrte Hand mit der kleinen Geldsumme aus – mit dem wenigen, was Madeleine ihm hatte geben können. Die Augen der Frau leuchteten auf, denn Geld war rar, und sie rief:

»O Herr! Ist es wirklich für mich?«

»Nimm es!« sagte er. »Dafür gibt es Brot, und Brot bedeutet Leben.«

Er legte sich wieder in den Hof, und vor Erleichterung, wieder allein zu sein, war ihm elend zumute. Denn bei den Bauern konnte er allein sein, aber seine Freunde würden ihn nie alleinsein lassen. Und im Schutze des Hofs wurde ihm der junge Hahn lieb, wenn er vor lauter hilflosem Lebensdrang loskrähte und hilflos und gedemütigt aufhörte, weil er am Bein festgebunden war. Am gleichen Tag stand der Esel im Verschlag und fegte mit seinem Schwanz umher. Der Mann, der gestorben war, legte sich nieder und wandte sich – im Überdruß des Todes im Leben – gänzlich vom Leben ab.

Die Frau aber brachte Wein und Wasser und gesüßte Kuchen und weckte ihn, daher aß er ein wenig, ihr zuliebe. Der Tag war heiß, und als sie sich hinkauerte, ihn zu bedienen, sah er, wie unter ihrem Kittel ihre Brüste an ihrem armen Körper hervorschwankten. Er wußte, daß sie wünschte, er solle sie begehren, und sie war eher jung und nicht unangenehm. Und er, der nie eine Frau erkannt hatte, hätte sie begehrt, wenn er es gekonnt hätte. Aber er konnte sie nicht begehren, obwohl er vor ihrem weichen, kauernden, demütigen Körper eine Milde spürte. Aber ihr Bewußtsein und ihre Gedanken waren es, mit denen er sich nicht vereinen konnte. Sie freute sich über das Geld, und nun wollte sie noch mehr von ihm haben. Sie wollte die Umarmung seines Körpers. Doch ihre kleine Seele war hart und kurzsichtig und habgierig; ihr Körper hatte seine kleine Gier und keine sanfte Verehrung der Gegengabe. Deshalb sagte er ihr ein paar ruhige, freundliche Worte und wandte sich ab. Er konnte den kleinen persönlichen Körper und das kleine persönliche Leben weder dieser noch einer andern Frau berühren. Er wandte sich ohne Zaudern von ihm ab.

Da er von den Toten auferstanden war, hatte er endlich erkannt, daß auch der Körper sein kleines Leben und darüber hinaus sein größeres Leben hatte. Er war keusch und schreckte vor dem gierigen kleinen Leben des Körpers zurück. Doch jetzt wußte er, daß Keuschheit eine Art Gier ist und daß der Körper wieder aufersteht, um ohne Gier zu geben und zu nehmen und zu nehmen und zu geben. Jetzt wußte er, daß er für die Frau oder die Frauen auferstanden war, die das größere Leben des Körpers kannten: nicht gierig um zu geben, nicht gierig um zu nehmen, und mit denen er seinen Körper vereinen könnte. Doch da er gestorben war, war er geduldig, denn er wußte, daß er Zeit hatte, eine Ewigkeit an Zeit. Und er wurde von keinem gierigen Begehren angestachelt: weder sich den andern zu geben noch irgend etwas für sich zu erhalten. Denn er war gestorben.

Der Bauer kam von der Arbeit nach Hause und sagte:

»Herr, ich danke Euch für das Geld. Aber wir wollten es nicht. Alles, was ich habe, gehört Euch.«

Doch der Mann, der gestorben war, war traurig, weil der Bauer in seinem kleinen persönlichen Körper vor ihm stand und weil seine Augen vor lauter Hoffnung, später eine größere Geldentschädigung zu erhalten, listig blickten und funkelten. Zwar hatte der Bauer ihn umsonst aufgenommen – auf die Gefahr hin, keine Entschädigung zu erhalten. Doch listig keimte die Hoffnung in ihm. Aber auch das war so, wie Menschen eben veranlagt sind. Als der Bauer ihm helfen wollte, sich zu erheben, weil die Nacht angebrochen war, sagte der Mann, der gestorben war, zu ihm:

»Rühre mich nicht an, Bruder! Ich bin noch nicht eingegangen in die Herrlichkeit des Vaters!«

Die Sonne glühte in noch größerer Pracht, so daß der junge Hahn noch leuchtender funkelte. Aber der Bauer hatte die Schnur erneuert, und der Vogel war ein Gefangener. Doch die Lebensflamme im Hahn loderte in einer scharfen Spitze auf, so daß er den Mann, der gestorben war, überlegen und hochmütig beäugte. Und der Mann lächelte, da der Vogel ihm lieb geworden, und er sagte zu ihm:

»Wahrlich, du bist in die Herrlichkeit des Vaters eingegangen, so weit es Vögeln möglich ist.«

Und der junge Hahn antwortete ihm und krähte.

Als der Mann am Morgen des dritten Tages im Morgengrauen in den Garten ging, war er in Gedanken versunken und dachte an das größere Leben des Körpers – jenseits des kleinen engen, persönlichen Lebens. So gelangte er plötzlich durch den dicken Wall der Lorbeer- und Myrtenbüsche zur Felswand und sah die drei Frauen in der Nähe des Grabes. Die eine war Madeleine, und eine andre war die Frau, die seine Mutter gewesen, und die dritte war eine Frau seiner Bekanntschaft namens Johanna. Er blickte auf und sah sie alle, und sie sahen ihn, und sie fürchteten sich alle.

Er blieb in einiger Entfernung stehen, denn er wußte, sie waren gekommen, um ihn in seinem Körper zurückzuverlangen. Aber er wollte auf keinen Fall zu ihnen zurückkehren. Er sah sie stehen, bleich und im Dämmerlicht eines grauen Morgens, der den Regen hertrug, und er wandte sich ab. Aber Madeleine eilte auf ihn zu:

»Ich habe sie nicht mitgenommen«, sagte sie. »Sie sind von alleine gekommen. Da seht, ich habe Euch Geld gebracht ... Wollt Ihr nicht mit ihnen sprechen?«

Sie bot ihm ein paar Goldstücke, und er nahm sie und sagte:

»Darf ich das Geld nehmen? Ich werde es nötig haben. Ich kann nicht mit ihnen sprechen, denn ich bin noch nicht auferstanden zum Vater. Und ich muß euch jetzt verlassen.«

»Oh! Wohin wollt Ihr gehen?« rief sie.

Er blickte sie an und sah, daß sie sich an den Mann in ihm klammerte, der gestorben und der tot war, an den Mann seiner Jugend und seiner Mission, seiner Keuschheit und seiner Furcht, an den Mann seines kleinen Lebens, seines Gebens ohne zu nehmen.

»Ich muß zu meinem Vater gehen!« sagte er.

»Und Ihr wollt uns verlassen? Dort steht Eure Mutter!« rief sie und drehte sich im alten Schmerz um, der ihr doch lieb war.

»Aber ich muß jetzt auferstehen zu meinem Vater«, sagte er und zog sich ins Gebüsch zurück, wandte sich rasch ab und ging fort und dachte bei sich:

›Jetzt gehöre ich niemandem und habe keine Bekanntschaft, und Mission oder Botschaft sind von mir gewichen. Sieh an! Ich kann nicht einmal mein eigenes Leben bewahren – und was bleibt mir zu retten? ... Ich kann lernen, allein zu sein.‹

Daher kehrte er in das Haus des Bauern zurück, zu dem Hof, wo der junge Hahn mit einer Schnur am Bein festgebunden war. Und er wollte niemanden, denn es war am besten, allein zu sein; denn die Anwesenheit von Menschen machte ihn einsam. Die Sonne und der feine Frühlingsbalsam heilten seine Wunden, sogar die klaffende Wunde der

Ernüchterung in seinen Eingeweiden begann sich zu schließen. Und sein Bedürfnis nach Männern und Frauen, das Fieber, sie zu haben und durch sie erlöst zu werden – auch das heilte in ihm. Was auch immer von nun an aus der Verbundenheit zwischen ihm und dem Menschengeschlecht entstand, sollte ohne Übergriff oder Zwang kommen. Denn er sagte sich:

›Ich wollte sie zwingen zu leben, deshalb zwangen sie mich zu sterben. So geht es immer mit dem Zwang. Der Rückstoß tötet das Vorrücken. Jetzt ist meine Zeit gekommen, alleinzusein.‹

Daher ging er nicht mehr in den Garten, sondern lag still und sah die Sonne, oder er ging in der Dämmerung über die Olivenhänge zwischen dem grünen Weizen, der jeden sonnigen Tag um eine Handbreit höher wuchs. Und immer dachte er bei sich:

›Wie gut ist es, meine Mission erfüllt zu haben und darüber hinaus zu sein. Jetzt kann ich alleinsein und alle Dinge sich selbst überlassen, und der Feigenbaum mag unfruchtbar sein, wenn er das will, und die Reichen mögen reich sein. Mein Weg ist der meine: allein.‹

Und die grünen Blätterspitzen am Feigenbaum entfalteten sich und füllten sich mit dem glänzenden, durchsichtigen grünen Blut des Baumes. Und der junge Hahn strahlte und funkelte immer mehr – dank des schimmernden Sonnenscheins, doch immer war sein Bein mit einer Schnur gefesselt. Und die Sonne ging in der goldenen und glühend errötenden Abendluft mit immer mehr Pracht unter. Der Mann, der gestorben war, wurde es alles gewahr, und er dachte:

›Das Wort ist nichts als die Mücke, die des Abends sticht. Der Mensch wird von Worten wie von Mücken gepeinigt, und sie folgen ihm bis ins Grab hinein. Aber über das Grab hinaus können sie nicht gehen. Jetzt habe ich den Ort hinter mir gelassen und bin, wo Worte nicht mehr stechen können und wo die Luft klar ist und wo es nichts zu sagen gibt und ich allein bin in meiner eigenen Haut, die meines ganzen Bereichs Umfassungsmauer ist.‹

Seine Wunden heilten also, und er genoß seine Unsterblichkeit, alleinzusein ohne Verdruß. Denn im Grabe war er aus der Schlinge geschlüpft, die wir Sorge nennen. Denn im Grabe hatte er sein strebendes Selbst zurückgelassen, das sich sorgt und sich behauptet. Jetzt heilte sein sorgloses Selbst und wurde heil innerhalb seiner Haut, und aus reinem Alleinsein, das eine Art Unsterblichkeit ist, lächelte er sich zu.

Danach sagte er sich: ›Ich will über die Erde wandern und nicht sprechen. Denn nichts ist so wunderbar, als alleinzusein in der Welt der Erscheinungen, die da kreißt und doch für sich ist. Und ich habe sie nicht gesehen, durch meine Verworrenheit in ihr war ich zu verblendet. Jetzt will ich wandern durch das Getümmel der Welt der Erscheinungen, denn das Getümmel aller Dinge untereinander ist es, das mich so völlig alleinsein läßt.‹

Und er ging mit sich zu Rate und beschloß, ein Arzt zu sein. Denn noch war die Kraft in ihm, jeden Mann und jedes Kind zu heilen, die sein Mitleid erregten. Deshalb schnitt er sich Haar und Bart nach der rechten Mode und lächelte bei sich. Und er kaufte sich Schuhe und den rechten Mantel und legte das rechte Tuch über seinen Kopf, das all die kleinen Wunden verdeckte. Und der Bauer sagte:

»Herr, wollt Ihr fort von uns?«

»Ja, denn für mich ist die Zeit gekommen, zu den Menschen zurückzukehren.«

Und er gab dem Bauern ein Geldstück und sagte zu ihm:

»Gib mir den Hahn, der entfloh und der jetzt am Bein festgebunden ist. Denn er soll mit mir weggehen.«

Und gegen ein Geldstück gab der Bauer dem Mann, der gestorben war, seinen Hahn, und im Morgengrauen brach der Mann, der gestorben war, in die Welt der Erscheinungen auf, um sich mitten unter ihnen in seiner eigenen Einsamkeit zu erfüllen. Denn früher war er zu sehr in sie verstrickt. Dann war er gestorben. Jetzt mußte er zurückkehren, um mitten inne alleinzusein. Doch selbst jetzt ging er nicht ganz allein, denn im Weitergehen trug er unter seinem Arm den Hahn, dessen Schwanzfedern fröhlich hinterdrein flatterten und der aufgeregt seinen Hals reckte, denn auch er begab sich zum erstenmal auf Abenteuer in die größere Welt der Erscheinungen, die auch für die Körper von Hähnen ein Getümmel ist. Und die Frau des Bauern vergoß ein paar Tränen, ging aber dann, da sie ja eine Bäuerin war, ins Haus, um die Geldstücke wieder zu betrachten. Und ihr schien es, daß ein Glanz aus den Geldstücken kam, ein wundersamer.

Der Mann, der gestorben war, wanderte weiter, und es war ein sonniger Tag. Er blickte sich um, während er ging, und trat beiseite, als die Karawane auf dem Wege zur Stadt vorüberzog. Und er dachte bei sich:

›Seltsam ist die Welt von Erscheinungen, schmutzig und sauber zugleich! Und ich bin der gleiche. Und doch bin ich für mich. Und das Leben sprudelt so mannigfaltig. Warum hatte ich nur gewollt, daß alles auf die gleiche Art sprudelt? Wie schade, daß ich ihnen predigte! Eine Predigt kann so viel leichter zu Schlamm erstarren und den Brunnen verstopfen, als es ein Psalm oder ein Lied vermag. Ich beging einen Fehler. Ich begreife, daß sie mich hingerichtet haben, weil ich ihnen predigte. Und doch konnten sie mich letztlich nicht hinrichten, denn jetzt bin ich auferstanden zu meinem eigenen Alleinsein und erbe die Erde, da ich keinen Anspruch auf sie erhebe. Und ich werde alleinsein im Gewoge aller Dinge; zuerst und vor allem und auf ewig werde ich alleinsein. Doch diesen Vogel muß ich in das Gewoge der Erscheinungen schleudern, denn er muß sich von seiner Woge tragen lassen. Wie er von Leben glüht! Bald werde ich ihn an irgendeinem Ort unter die Hennen setzen. Und vielleicht werde ich eines Abends einer Frau begegnen, die meinen auferstandenen Körper verlocken kann und mir doch mein Alleinsein läßt. Denn mein begehrender Körper ist gestorben, und ich stehe nirgends in Verbundenheit. Und doch – wie kann ich es wissen? Alles ist zum mindesten Leben. Und dieser Hahn strahlt funkelndes Alleinsein aus, obwohl er auf die Verlockung der Hennen antwortet. Aber ich will eilends zu dem Dorf auf dem Hügel weiter vorne, denn ich bin schon müde und matt und möchte meine Augen gegen alles verschließen.‹

Als er sich im Wunsche, nicht mehr gehen zu müssen, ein wenig beeilte, überholte er zwei Männer, die langsam gingen und miteinander sprachen. Und da er auf leisen Sohlen ging, hörte er, daß sie von ihm sprachen. Und er erinnerte sich an sie, denn er hatte sie in seinem früheren Leben gekannt, im Leben seiner Mission. Deshalb grüßte er sie, gab sich aber in der Dämmerung nicht zu erkennen, und sie erkannten ihn nicht. Er sagte zu ihnen:

»Was wurde aus dem, der König sein wollte und dafür getötet wurde?«

Sie antworteten argwöhnisch: »Weshalb fragt Ihr nach ihm?«

»Ich habe ihn gekannt und viel über ihn nachgedacht«, sagte er.

Da erwiderten sie: »Er ist auferstanden.«

»So? Und wo ist er? Und wo lebt er?«

»Wir wissen es nicht, denn es wurde nicht kundgetan. Doch er ist auferstanden, und nach einer kleinen Weile wird er auffahren zum Vater.«

»So? Und wo ist denn sein Vater?«

»Wißt Ihr das nicht? Dann seid Ihr also einer von den Heiden! Der Vater ist im Himmel, über den Wolken und dem Firmament.«

»Wirklich? Wie will er denn auffahren?«

»Wie Elias, der Prophet, wird er verklärt gen Himmel fahren.«

»Sogar bis in den Himmel?«

»Ja, bis in den Himmel.«

»Dann ist er wohl nicht im Fleisch auferstanden?«

»Er ist im Fleisch auferstanden.«

»Und will er im Fleisch gen Himmel fahren?«

»Der Vater im Himmel wird ihn zu sich holen.«

Der Mann, der gestorben war, sagte nichts mehr, denn seine Zeit zu reden war vorbei, und Worte erzeugen Worte, genau wie Mücken. Aber der eine Mann fragte ihn: »Warum tragt Ihr einen Hahn?«

»Ich bin ein Heiler«, sagte er, »und der Vogel hier hat Heilkraft.«

»Glaubst du denn nicht?«

»Doch! Ich glaube, daß der Vogel voller Leben und Heilkraft ist.«

Von da an gingen sie schweigend weiter, und er spürte, daß ihnen seine Antwort mißfiel. Deshalb lächelte er im stillen, denn ein engherziger Mann, der seinem Nachbarn das Recht verweigert, alleinzusein, ist in der Welt eine gefährliche Angelegenheit. Und als sie an den Rand des Dorfes kamen, blieb der Mann, der gestorben war, in der Abenddämmerung stehen und fragte mit seiner alten Stimme:

»Kennt ihr mich nicht?«

Und sie riefen erschrocken: »Meister!«

»Ja«, sagte er und lachte leise. Und plötzlich wandte er sich ab, in eine Seitengasse hinein, und war hinter der Mauer verschwunden, ehe sie es merkten.

Und er kam zu einer Herberge, wo Esel auf dem Hof standen. Und er verlangte Fladen, und sie wurden für ihn gebacken. Dann schlief er unter einem Verschlag. Doch am Morgen wurde er durch ein lautes Krähen geweckt, und die Stimme seines Hahns gellte ihm in die Ohren. Und er sah den Hahn der Herberge, der kampfbereit antrat, und hinter ihm waren seine Hennen, eine stattliche Anzahl. Da sprang der Hahn des Mannes, der gestorben war, auf den Hof hinaus, und ein Kampf begann zwischen den beiden Vögeln. Der Herbergsvater kam angelaufen, um seinen Hahn zu retten, aber der Mann, der gestorben war, sagte zu ihm:

»Wenn mein Vogel gewinnt, will ich ihn dir geben. Und wenn er verliert, kannst du ihn essen.«

Die Vögel kämpften also erbittert, und der Hahn des Mannes, der gestorben war, tötete den gewöhnlichen Hahn der Herberge. Da sagte der Mann, der gestorben war, zu seinem jungen Hahn:

»Du wenigstens hast dein Königreich gefunden, und Weiber für deinen Körper. Dein Alleinsein kann Größe annehmen, die durch den Zauber deiner Hennen verschönt wird.«

Und er ließ seinen Hahn dort und begab sich tiefer in die Welt der Erscheinungen hinein, die eine unendliche Vielfalt von Verstrickungen und Verlockungen ist. Und er stellte sich eine letzte Frage:

›Wodurch und wozu könnte dieser unendliche Wirbel erlöst werden?‹

Er ging also seines Wegs und war allein. Doch der Weg der Welt war ohne Glauben: überall sah er die seltsame Verstrickung von Leidenschaften und Zufälligkeit und Zwang, vor allem jedoch den schrecklichen, nie nachlassenden Zwang. Es war Furcht, die äußerste Furcht vor dem Tod, die die Menschen wahnsinnig machte. Deshalb mußte er stets weiterziehen, denn wenn er blieb, schlangen seine Nachbarn ihre erdrosselnde Furcht und Tyrannei um ihn. Es gab nichts, was er hätte berühren können, denn aus einer wahnsinnigen Ichbehauptung heraus wollten alle ihm einen Zwang auferlegen und seine innerste Einsamkeit verletzen. Es war die Sucht der Städte und Bünde und Scharen, einem Menschen – allen Menschen – einen Zwang aufzuerlegen. Denn sowohl Männer wie Frauen waren gleichermaßen besessen von der egoistischen Furcht vor ihrer eigenen Nichtigkeit. Und er dachte an seine eigene Mission, und wie er versucht hatte, allen Menschen den Zwang der Liebe aufzuerlegen. Und der alte Ekel überfiel ihn wieder. Denn nirgends gab es Begegnungen ohne den leisen Versuch, einen Zwang auszuüben. Und sogar in den Tod war er schon gezwungen worden. Die alte Wunde – der Ekel – brach von neuem auf, und wieder blickte er voller Abscheu auf die Welt und fürchtete ihre gemeinen Begegnungen.

2

Der Wind wehte kalt und kräftig vom Lande her, von den nicht sichtbaren Schneegipfeln des Libanon. Doch der Tempel, der nach Süden und Westen – gen Ägypten – ausgerichtet war, blickte in den herrlichen, zum Meer hinunterschweifenden Wintersonnenschein, so daß Wärme und Strahlenglanz zwischen den bemalten Holzsäulen hereinfluteten. Aber das Meer war wegen der Bäume nicht sichtbar, obwohl sein Brausen zwischen dem Singen der Kiefern hertönte. Die Luft verwandelte sich in goldenes Nachmittagslicht. Die Frau, die der Isis diente, stand in ihrem gelben Gewand da und blickte auf die steilen, bis zum Meer abfallenden Terrassen, wo die Olivenbäume im Wind wie aufspritzendes Wasser silbern erzitterten. Sie war allein – bis auf die Göttin. Und am winterlichen Nachmittag erhob sich das Licht stolz und prächtig vom nicht sichtbaren Meer und tränkte die Hügel der Küste. Sie ging, der Sonne zugewandt, durch den Hain der Meerstrandskiefern und der immergrünen Eichen, in dessen Mitte auf einer kleinen, mit Bäumen bestandenen Landzunge zwischen zwei Buchten der Tempel lag.

Es war nur ein kurzes Stück Wegs, und dann stand sie zwischen den trocknen Stämmen der vordersten Kiefern auf den Felsklippen, gegen die sich das Meer saugend warf, und blickte ins Weite, wo der helle Wintersonnenschein prangte. Das Meer war dunkel, beinahe indigoblau; es strebte vom Lande fort und trug weiße Schaumkronen. Die Hand des Windes bürstete seltsame Schatten hinein, wie er auch die Olivenbäume an den Abhängen silbern fegte. Und es war kein Boot draußen.

Drei Boote lagen, hoch hinaufgezogen, auf dem steilen

Kiesstrand der kleinen Bucht neben dem grauen Turm. Am Rande des Kiesstrandes lief eine hohe Mauer entlang, und dahinter lag ein Garten, der das kurze Stück Flachland der Bucht einnahm und dann in Terrassen die steile Böschung der Küste hinanstieg. Und dort, ein Stückchen bergauf, stand innerhalb einer andern Mauer die niedrige weiße Villa, weiß und einsam wie die Küste, und überblickte das Meer. Doch höher hinauf, viel höher noch, wo die Olivenbäume schon wieder den Kiefern gewichen waren, verlief die Küstenstraße und hielt sich auf der gleichen Höhe, um über den Schluchten zu bleiben, die zu den Buchten hinabstrebten.

Und auf alles strömte der königliche Sonnenschein des Januarnachmittags. Oder vielmehr: alles war ein Teil der großen Sonne, Glanz und Stoff und makellose Einsamkeit des Meeres – und reines Licht.

Zwei halbnackte Sklaven kauerten in den Klippen über dem dunklen Wasser, das nur auf und ab schwappte, und rüsteten Tauben für die Abendmahlzeit. Sie durchbohrten die Kehle eines blauen, lebendigen Vogels und ließen, merkwürdig fasziniert, die Blutstropfen in das atmende Meer fallen. Es war eine Opferung, die sie vollzogen, oder eine Beschwörung. Die Priesterin stand weiß und gelb und einsam wie eine winterliche Narzisse zwischen den Kiefern der kleinen, buckligen Halbinsel, wo sich der Tempel geheimnisvoll versteckte, und beobachtete die Sklaven.

Eine schwarzweiße Taube entfloh grellweiß wie ein Geist über das niedrige dunkle Meer, flog schneller und warf sich in den Wind, kippte, schwebte, stieg in die Höhe und segelte über die Kiefern hinweg und schwenkte ab, ins Land hinein, ein Punkt nur. Sie war entkommen! Die Priesterin hörte den Schrei des jungen Sklaven, eines Gärtnerburschen von etwa siebzehn Jahren. Als die Taube abschwenkte, warf er zornig die Arme himmelwärts: nackend und zornig und jung hatte er die Arme ausgestreckt. Dann drehte er sich um, packte in einem Wutanfall das Mädchen und schlug sie mit seiner Faust, die von Taubenblut besudelt war. Und sie lag ergeben und zitternd mit abgewandtem Gesicht da. Die Frau, der sie gehörten, beobachtete beide. Und während sie sie beobachtete, sah sie einen andern Zuschauer, einen Fremdling mit einem flachen, breitkrempigen Hut und in einem Umhang aus grauem Webstoff, einen dunklen, bärtigen Mann, der auf dem kleinen Felsenweg stand, auf der schmalsten Stelle ihrer Tempelhalbinsel. Als sein dunkelgrauer Umhang flatterte, bemerkte sie ihn. Und er sah sie gleich einer weißgelben Narzisse auf den Felsklippen stehen, weil unter dem gelben Wollmantel ihre weiße Leinentunika flatterte. Und beide beobachteten die zwei Sklaven.

Der Knabe hörte plötzlich auf, das Mädchen zu schlagen. Er kauerte über ihr, berührte sie und versuchte, sie zum Sprechen zu bringen. Aber sie lag völlig reglos, mit dem Gesicht nach unten, auf dem glattgeschliffenen Felsen. Und er schlang seine Arme um sie und hob sie hoch, aber wie eine Tote glitt sie wieder zu Boden, jedoch viel zu flink für etwas Gestorbenes. Der Knabe packte sie verzweifelt bei den Hüften, drehte sie um und preßte sie an sich. Sie schien leblos, und all ihr Sträuben ging nur von den Schultern aus. In instinktivem Eifer bog er sie hintenüber und stieß seine Hände zwischen ihre Schenkel, um sie auseinanderzuzwängen. Und im Nu war er mit der blinden, erschrockenen Ekstase der ersten Liebesraserei eines Knaben über ihr. Schnell und ekstatisch zuckte sein nackter junger Körper eine Minute lang blindlings auf dem ihren. Dann lag er völlig still, wie tot.

Und dann blickte er voller Entsetzen in die Höhe. Spähend blickte er sich um, richtete sich langsam auf und zog sein Lendentuch zurecht. Er sah den Fremdling, und dann sah er jenseits auf dem Felsen die Priesterin der Isis, seine Herrin. Und als er sie sah, schrumpfte sein ganzer Körper feige zusammen, und mit einer seltsam kriecherischen Bewegung schusselte er kleinlaut zur Tür in der Mauer.

Das Mädchen setzte sich hoch und blickte ihm nach. Sowie sie gesehen hatte, wie er verschwand, blickte auch sie sich um. Und sie sah den Fremdling und die Priesterin. Dann wandte sie sich träge, als hätte sie nichts gesehen, den vier toten Tauben und dem Messer zu, die dort auf den Klippen lagen. Und sie begann, die kleinen Federn auszurupfen, so daß sie sich wie Staub in den Wind hoben.

Die Priesterin wandte sich ab. Sklaven! Mochte der Aufseher sie im Auge behalten! Sie interessierte sich nicht dafür. Langsam ging sie wieder durch die Kiefern, zurück zum Tempel, der in einer kleinen Lichtung mitten auf der Landzunge im Sonnenschein dalag. Es war ein kleiner Tempel aus Holz, und er war rot und weiß und blau bemalt und hatte an der Stirnseite vier Holzsäulen, die wie Stengel zu der dicken Lotusknospe Ägyptens im Giebelfeld anstiegen und das Dach und den Außenfries mit seinen offenen, spitzigen Lotusblüten trugen, der sich unter dem Dachrand rings um den Tempel zog. Zwei niedrige Steinstufen führten zur Terrasse vor den Säulen, und der Raum hinter den Säulen war offen. Dort stand ein niedriger Steinaltar mit ein wenig Asche in seiner Vertiefung und dem dunklen Blutfleck in der wegführenden Rinne.

Sie kannte ihren Tempel so gut, denn sie hatte ihn auf eigene Kosten erbauen lassen und ihn sieben Jahre lang gehütet. Dort stand er wie eine Blume rot und weiß in der Lichtung, beschützt von den schwärzlichen, immergrünen Eichen; und die Schatten des Spätnachmittags legten sich schon auf den Fuß seiner Säulen.

Sie trat langsam ein und schritt durch den dunklen Innenraum, der von einer parfümierten Ölflamme erhellt wurde. Und wieder einmal stieß sie die Türe zu, wieder einmal warf sie ein paar Körner Weihrauch auf ein Glutbecken vor der Göttin, wieder einmal setzte sie sich im Halbdunkel vor der Göttin nieder, um nachzusinnen und in die Träume der Göttin einzugehen.

Es war Isis, aber nicht Isis, die Mutter des Horus. Es war

Isis, die Beraubte, Isis auf der Suche. Die Göttin, in bemaltem Marmor dargestellt, hob das Antlitz und setzte in der Qual ihres Verlusts und ihres Suchens den schreitenden Schenkel aus der zarten Kannelierung ihres Gewandes hervor. Sie hielt Ausschau nach den Resten des toten Osiris, der tot und zerstückelt, tot und auseinandergerissen in Stücken über die weite Welt zerstreut worden war. Und sie muß seine Hände und Füße finden, sein Herz, seine Schenkel, seinen Kopf, seinen Leib – muß sie sammeln und ihre Arme um den wieder zusammengesetzten Körper schlingen, bis er wieder warm und zum Leben erweckt ist und sie umarmen und ihren Schoß fruchtbar machen kann. Und die seltsame Verzückung und Qual ihrer Suche hielt durch all die Jahre an, während sie ihre Kehle hob und die ausgehöhlten Augen in der qualvollen Ekstase ihres Suchens nach innen blickten und der zierliche Nabel ihres knospenhaften Leibes sich unter dem zarten, gegürteten Gewand abzeichnete: Isis ewig fragend, fragend auf der Suche. Und im Laufe der Jahre fand sie ihn Stück für Stück, Herz und Kopf und Glieder und Leib. Und doch hatte sie noch nicht den letzten Zugang zu ihm gefunden, das Schlüsselwort, das allein ihn ihr wirklich wiederbringen konnte. Denn sie war die Isis des heimlichen Lotus, des Schoßes, der versteckt in der Knospe wartet – auf die Berührung durch jene innere Sonne wartet, die ihre Strahlen aus den Lenden des männlichen Osiris aussendet.

Das war das Mysterium, dem die Priesterin sieben Jahre hindurch allein gedient hatte, seit ihrem zwanzigsten Jahr, und jetzt war sie siebenundzwanzig. Früher, als sie jünger gewesen, hatte sie in der großen Welt gelebt, in Rom, in Ephesus und in Ägypten. Denn ihr Vater war einer der Hauptleute und Kameraden des Antonius gewesen und hatte mit Antonius gekämpft und neben ihm gestanden, als Cäsar ermordet wurde, und weiter bis zu den Tagen der Schmach. Dann war er in Rom in Ungnade gefallen und wieder nach Asien herübergekommen und in den Bergen jenseits des Libanon getötet worden. Seine Witwe, die von Oktavian keine Gunst erhoffen durfte, hatte sich auf ihren kleinen Besitz an der Küste am Fuße des Libanon zurückgezogen und hatte ihre Tochter, ein schönes, aber unverheiratetes Mädchen von neunzehn Jahren, mit fortgenommen aus der Welt.

Als das Mädchen jünger gewesen war, hatte sie Cäsar gekannt und war vor seiner Adler-Raubgier zurückgeschreckt. Der goldene Antonius, in der Pracht seiner gewaltigen Glieder und seiner strahlenden Männlichkeit, hatte manches Stündchen mit ihr zusammengesessen und mit ihr über die Philosophien und über die Götter gesprochen. Von den Göttern war er nämlich wie ein Kind fasziniert, obwohl er sie verspottete und sie in seiner Eigenliebe vergaß. Aber zu ihr sagte er:

»Für dich habe ich der Venus zwei Tauben geopfert, denn ich befürchte, daß du der holden Göttin keine Opfer darbringst. Gib acht, daß du sie nicht kränkst! Sag mir doch, warum ist die Blüte in dir so kühl? Findet kein Sonnenstrahl und kein Blick den Weg bis zu ihr? Oh, glaube mir, ein Mädchen sollte sich der Sonne öffnen, wenn die Sonne sich ihr zuneigt, um sie zu liebkosen!«

Und die großen, strahlenden Augen des Antonius lachten ihr ins Herz und überfluteten sie mit seiner Glut. Und sie spürte, wie die herrliche Glut seiner männlichen Schönheit und seiner Verliebtheit all ihre Glieder und ihren Körper überflutete. Es war aber so, wie er gesagt hatte: die innerste Blüte ihres Schoßes war kühl, war beinah kalt, wie eine Knospe im frostigen Schatten, wenn auch sein Sonnenschein sie noch so sehr überschwemmte. Und aus Respekt vor ihrem Vater, der sie liebte, hatte Antonius sie verlassen.

Und immer war es das gleiche gewesen. Sie begegnete vielen Männern, jungen und alten. Und im allgemeinen liebte sie die Alten am meisten, denn sie sprachen ruhig und aufrichtig mit ihr und erwarteten nicht, daß sie sich wie eine Blüte vor der Sonne ihrer Männlichkeit öffne. Einmal hatte sie einen Philosophen gefragt: »Sind alle Frauen von Geburt dazu bestimmt, den Männern gegeben zu werden?« Worauf der alte Mann langsam geantwortet hatte:

»Die Edlen unter ihnen warten auf den Wiedergeborenen. Denn wie du wohl weißt, öffnet sich der Lotus nicht vor der noch so sengenden Hitze der Sonne. Sondern er biegt seinen dunklen, geschlossenen Blütenkopf in die Tiefe und regt sich nicht. Bis in der Nacht eine von den auserlesenen, unsichtbaren Sonnen, die getötet wurden und nicht mehr leuchten, zwischen den Sternen in unbemerkten Veilchenfarben aufgeht und wie die Veilchen ihre auserlesenen Strahlen in die Nacht entsendet. Vor ihnen regt sich der Lotus wie unter einer Liebkosung und reckt sich durch das Wasser empor und hebt seinen gebeugten Blütenkopf und öffnet sich zu einer Weite, wie sie keine andre Blüte kennt, und sendet die Strahlen seiner flammenden Glückseligkeit aus und bietet seine sanfte, goldene Tiefe, wie sie so golden keine andre Blüte besitzt, der flutenden, veilchendunklen Sonne dar, die gestorben und auferstanden ist und kein Gepränge um sich macht. Doch vor dem Gepränge goldener Eintagssonnen, wie Antonius eine ist, und vor des Cäsars harter Wintersonne der Macht regt sich der Lotus nicht und wird sich niemals regen. Jene können die Knospen bloß aufreißen. Oh, ich sage dir, warte auf den Wiedergeborenen, und warte, bis die Knospe sich regt!«

Deshalb hatte sie gewartet. Denn alle Männer waren Soldaten oder Politiker im Banne Roms, waren selbstsicher, männlich und scheinbar großartig, jedoch von einer inneren Dürftigkeit, einer Unzulänglichkeit. Und sowohl Rom wie Ägypten hatten sie kalt und ungerührt gelassen. Denn sie war eine eigene Frau, sie wollte sich nicht einem oberflächlichen Glanz hingeben oder aus irgendwelchen Gründen heiraten. Sie wollte warten, bis der Lotus sich regte.

Und in Ägypten hatte sie dann Isis gefunden, der sie ihr Geheimnis anvertraute. Sie hatte Isis an die Küste Sidons gebracht und mit ihr im Mysterium der Suche gelebt, während ihre Mutter, eine geschäftstüchtige Frau, uneingeschränkt über das kleine Gut und die Sklaven herrschte.

Als die Priesterin aus ihrem Nachsinnen erwacht war und sich erhoben hatte, um den letzten kurzen Isis-Dienst zu verrichten, füllte sie die Lampe auf, verließ das Heiligtum und verschloß die Tür. In der Außenwelt war die Sonne bereits untergegangen, und das Zwielicht hing kühl zwischen den flüsternden Bäumen, die noch immer flüsterten, obwohl der Wind nachließ.

Ein Fremdling mit dunklem, breitkrempigem Hut erhob sich von der Ecke der Tempeltreppe und hielt im Wind seinen Hut fest. Er hatte ein dunkles Gesicht mit einem schwarzen Spitzbart. »Oh, Herrin, wessen Schutz darf ich erflehen?« sagte er zu der Priesterin, die in ihrem gelben Mantel eine Stufe höher als er neben einer rot und weiß bemalten Säule stand. Ihr Gesicht war oval und blaß, ihr aschblondes Haar wurde von einem feinen Goldnetz zusammengehalten. Gleichgültig blickte sie auf den Vagabunden herunter. Es war der gleiche, den sie bemerkt hatte, wie er die Sklaven beobachtete.

»Warum seid Ihr von der Landstraße herabgekommen?« fragte sie.

»Ich sah den Tempel vor der Küste wie eine blasse Blüte und möchte zwischen den Bäumen des Tempelbezirks rasten, wenn die Hüterin der Gottheit es gestattet.«

»Es ist Isis auf der Suche«, beantwortete sie seine erste Frage.

»Die Göttin ist groß«, erwiderte er.

Sie blickte ihn noch immer voller Mißtrauen an. In den dunklen, zu ihr emporgewandten Augen stand ein leises, zurückhaltendes Lächeln, obwohl das Gesicht von Leiden versehrt war. Der Vagabund erriet ihr Zaudern und verspottete sie.

»Bleibt hier auf der Treppe!« sagte sie. »Ein Sklave wird Euch das Obdach zeigen.«

»Die Herrin aus Ägypten ist huldvoll.«

In ihren vergoldeten Sandalen ging sie den felsigen Pfad der buckligen Halbinsel hinab. Schön waren ihre elfenbeinweißen Füße unter der weißen Tunika, und schön der aschblonde, wie von endlosem Nachsinnen gebeugte Kopf über dem safrangelben Mantel. Eine Frau, die in ihren Traum verstrickt war. Der Mann lächelte ein wenig, halb bitter, setzte sich wieder auf die Treppe, um zu warten, und zog im kalten Zwielicht den Mantel fester um sich.

Endlich erschien ein Sklave, auch er in naturgrauer Wolle.

»Suchst du Obdach bei unsrer Gebieterin?« fragte er unverschämt.

»So ist's.«

»Dann komm mit!«

Mit der barschen Unverschämtheit eines Sklaven, der einem Vagabunden zu Diensten ist, führte ihn der junge Bursche durch die Bäume und hinunter in eine kleine Schlucht im Felsen, wo sich, fast im Finstern, eine kleine Höhle mit einem Streulager aus hohem Heidekraut befand, das überall unter den Pinien der Küste auf dem Ödland wuchs. Die Höhle war dunkel, aber völlig windgeschützt. Ein leichter Geruch nach Ziegen hing noch in der Luft.

»Hier kannst du schlafen«, sagte der Sklave. »Die Ziegen kommen nicht mehr auf unsre Halbinsel. Und da ist Wasser!« Er zeigte auf ein kleines Felsbecken, wo Frauenhaarfarn einen Mundvoll tröpfelnden Wassers besäumte.

Nachdem er ihm seine gönnerhafte Verachtung hatte zuteilwerden lassen, entfernte sich der Sklave. Der Mann, der gestorben war, kletterte bis zur Spitze der Halbinsel hinaus, wo sich die Brandung überschlug. Es wurde rasch dunkel, und die Sterne kamen hervor. Zur Nacht ließ der Wind etwas nach. Landeinwärts hob sich die steile, zerfurchte Böschung mitsamt der langen, welligen Silhouette der Kuppe dunkel gegen den lichten Nachthimmel ab. Nur dann und wann flackerte eine Laterne auf die Villa zu.

Der Mann, der gestorben war, suchte sein Obdach auf.

Dort holte er Brot aus seinem Lederbeutel, tauchte es ins Wasser der winzigen Quelle und aß gemächlich. Als er gegessen und sich den Mund gespült hatte, blickte er noch einmal zu den hellen Sternen am reinen, windigen Himmel auf und richtete dann die Streu als Bett her. Nachdem er seinen Hut und seine Sandalen auf die Seite gelegt und sich seinen Beutel als Kissen unter die Wange geschoben hatte, schlief er, denn er war sehr müde. Doch im Laufe der Nacht weckte ihn die Kälte und biß matt durch seine Mattigkeit. Draußen war es sternklar und noch immer windig. Er saß auf und schaukelte sich in eine Art Bewußtlosigkeit hinein, und um die Morgendämmerung schlief er wieder ein.

Obwohl die Sonne schon hinter den Bergen aufgegangen war, lag die Küste am Morgen noch in Schatten, als die Priesterin von der Villa herunterkam, um zur Göttin zu gehen. Das Meer war in seiner Morgenfrühe glatt und blaßblau und schön, und der Wind hatte sich endlich gelegt. Doch zwischen den vielen Klippen brachen sich weiß schäumend die Wellen und zerrten am Kieselstrand der kleinen Bucht. Die Priesterin ging langsam ihrem Traum entgegen. Doch sie war sich einer Störung bewußt.

Als sie dem schmalen Felsenband zu ihrer Halbinsel folgte und zwischen den Bäumen der Böschung zum Tempel hinaufstieg, kam ein Sklave herunter, blieb stehen und huldigte ihr. In seiner Demut lag eine leichte Unverschämtheit. »Sprich!« sagte sie.

»Gebieterin, der Mann ist dort, er schläft noch. Gebieterin, darf ich sprechen?«

»So sprich!« rief sie, angewidert von dem Burschen.

»Gebieterin, der Mann ist ein entwichener Übeltäter!«

Der Sklave schien zu triumphieren, weil er eine unerfreuliche Nachricht überbringen konnte.

»Welche Zeichen verraten es?«

»Seht seine Hände und Füße! Will die Gebieterin ihn betrachten?«

»Führe mich!«

Der Sklave führte sie schnell über die Hügelkuppe und hinunter in die kleine Schlucht. Dort trat er beiseite, und die Priesterin begab sich zur Höhle in der Felsspalte. Das Herz klopfte ihr ein wenig. Vor allem durfte sie ihren Tempel nicht entweihen lassen.

Der Vagabund schlief mit der Wange auf seinem Lederränzel und hatte sich in seinen Mantel gewickelt, doch seine nackten, staubigen Füße schmiegten sich aneinander, um sich gegenseitig zu wärmen, und die eine Hand hatte er im Schlaf zur Faust geballt. Und in der bleichen Haut seiner Füße, die sonst von den Lederriemen seiner Sandalen bedeckt waren, und in der Handfläche der offenen Hand sah sie die Narben.

Sie interessierte sich nicht für Männer, besonders nicht für solche der dienenden Klasse. Trotzdem blickte sie in das schlafende Gesicht. Es war abgezehrt und hager und eher häßlich. Aber als wahre Priesterin sah sie die andere Schönheit in ihm, die lautere Stille des inneren Lebens. Von den dunklen Brauen über den stillen, hageren Wangen ging sogar etwas Majestätisches aus. Sie sah, daß sein schwarzes Haar, welches er entgegen der römischen Mode lang trug, an den Schläfen angegraut war, und auch der schwarze Spitzbart wies graue Fäden auf. Aber das mußte vom Leiden oder vom Unglück herrühren, denn der Mann war jung. Seine dunkle Haut hatte noch den silbrigen Glanz der Jugend.

Aus der zerbrechlichen Häßlichkeit seines Gesichts sprach allein die Schönheit langen Leidens und die seltsam gelassene Aufrichtigkeit eines feineren Lebens. Zum erstenmal war sie beim Anblick eines Mannes bis ins Innerste angerührt – wie wenn die Spitze einer feinen Lebensflamme sie berührt hätte. Es war das erste Mal. Die Männer hatten alle erdenklichen Gefühle in ihr geweckt, hatten sie aber nie mit der Flammenspitze des Lebens berührt.

Sie ging zu dem Felsen zurück, bei dem der Sklave wartete.

»Vernimm!« sagte sie. »Das ist kein Übeltäter, sondern ein freier Mann aus dem Osten. Störe ihn nicht! Aber wenn er hervorkommt, bringe ihn zu mir. Sage ihm, ich wünsche ihn zu sprechen.«

Sie sprach kalt, denn Sklaven fand sie stets widerlich. Sie waren so dem niedrigeren Leben verhaftet, und ihre Gelüste und ihr dämmeriges Bewußtsein waren ein wenig ekelerregend. Deshalb hüllte sie sich in ihren Traum und ging zum Tempel, wohin eine Sklavin Winterrosen und Jasmin für den Altar brachte. Doch heute fühlte sich die Priesterin in ihrem Tempeldienst beeinträchtigt.

Die Sonne stieg funkelnd über den Hügel, das Licht flutete siegreich über die kleine, kiefernbestandene Halbinsel vor der Küste und auf den roten Tempel in seiner unberührten Morgenfrische. Der Mann, der gestorben war, erwachte und legte seine Sandalen an. Er setzte auch seinen Hut auf, schlang sein Lederränzel unter seinen Umhang und ging hinaus, um den Morgen in all seinem neuen Blau und Gold zu sehen. Er betrachtete die kleinen weißgelben Narzissen, die heiter im Felsgestein wuchsen. Und er sah den Sklaven, der wie eine Bedrohung auf ihn wartete.

»Herr«, sagte der Sklave, »unsre Gebieterin will im Hause der Isis mit Euch sprechen!«

»Es ist gut«, sagte der Wanderer.

Er ging langsam und verweilte, um auf das blaßblaue Meer zu blicken, das einer Blüte in ungetrübtem Schmelz glich, und auf die Schaumbänder zwischen den Felsen, die wie weiße Steinblumen aussahen, und auf die unterhöhlten Hänge, die steil vom Ufer aufragten und grau von den Olivenbäumen und grün vom hellen, jungen Weizen schimmerten und mit der weißen kleinen Villa bekrönt waren. Alles lag schön und rein im Januarmorgen da.

Die Sonne fiel auf die Ecke des Tempels; er setzte sich im Sonnenschein auf die Treppe, in unendlicher Geduld wartend. Er war ins Leben zurückgekehrt, doch nicht in das gleiche Leben, das Leben, das er verlassen hatte, das Leben der kleinen Leute und des kleinen Tags. Er war in das andere Leben wiedergeboren, in den größeren Tag menschlichen Bewußtseins. Und er war allein und abseits vom kleinen Tag, und außer Kontakt mit den alltäglichen Leuten. Noch hatte er nicht dem unwiderruflichen *Noli me tangere* zugestimmt, das den Wiedergeborenen vom Vulgären scheidet. Die Scheidung war vollständig; hier im Tempel spürte er einstweilen Frieden, den harten, hellen, heidnischen Frieden – und dahinter die Feindseligkeit der Sklaven.

Die Priesterin trat vom Altar in die dunkle, innere Türöffnung und blieb zaudernd stehen. Sie konnte die dunkle Gestalt des Mannes sehen, der in einer schrecklichen Stille dasaß, die ihr verhängnisvoll schien und in ihrer Geduld etwas beinah Bedrohliches hatte.

Sie schritt durch den äußeren Tempelraum, und der Mann gewahrte sie und erhob sich. Sie sprach ihn auf griechisch an, er aber sagte:

»Herrin, mein Griechisch ist dürftig. Erlaubt mir, das Umgangs-Syrisch zu sprechen!«

»Woher kommt Ihr? Wohin geht Ihr?« fragte sie mit der eiligen Besorgnis der Priesterin.

»Von Osten, jenseits von Damaskus, und ich gehe nach Westen, wie die Landstraße verläuft«, antwortete er langsam.

Sie blickte ihn mit jäher Furcht und Scheu an.

»Aber warum tragt Ihr die Merkmale eines Übeltäters auf Euch?« fragte sie plötzlich.

»Hat mich die Priesterin der Isis in meinem Schlaf bespitzelt?« fragte er mit müder Trauer.

»Der Sklave hat mich gewarnt – wegen Eurer Hände und Füße«, sagte sie.

Er blickte sie an. Dann sagte er:

»Würde mir die Priesterin der Isis erlauben, Abschied zu nehmen und zur Landstraße hinaufzugehen?«

Ein jäher Windstoß fuhr gegen seinen Mantel und seinen Hut. Er hob die Hand, um die Krempe festzuhalten, und wieder sah sie die magere braune Hand mit der Narbe.

»Da seht! Die Narbe!« sagte sie und zeigte darauf.

»So ist es«, sagte er. »Aber lebt wohl! Entbietet Isis meine Huldigung und meinen Dank für die Nacht!«

Er wollte gehen, doch sie blickte mit staunenden blauen Augen zu ihm auf.

»Wollt Ihr Euch nicht Isis ansehen?« fragte sie aus einem lebhaften Gefühl heraus. Und in ihm regte sich etwas – wie ein Schmerz.

»Wo dann?« fragte er.

»Kommt!«

Er folgte ihr ins innere Heiligtum, ins fast völlige Dunkel. Als seine Augen sich an das matte Glimmen der Lampe gewöhnt hatten, sah er die Göttin: wie ein Schiff segelte sie einher, ungestüm in ihrem wirbelnden Gewand. Und er huldigte ihr.

»Isis ist groß!« sagte er. »Mit ihrem Suchen ist sie größer als der Tod. Wundervoll ist ein solches Schreiten bei einer Frau, und wundervoll ist das Ziel. Alle Menschen preisen dich, Isis, die du dem Menschen mehr giltst als seine Mutter.«

Die Priesterin der Isis hörte ihn und warf Weihrauch auf das Glutbecken. Dann sah sie den Mann an.

»Seid Ihr hier glücklich?« fragte sie ihn. »Hat Isis Euch zu sich heimgeholt?«

Voller Staunen und Unruhe blickte er sie an.

»Ich weiß es nicht«, sagte er.

Aber die Frau überlegte, daß er wohl der verlorene Osiris sein könne. Sie empfand es in tiefster Seele. Und ihre Erregung war heftig.

Er wollte nicht in dem dumpfen, dunklen, duftenden Heiligtum bleiben. Er ging wieder in den Morgen hinaus, in die kalte Luft. Er spürte, daß sich etwas näherte, ihn zu berühren, aber sein Fleisch war noch ganz durchtränkt von den Schmerzen und von dem wilden Gebot: *Noli me tangere!* Rühre mich nicht an! Oh, rühre mich nicht an!

Die Priesterin folgte ihm mit schüchternem Eifer ins Freie hinaus. Er wandte sich zum Gehen.

»Oh, Fremdling, geht nicht! Oh, bleibt eine Weile bei Isis!«

Er blickte sie an, blickte in das Gesicht, das gleich einer Blüte offenstand, wie wenn eine Sonne in ihrer Seele aufgegangen wäre. Und wieder regten sich seine Lenden.

»Wollt Ihr mich festhalten, Dienerin der Isis?« fragte er.

»Bleibt! Ich bin überzeugt, daß Ihr Osiris seid!«

Plötzlich lachte er. »Noch nicht«, sagte er. Dann blickte er in ihr sehnsüchtiges Gesicht. »Aber ich kann noch eine Nacht in der Ziegenhöhle schlafen, wenn Isis es wünscht«, fügte er hinzu.

Mit der kindlichen Freude einer Priesterin klatschte sie in die Hände.

»Oh! Isis wird sich freuen«, sagte sie.

Er aber ging in großer Sorge ans Ufer hinunter und dachte bei sich: ›Soll ich mich dieser Berührung überlassen? Soll ich mich dieser Berührung überlassen? Männer haben mich zu Tode gefoltert mit ihrer Berührung. Doch dieses Isis-Mädchen ist eine zart heilende Flamme. Ich bin ein Arzt, doch meine Heilkraft gleicht nicht der Flamme dieses zarten Mädchens. Die Flamme dieses zarten Mädchens – ist sie nicht wie der erste blasse Frühlingskrokus? Wie konnte ich so blind sein gegenüber der Heilkraft und dem Segen im krokusgleichen Körper einer zarten Frau? O Zartheit! Schrecklicher und lieblicher als der Tod, den ich gestorben bin . . .‹

Er klaubte sich kleine Muscheln von den Klippen und aß sie mit Genuß und staunte über das einfache Meeres-Aroma. Und innerlich zitterte er und dachte: ›Wage ich es, mich der Berührung zu überlassen? Denn dies führt weiter als der Tod. Ich wagte es und ließ Hand an mich legen und mich in den Tod schicken. Aber wage ich es, mich der zarten Berührung des Lebens zu überlassen? Oh, es ist schwerer . . .‹

Doch die Priesterin ging wieder in den Tempel und saß hingerissen in reinem Sinnen, lange Stunden hindurch, und versenkte sich wieder in den ungestümen Schritt der sehnsüchtigen Göttin und den Nabel des knospenden Leibes –

wie ein Siegel über dem jungfräulichen Drängen ihrer Suche. Und sie überließ sich der fraulichen Hingabe und dem Drängen der Suchenden Isis.

Bei Sonnenuntergang trat sie auf die Halbinsel hinaus, um ihn zu suchen. Und sie fand ihn dort hingegangen, wohin sie am Tage vorher gegangen war: der Sonne zu. Er saß auf den Kiefernnadeln am Fuße des Baumes, wo sie gestanden hatte, als sie ihn das erste Mal sah. Jetzt näherte sie sich zitternd und langsam, voller Furcht, er könne sie zurückweisen. Unbemerkt stand sie vor ihm, bis er plötzlich unter seinem breiten Hut hervor zu ihr aufblickte und die Abendsonne in ihrem goldenen Haarnetz sah. Er erschrak, und doch hatte er sie erwartet.

»Ist das Euer Zuhause?« fragte er und deutete auf die weiße, niedrige Villa inmitten der Olivenbäume.

»Es ist das Haus meiner Mutter. Sie ist eine Witwe, und ich bin ihr einziges Kind.«

»Und gehören die Sklaven alle ihr?«

»Bis auf jene, die mir gehören.«

Ihre Blicke trafen sich einen Moment.

»Wollt Ihr Euch nicht auch setzen und die Sonne untergehen sehen?« fragte er.

Er hatte sich nicht erhoben, um mit ihr zu sprechen. Er hatte zuviel Schmerzen erduldet. Sie setzte sich also auf die trockenen braunen Kiefernnadeln und schlug ihren safrangelben Mantel über den Knien zusammen. Ein Boot lief aus dem offenen Glanz in den Schatten der Bucht ein; Sklaven hoben kleine Netze auf, und ihr Geplapper hallte vom Wasserspiegel wider.

»Das ist also Euer Zuhause!«

»Aber ich diene der Suchenden Isis!« erwiderte sie.

Er blickte sie an. Sie war eine sanfte, sinnende Wolke und wie entrückt. Seine Seele wurde von Mitleid und Leidenschaft ergriffen.

»Möge sich dein Verlangen erfüllen, Jungfrau!« sagte er auf einmal mit großem Ernst.

»Bist du denn nicht Osiris?« fragte sie.

Er wurde plötzlich rot.

»Ja, wenn du mich heilen willst!« sagte er. »Denn die Entrücktheit des Todes hält mich noch im Bann, und ich kann ihr nicht entkommen.«

Einen Augenblick sah sie ihn furchtsam mit der sanften blauen Sonne ihrer Augen an. Dann senkte sie den Kopf, und sie saßen schweigend in Wärme und Glanz der Abendsonne: der Mann, der gestorben war, und die Frau der selbstlosen Suche.

In großartiger winterlicher Pracht sank die Sonne zum Meere hinab. Sie glitt über die blinkenden, nackten Körper der Sklaven mit ihrem rötlichen, breiten Gesäß und ihren kleinen schwarzen Köpfen, während sie umhersprangen und die Netze auf dem Kieselstrand ausbreiteten. Der allduldsame Pan wachte über ihnen. Der allduldsame Pan sollte ewig ihr Gott bleiben.

Als der Rand der Sonnenscheibe das Meer berührte, stand die Priesterin auf und sagte:

»Wenn Ihr bleiben wollt, werde ich Lebensmittel und Decken hinunterschicken.«

»Was wird die Dame, Eure Mutter, dazu sagen?«

Die Isispriesterin sah ihn seltsam an, mit einer leichten Befürchtung im Blick.

»Es gehört mir«, sagte sie.

»Dann ist es gut«, sagte er, lächelte leise und sah Schwierigkeiten voraus.

Er blickte ihr nach, wie sie mit der in sich gekehrten, seltsamen Haltung der Selbstgeweihten davonging. Ihr aschblonder Kopf war ein klein wenig gesenkt, das weiße Linnen wehte um ihre elfenbeinweißen Knöchel. Und er sah, wie die nackten Sklaven dastanden und sie mit einer Art Staunen, ja sogar einer Art Bosheit anschauten. Doch sie ging gesammelt durch die Tür in der Mauer über der Bucht.

Der Mann, der gestorben war, saß lange am Fuß des Baumes und überblickte den Strand, denn auf dem schmalen

Ufer ereignete sich mancherlei. An dem kleinen Bach, der um die Ecke der Grundstücksmauer geflossen kam, waren Sklavinnen noch immer mit dem Waschen des Linnens beschäftigt, und hin und wieder erklang das hohle Tschock-tschock-tschock, wenn sie das Linnen auf die glatten Steine in der dunklen kleinen Mulde des Teichs schlugen. Ein Geruch von Olivenrückständen hing in der Luft, und manchmal war noch das schwache Rumpeln des Mahlsteins zu hören, der im Garten unten die Oliven zerquetschte, und der Zuruf des Sklaven, der mit dem Esel am Mühlwerk sprach. Dann trat eine Frau durch die Tür, eine grauhaarige Frau in einem Mantel aus weißlicher Wolle, und ihr folgte ein barhäuptiger Mann in einer Toga, ein Römer: wahrscheinlich ihr Verwalter oder Aufseher. Sie standen auf dem hohen Kiesstreifen über dem Meer und warfen rasche Blicke umher. Die Sklaven mit ihrem breiten Gesäß und der rötlichen Haut beugten sich emsig und unterwürfig über die Netze und zupften sie sauber, die waschenden Frauen stießen ihre Handballen mit Wucht auf die Wäsche, und der alte Sklave beugte sich achtsam über das Wasser und wusch die gefangenen Fische und Polypen. Und die Frau und der Aufseher sahen es alles auf einen einzigen Blick. Sie sahen auch den fremden Mann, der schweigsam und allein am Fuß des Baumes auf dem Felsrücken der Halbinsel saß. Und der Mann, der gestorben war, sah, daß sie von ihm sprachen. Aus der kleinen, geweihten Welt der Halbinsel blickte er auf die alltägliche Welt hinunter und sah, daß sie noch feindselig war.

Als die Sonne das Meer berührte, dehnte sich der Schatten des gegenüberliegenden felsigen Vorgebirges über die kleine Bucht. Die ältliche Frau, jetzt selber ein Schatten, schritt schwerfällig über den blauen und schattenkalten Kies, um die Fische zu betrachten, die der am Wasser kauernde alte Mann in seinem flachen Korb ausgebreitet hatte: ein nackter alter Sklave mit fetten Schenkeln und Schultern, auf dessen weichem, rötlichblondem Körper der letzte Sonnenstrahl aufglomm und dann erlosch. Der alte Sklave fuhr fort, achtsam und ohne aufzublicken die Fische zu säubern: als wäre die Frau der Schatten des auf ihn fallenden Zwielichts.

Dann traten zwei Sklavenmädchen mit flachen Körben auf dem Kopf aus der Pforte, und in dem einen Korb lehnten der tönerne Weinkrug und der Ölkrug. Die Mädchen schritten über den festen Kiesstreifen vor der Mauer, und die Priesterin der Isis in ihrem safrangelben Mantel schritt im Zwielicht hinter ihnen her. Draußen auf dem offenen Meer schimmerte noch die Sonne. Hier war Schatten. Die Mutter mit ihrem grauen Kopf stand am Ufer und beobachtete ihre Tochter, wie sie, ganz in Gelb und Weiß und mit ihrem aschblonden Kopf blindlings und unbekümmert mit ausholenden Schritten hinter den Sklavinnen einherging, dem engen Felsrücken der Halbinsel entgegen. Die Tochter zog durch ihre entrückte Jenseitswelt. Und die ältliche Mutter beobachtete, ohne sich von der Stelle zu bewegen, wie der Zug der Drei hintereinander zwischen den Bäumen die Böschung erklomm und verschwand, von Bäumen verschluckt. Keiner von den Sklaven hatte den Kopf gehoben und etwas gesehen. Die grauhaarige Frau beobachtete noch immer die Bäume, zwischen denen ihre Tochter verschwunden war. Dann blickte sie wieder auf den Fuß des Baumes, wo der Mann, der gestorben war, noch immer saß und jetzt kaum zu erkennen war, denn die Sonne war von ihm gewichen, und nur noch die ferne Pflugschar des Meeres erglänzte hell. Es war Abend. Geduld! Mochte das Schicksal den nächsten Schritt tun.

Die Mutter trapste mühsam mit stampfendem Schritt über den Kies: nicht wie die Tochter mit ihren langen und weit ausholenden und entrückten Schritten, sondern kurz und entschlossen. Dann kamen auf dem gegenüberliegenden Felsen zwei nackte Sklaven mit riesigen Bündeln dunkelgrüner Streu auf den Schultern heruntergetrabt; ihre Köpfe waren nicht zu sehen, daher tänzelten ihre nackten Beine unter der Last wie Käferbeinchen. Sie kamen über den Kies angetrabt, unbekümmert und einzig auf ihren Weg bedacht, als plötzlich der Mann, der römische Aufseher, sie anredete und sie sofort stehenblieben. Unsichtbar standen sie unter ihren Lasten, als könnten sie jetzt, da sie aufgehalten worden waren, ganz und gar verschwinden. Dann kam eine Hand hervor und deutete auf die Halbinsel. Danach trabten die beiden mit Grün bepackten Sklaven weiter, dem Tempelbezirk zu. Die grauhaarige Frau gesellte sich zu dem Aufseher, und langsam schritten die beiden durch die Pforte – vom Kiesstrand des Meeres hinauf zum Grund und Boden der Villa. Nun erhob sich – im Schatten farblos – der alte Sklave mit seinen fetten Schultern und dem Korb voller Fische vom Ufer des Meeres, und die dunkelhäutigen, munteren Frauen erhoben sich vom Rande des kleinen Teichs und türmten das nasse Linnen in Haufen in ihre flachen Körbe, und die Sklaven, die das Netz gereinigt hatten, legten dessen weißliche Schleier zusammen. Und sie alle – der alte Sklave mit dem Fischkorb auf der Schulter und die Sklavinnen mit den Körben hoch aufgetürmten, feuchten Linnens auf den Köpfen und die zwei Sklaven mit dem zusammengelegten Netz und der Sklave mit den Rudern auf der Schulter und der Junge mit dem zusammengefalteten Segel unter dem Arm – sie alle versammelten sich in einer nackten Gruppe nahe bei der Tür. Und der Mann, der gestorben war, hörte das leise Murmeln ihres Geplappers. Und dann, als der Wind kälter herblies, begannen sie durch die Tür zu gehen.

Es war ein Leben des kleinen Tags, das Leben kleiner Leute. Und der Mann, der gestorben war, dachte bei sich: ›Wenn wir es nicht in den größeren Tag einfügen und das kleine Leben in den Kreislauf des größeren Lebens einschließen, wird alles zum Verderben ausschlagen.‹

Sogar die Hügelkämme waren im Schatten. Nur der obere Himmel erglänzte noch. Das Meer war ein unendlicher, milchiger Schatten. Der Mann, der gestorben war, erhob sich ein wenig steif und ging in den Hain.

Im Tempel war niemand. Er ging weiter, zu seinem Unterschlupf in den Felsen. Dort hatten die Sklaven die alte Streu hinausgetragen und den felsigen Boden gefegt, und jetzt schichteten sie mit viel Geschick zuerst Myrten, dann das gröbere Heidekraut und zuoberst die weichen, buschigen Enden zu einem Lager auf. Über das alles breiteten sie ein fein gegerbtes weißes Rinderfell. Die Mädchen hatten zusammengefaltete Wolldecken an den Eingang der Höhle gelegt, und der Weinkrug, der Ölkrug, ein Trinkbecher aus Terrakotta und ein Korb, der Brot, Salz, Käse, getrocknete Feigen und Eier enthielt, waren hübsch angeordnet. Auch ein kleiner Glutkorb mit Holzkohle stand da. Die Höhle war plötzlich ausgefüllt und wohnlich.

Die Priesterin der Isis stand in der Höhlung neben der kleinen Quelle. Immer nur ein Sklave konnte zur gleichen Zeit hineingehen. Die Sklavinnen warteten am Eingang zu dem engen Gemach. Als der Mann, der gestorben war, sich näherte, schickte die Priesterin die Mädchen fort. Die Sklaven machten sich noch am Bett zu schaffen und dehnten die Arbeit möglichst in die Länge. Aber auch sie wurden von der Priesterin fortgeschickt. Und der Mann, der gestorben war, trat näher, sein Haus anzuschauen.

»Ist es gut?« fragte ihn die Frau.

»Es ist sehr gut«, erwiderte der Mann. »Aber die Dame, Eure Mutter, und jener, der zweifellos der Aufseher ist, sahen mit an, wie die Sklaven die Sachen herantrugen. Werden sie sich Euch nicht widersetzen?«

»Ich habe meinen eigenen Anteil. Kann ich nicht aus meinem Eigenen weggeben? Wer sollte sich mir und den Göttern widersetzen?« sagte sie mit einer gewissen sanften Heftigkeit, die einen Anflug von Erbitterung aufwies. Daraus schloß er, daß ihre Mutter sich ihr widersetzen würde und daß der Geist des kleinen Lebens den Geist des größeren Lebens bekämpfen würde. Und er dachte: ›Warum hat die Priesterin der Isis ihren Anteil an der Alltagswelt preisgegeben? Sie hätte ihren Besitz erbittert festhalten sollen!‹

»Möchtet Ihr essen und trinken?« fragte sie. »In der Asche liegen warme Eier. Ich gehe jetzt zum Essen in die Villa hinauf. Aber in der zweiten Stunde der Nacht werde ich zum Tempel hinüberkommen. Oh, wollt Ihr dann auch zur Göttin kommen?« Sie blickte ihn an, und ein merkwürdiger Glanz ließ ihre Augen größer erscheinen. Es ging um ihren Traum, und ihr Traum war größer als sie. Er brachte es nicht über sich, sie jetzt auch nur im geringsten zu enttäuschen oder zu verletzen. Sie war ganz von der Glut ihres Frauenmysteriums erfüllt.

»Soll ich im Tempel warten?« fragte er.

»Ja, wartet in der zweiten Nachtstunde, und ich werde kommen.« Er hörte das inständige Flehen, das in ihrer Stimme mitschwang, und sein Körper erschauerte.

»Aber die Dame – Eure Mutter?« sagte er sanft.

»Sie wird mich nicht hindern«, antwortete sie.

Daraus schloß er, daß die Mutter ihrer Tochter entgegenarbeiten würde, denn die Tochter hatte ihren Besitz den Händen der Mutter übergeben, die sich diese Macht nicht entreißen lassen würde.

Sie ging also, und der Mann, der gestorben war, setzte sich zurückgelehnt auf sein Lager, aß die Eier aus der Asche und tunkte das Brot ins Öl und aß, denn sein Fleisch war erschöpft; und er mischte Wein und Wasser und trank. Still lag er da, und die Lampe bildete eine kleine Lichtknospe.

Er war in neue Empfindungen versunken und verstrickt. Die Priesterin der Isis erschien ihm lieblich, nicht so sehr an Gestalt als in ihrer wundervollen fraulichen Glut. Abertausend Sonnen hatten sie in ein geheimnisvolles Feuer getaucht – in das geheimnisvolle Feuer einer potenten Frau –, und sie zu berühren kam dem Berühren der Sonne gleich. Doch das beste von allem war ihr zartes Verlangen nach ihm – so sanft und still wie Sonnenschein.

›Sie ruht wie Sonnenschein auf mir‹, dachte er bei sich und streckte die Glieder aus. ›Nie zuvor habe ich meine Glieder in solchem Sonnenschein ausgestreckt, wie es ihr

Verlangen nach mir ist. Der größte aller Götter hat mir das gewährt.‹

Gleichzeitig quälte ihn die Furcht der äußeren Welt. ›Wenn sie können, werden sie uns töten‹, dachte er bei sich. ›Doch das Gesetz der Sonne wird uns beschützen.‹

Und weiter dachte er bei sich: ›Ich bin nackend auferstanden und bin gebrandmarkt worden. Aber wenn ich nackend genug für diese Begegnung bin, werde ich nicht umsonst gestorben sein. Vorher war ich zugesperrt.‹

Er erhob sich und ging hinaus. Die Nacht war kühl und sternenklar und von großer winterlicher Herrlichkeit. »Es gibt Lose voller Herrlichkeit«, sagte er zur Nacht, »nach unserm Schicksal aus lauter Bedeutungslosigkeit und Dürftigkeit und Qual.«

Daher ging er schweigend zum Tempel hinauf, wartete im Dunkeln vor der inneren Tempelwand und blickte hinaus auf ein graues Dunkel und auf Sterne und Baumkronen. Und er dachte bei sich: ›Es gibt Lose voller Herrlichkeit, und es gibt eine größere Lebenskraft.‹

Und endlich sah er das Licht ihrer seidenen Laterne hin- und herschaukeln und mit Unterbrechungen und doch flink zwischen den Bäumen einherkommen. Sie war allein und nah; das Licht schwirrte sanft über ihren Mantelsaum. Und er erzitterte vor Furcht und vor Freude und dachte bei sich: ›Ich fürchte mich beinah mehr vor dieser Berührung als einst vor dem Tod. Denn in meiner Nacktheit bin ich jetzt weit mehr preisgegeben.‹

»Ich bin hier, Priesterin der Isis!« rief er leise aus dem Dunkel.

»Ah!« rief sie, auch voller Furcht und doch entzückt. Denn sie war in ihrem Traum befangen.

Sie schloß die Tür des Heiligtums auf, und er folgte ihr. Dann verriegelte sie die Tür von innen. Die Luft im Innern war warm und heimlich und voller Duft. Der Mann, der gestorben war, stand an der verschlossenen Tür und beobachtete die Frau. Sie war zunächst auf die Göttin zugetreten. Und das Bild der Göttin stand vorwärtsstrebend und ein wenig einschüchternd da, wie eine hohe, drängende Frauennatur.

Die Priesterin sah ihn nicht an. Sie zog ihren safrangelben Mantel aus und legte ihn auf ein niedriges Ruhebett. Er sah sie im matten Licht in ihrer gegürteten weißen Tunika und mit den nackten Armen. Aber sie entzog sich ihm noch immer. Er stand abseits im Schatten und beobachtete, wie sie das Glutbecken leise anfachte und Weihrauch hineinwarf. Schwache, süß duftende Wolken stiegen in die Luft. Sie wandte sich der Göttin zu und huldigte ihr, wie es der Ritus verlangte, indem sie sich sanft wie ein vertäutes Boot zur Göttin hinneigte.

Er beobachtete die seltsame, entrückte Frau und dachte bei sich: ›Ich darf sie nicht stören in ihrer Entrücktheit, in ihren weiblichen Mysterien.‹ Und in seltsam vorwärtsschwankenden Rhythmen verneigte sie sich vor der Göttin. Dann begann sie zu murmeln, aber es war Griechisch, und er verstand es nicht. Und während sie murmelte, ließ ihr Schwanken allmählich nach, wie ein Boot auf dem Meer, wenn es zur Ruhe kommt. Und als er sie beobachtete, sah er, wie allein ihre Seele war, und wie verschieden in ihrer Weiblichkeit. Er dachte bei sich: ›Wie verschieden von mir sie ist, wie seltsam verschieden! Sie fürchtet sich vor mir und meiner männlichen Verschiedenheit. Sie entblößt und befreit sich von ihrer Furcht. Wie feinfühlig und sanft lebendig ist sie – in einem Leben, das so verschieden von dem meinen ist! Wie schön in ihrem sanften, seltsamen Lebensmut, der so verschieden von meinem Todesmut ist! Was für ein schönes Wesen, schön wie das Herz einer Rose und der Kern einer Flamme. Sie macht sich vollständig erreichbar. Oh, wie schrecklich wäre es, sie zu enttäuschen oder sich gegen sie zu vergehen!‹

Sie wandte sich zu ihm um, und ihr Gesicht glühte von der Begegnung mit der Göttin.

»Ihr seid Osiris, nicht wahr?« fragte sie kindlich.

»Wenn Ihr es wollt«, antwortete er.

»Wollt Ihr Euch von Isis entdecken lassen? Wollt Ihr nicht Eure Kleider ablegen?«

Er blickte auf die Frau, und der Atem stockte ihm. Und seine Wunden, ganz besonders die tödliche Wunde durch seinen Leib, begann wieder zu schreien.

»Es hat so sehr geschmerzt«, sagte er. »Ihr müßt mir vergeben, wenn ich noch zögere.«

Doch er legte seinen Mantel und seine Tunika ab und trat nackt vor das Götterbild. Seine Brust keuchte in jähem Entsetzen vor dem überwältigenden Schmerz, in Erinnerung an den überwältigenden Schmerz und den zu bitteren Gram.

»Sie haben mich getötet!« sagte er, sich entschuldigend, und wandte ihr einen Augenblick sein Gesicht zu.

Und sie sah das Phantom des Todes in ihm, als er dort mager und nackend vor ihr stand, und plötzlich war sie entsetzt und fühlte sich beraubt. Sie spürte den Schatten der grauen, grausigen Schwinge des triumphierenden Todes.

»Oh, Göttin«, wandte er sich in der Landessprache an das Götterbild, »ich würde so gern leben, wenn Ihr mir nur mein Schlüsselwort wiedergeben würdet!«

Um ihretwillen war er wieder verzweifelt, der Forderung des Lebens gegenübergestellt und noch mit seinem Tod belastet.

»Laß dich von mir salben!« sagte die Frau sanft zu ihm. »Laß mich deine Narben salben! Zeige sie mir, und laß sie mich salben!«

Über dem neu erwachten alten Schmerz vergaß er seine Nacktheit. Er setzte sich auf den Rand des Ruhebettes, und sie goß ein wenig Balsam in seine Handfläche. Und während sie seine Hand rieb, kam es ihm alles wieder in den Sinn, die Nägel, die Wunden, die Grausamkeit, die ungerechte Grausamkeit ihm gegenüber, der nur Güte dargebracht hatte. Wie in seiner Todesstunde überfiel ihn wieder die Qual der Ungerechtigkeit und Grausamkeit. Doch sie rieb seine Handfläche und murmelte: »Was zerrissen war, wird zu neuem Fleisch, was eine Wunde war, ist voll neuen Lebens. Diese Narbe ist das Auge des Veilchens.«

Und unwillkürlich mußte er über sie und über die kindliche Versunkenheit der Priesterin lächeln. Das hier war ihr Traum, und er war für sie nur ein Teil ihres Traums. Nie würde sie verstehen oder wissen, wer er war. Vor allem würde sie nie um den Tod wissen, der ihm widerfahren war. Aber was tat's? Sie unterschied sich von ihm. Sie war Frau: ihr Leben und ihr Sterben unterschied sich von ihm. Sie war einfach gütig zu ihm.

Als sie seine Füße mit Öl einrieb und mit zarter, zarter Heilkraft salbte, konnte er sich nicht enthalten, ihr zu erzählen:

»Eine Frau hat einmal meine Füße mit Tränen genetzt und mit ihrem Haar getrocknet und mit kostbarem Balsam gesalbt.«

Die Priesterin der Isis blickte auf von ihrem ernsten Tun, bei dem sie wiederum unterbrochen worden war.

»Waren sie damals verwundet?« fragte sie. »Eure Füße?«

»Nein, nein! Es war in der Zeit, als sie noch heil waren.«

»Und habt Ihr sie geliebt?«

»Die Liebe war von ihr gewichen. Sie wollte nichts als dienen«, erwiderte er. »Sie war eine Prostituierte gewesen.«

»Und Ihr ließet es zu, daß sie Euch diente?« fragte sie.

»Ja.«

»Ihr ließest es zu, daß sie Euch mit dem Leichnam ihrer Liebe diente?«

»Ja.«

Plötzlich kam es ihm zum Bewußtsein: ›ich verlange von allen, daß sie mir mit dem Leichnam ihrer Liebe dienten. Und zuletzt brachte ich ihnen nur den Leichnam meiner Liebe dar. Das ist mein Leib – nehmet und esset – meinen Leichnam –‹

Eine heftige Scham durchzuckte ihn. ›So wollte ich also doch‹, dachte er, ›daß sie mich mit einem toten Leib liebten. Wenn ich Judas mit lebendiger Liebe geküßt hätte, hätte er mich vielleicht nie mit dem Todeskuß geküßt. Vielleicht hatte er mich mit dem Fleisch geliebt, und ich verlangte, daß er mich unkörperlich liebte, mit dem Leichnam der Liebe . . .‹

Und die Wirklichkeit der weichen, warmen Liebe, die in der Berührung liegt und die voller Entzücken ist, wurde ihm bewußt. ›Und ich sagte zu ihnen: gesegnet sind, die da Leid tragen!‹ dachte er bei sich. ›Ach, wenn ich jetzt, da ich im Tode bin, auch um diese Frau hier Leid trüge, müßte ich im Tode bleiben, und mich verlangt es doch so sehr, zu leben! Das Leben hat mich zu dieser Frau mit den warmen Händen geführt. Und ihre Berührung gilt mir jetzt mehr als alle meine Worte. Denn mich verlangt es zu leben . . .‹

»Geht nun zur Göttin!« sagte sie leise und schob ihn sanft zu Isis. Und während er benommen und nackt wie ein Ungeborenes dastand, hörte er die Frau Worte zur Göttin murmeln, hörte sie mit schmerzlichem Flehen murmeln und murmeln. Sie bückte sich jetzt und blickte auf die Narbe im weichen Fleisch seiner Lende, genau in der weichen Mulde über der Hüfte: eine Narbe, die tief war und wie ein Auge von endlosem Weinen brannte. Hier war es, wo sein Blut von ihm gewichen war und sein wesentlicher Same. Die Frau zitterte leise und murmelte griechische Worte. Und in neu erwachtem Entsetzen, gestorben zu sein, und in der qualvollen Bestürzung ob seines Versuchs, dem Leben Gewalt anzutun, spürte er, wie seine Wunden laut heraus schrien und wie sein Körper im tiefsten Innern wieder jammerte: ›Ich bin ermordet worden, und ich habe mich zur Ermordung hergegeben. Sie haben mich ermordet, aber ich habe mich zur Ermordung hergegeben . . .‹

Die Frau schwieg jetzt, aber sie zitterte noch, als sie Öl in ihre Hand tat und ihre Handfläche über die Wunde in seiner rechten Seite legte. Er zuckte schmerzlich zusammen, und wie schon tausendmal zuvor, sog die Wunde wieder sein Leben auf. Und aus der dunklen Qual und Angst seines Bewußtseins erklang nur ein einziger Schrei: ›Oh, wie kann sie diesen Tod von mir nehmen? Sie kann es nie begreifen! Sie kann es nie verstehen! Sie kann ihm nie gewachsen sein! . . .‹

Schweigend und mit rhythmischen Bewegungen salbte sie die Narbe mit Öl. Jetzt war sie so versunken in ihr priesterliches Amt, daß sie sachte, sachte an Macht gewann, während das Innerste des Mannes vor Entsetzen aufschrie. Doch während sie allmählich an Macht gewann und gleich einem Gürtel zu der gegenüberliegenden Narbe hinglitt, begann allmählich Wärme an die Stelle des kalten Entsetzens zu treten, und er spürte: ›Ich werde wieder warm, und ich werde heil! Warm wie der Morgen werde ich sein. Ich werde ein Mann sein. Es zu verstehen, ist nicht nötig. Neues ist nötig. Sie bringt mir Neues . . .‹

Und er lauschte der leisen, unaufhörlichen Verzweiflung und Klage seiner Wunden, und es tönte, als wollten sie ewig unterhalb der Horizonte seines Bewußtseins verharren. Doch das Klagen wurde schwach, wurde schwächer.

Er gedachte der Frau, die sich um ihn bemühte. ›Sie weiß es nicht. Sie ist sich des Todes in mir nicht bewußt. Sie hat jedoch ein anderes Bewußtsein. Vom entgegengesetzten Ende der Nacht kommt sie zu mir.‹

Nachdem sie die unteren Teile seines Körpers ganz und gar mit Öl gesalbt und mit der geduldigen Hingabe einer Priesterin bearbeitet hatte, so daß der Schrei seiner Wunden schwächer und schwächer wurde, legte sie plötzlich ihre Brust über die Wunde auf seiner linken Seite und ihre Arme um ihn und wogte über die Wunde auf seiner rechten Seite und preßte ihn mit aller Kraft lebendiger Wärme an sich, wie die Wogen eines Flusses. Und das Klagen verstummte ganz und gar, und in seiner Seele war eine Stille und Dunkelheit, eine ungebrochene, dunkle Stille – Genesung.

Dann, in der vollkommenen Dunkelheit seines inneren Menschen, spürte er, wie sich etwas langsam, langsam rührte und erwachen wollte. Eine Morgenröte, eine neue Sonne. Eine neue Sonne ging in ihm auf, ging auf in der vollkommenen Dunkelheit seines inneren Selbst. Atemlos erwartete er sie und zitterte vor ängstlicher Hoffnung ... ›Jetzt bin ich nicht ich. Ich bin etwas Neues ...‹

Und während sie aufging, spürte er unter dem kalten Hauch der Enttäuschung, wie die Frau – der lebendige Gürtel – an ihm niederglitt, und wie Wärme und Glut von ihm abglitt und ihn entblößt zurückließ. Sie kauerte erschöpft zu Füßen der Göttin und verbarg ihr Gesicht.

Er beugte sich über sie und legte seine Hand leise auf ihre warme, helle Schulter, und das Verlangen durchzuckte ihn Schlag auf Schlag, so daß er sich fragte, ob das jetzt eine neue Art Tod sei, aber einer voll Herrlichkeit.

Jetzt füllte die kauernde, sich verbergende Frau sein ganzes Bewußtsein aus. Gebeugt stand er neben ihr, streichelte sie leise und blindlings und murmelte ungeformte Laute. Und sein Tod und all seine Opferbereitschaft erschienen ihm jetzt wie nichts. Er wußte nur um die kauernde Frau in ihrer Fülle, um den weißen Fels des Lebens ... ›Auf diesem Fels baute ich mein Leben!‹ Der wogende, durchdringbare Fels der lebendigen Frau! Der Frau, die ihr Gesicht verbarg. Und er, der sich über sie beugte, kraftvoll und neu wie die Morgenröte.

Er kauerte sich neben sie, und er spürte, wie seine Mannheit und seine Kraft lodernd und herrlich in seinen Lenden aufstiegen.

»Ich bin auferstanden!«

Herrlich und unbezähmbar lodernd ging seine eigene Sonne in den Tiefen seiner Lenden auf und sandte ihr Feuer durch all seine Glieder, so daß sein Gesicht unwillkürlich zu leuchten begann.

Er löste die Schnur ihrer Leinen-Tunika und ließ das Gewand hinabgleiten, bis er den Glanz ihrer weißgoldenen Brüste sah. Und er berührte sie, und er spürte, wie sein Leben hinschmolz. »Vater«, rief er, »warum hast du das vor mir verborgen gehalten?« Und er berührte sie in heftigstem Staunen und mit der wunderbar erregenden Überlegenheit seines Verlangens. »Sieh an!« sagte er, »das geht über alles Gebet hinaus.« Es war die tiefe, ineinanderwogende Wärme, lebendige und durchdringbare Wärme; es war die Frau, das Herz der Rose! Meine Wohnung ist die vielfältige, warme Rose, meine Freude ist diese Blüte!

Sie blickte plötzlich zu ihm auf; ihr Gesicht glich einem emporgehobenen Licht, war sehnsüchtig und zart, und ihre Augen glichen vielen feuchten Blüten. Und mit einer leidenschaftlichen Zärtlichkeit und verzehrendem Verlangen zog er sie an seine Brust, und sein letzter Gedanke war: ›Meine Stunde ist gekommen, es hat mich überwältigt . . .‹

Und er erkannte sie und ward eins mit ihr.

Später berührte sie voll leisen Staunens die großen Wunden in seiner Seite mit den Fingerspitzen und fragte:

»Sie schmerzen also nicht mehr?«

»Es sind Sonnen!« sagte er. »Sie leuchten dank deiner Fackel. Sie sind Zeichen meiner Einheit mit dir.«

Und als sie den Tempel verließen, war um sie die Kälte vor der Morgendämmerung. Bevor er die Tür schloß, blickte er wieder auf die Göttin und sagte: »Sieh an, Isis ist eine gütige Göttin, und voller Zärtlichkeit. Große Götter sind warmherzig und haben zärtliche Göttinnen.«

Die Frau hüllte sich in ihren Mantel und ging schweigend heim, ging blindlings und nachdenklich wie der Lotus, der sich über seinem goldenen Herzen voll neuen Lebens sacht wieder schließt. Sie sah nichts, denn ihre Kelchblätter waren ihre Schutzhülle. Sie dachte nur: ›Ich bin erfüllt von Osiris. Ich bin erfüllt von dem auferstandenen Osiris! . . .‹

Der Mann aber blickte auf die lebendigen Sterne des Morgenhimmels, wie sie ins Meer hinabregneten, und auf den Sirius, der grün über dem Meereshorizont stand. Und er dachte: ›Wie schön die Welt geformt ist, wie reich an Rundungen und Falten gleich einer unsichtbaren Rose mit geöffneten, dunklen Blütenblättern, die verraten, wo der Tau ihr Dunkel berührt! Wie reich sie ist, und größer als alle Götter! Wie sie sich um mich wölbt, und ich bin ein Teil von ihr, der großen Rose des Weltraums. Ich bin wie ein Gran ihres Dufts, und die Frau ist ein Gran ihrer Schönheit! Jetzt ist die Welt eine einzige Blüte mit vielen Dunkelheiten zwischen ihren Blütenblättern, und ich bin in ihrem Duft wie in inniger Verbundenheit.‹

Und in der vollkommenen Stille und Fülle der Verbundenheit schlief er in seiner Höhle, während die Morgendämmerung anbrach. Und nach der Morgendämmerung erhob sich der Wind und brachte Sturm und kalten Regen. Deshalb blieb er in Frieden in seiner Höhle, voller Freude, in Verbundenheit zu sein, sich freuend, das Meer und den auf die Erde fallenden Regen zu hören und eine weißgoldene, vom Regen gebeugte Narzisse zu sehen, die noch naß war. Und er dachte bei sich: ›Das ist die große Einheit, das Verbundensein. Das graue Meer und der Regen, die nasse Narzisse und die Frau, auf die ich warte, die unsichtbare Isis und die verborgene Sonne sind alle miteinander verbunden und alle eins.‹

Er wartete am Tempel auf die Frau, und sie kam durch den Regen. Aber sie sagte zu ihm: »Laßt mich eine Weile mit Isis zusammensein. Und kommt, o kommt in der zweiten Nachtstunde zu mir, wollt Ihr?«

Er ging also wieder in die Höhle zurück und lag in der Stille – voller Freude, in Verbundenheit zu sein, und wartete auf die Frau, die mit der Nacht wiederkommen und die Verbindung wieder vollziehen würde. Und als die Nacht dann kam, kam die Frau, und sie kam freudig, denn auch sie war voll großer Sehnsucht, ihm verbunden zu sein, mit ihm verbunden zu sein, und ihm näher.

So kamen die Tage, und so kamen die Nächte, und wieder kamen die Tage, und die Verbindung wurde vollkommener und fand Erfüllung. Und er dachte bei sich: ›Ich will nichts von ihr erfragen, nicht einmal ihren Namen, denn ein Name würde sie unterscheiden.‹

Und sie dachte bei sich: ›Er ist Osiris. Mehr wünsche ich nicht zu wissen.‹

Pflaumenblüten wehten von den Bäumen, die Zeit der Narzissen war vorbei, Anemonen belebten den Boden und waren vergangen, und in der Luft hingen die Düfte des Bohnenackers. Alles änderte sich, die Blüte des Weltalls änderte ihre Blütenblätter, schwang herum und blickte in eine andere Richtung. Der Frühling hatte sich erfüllt, eine Verbindung war hergestellt, der Mann und die Frau hatten sich einer am andern erfüllt, und Abschied hing in der Luft.

Eines Tages traf er sie unter den Bäumen, als die Morgensonne sengend brannte und die Kiefern lieblich dufteten und auf den Hügeln die letzten Birnenblüten verwehten. Sie kam langsam auf ihn zu, und an ihrem sanften Zögern, ihrer zarten Zurückhaltung erkannte er eine Veränderung in ihr.

»Hast du empfangen?« fragte er sie.

»Warum?« entgegnete sie.

»Du bist wie ein Baum, dessen grüne Blätter dem Blust folgen und voller Saft sind. Und um dich ist etwas wie eine Wendung nach innen.«

»Ja, so ist es«, sagte sie. »Ich bin schwanger von dir. Ist es gut?«

»Ja«, antwortete er. »Warum sollte es nicht gut sein? Nicht länger ruft also die Nachtigall aus dem Talgrund. Aber wo willst du das Kind gebären? Denn ich bin mittellos und habe nichts als das Leben.«

»Wir bleiben hier«, sagte sie.

»Was aber mit der Dame, deiner Mutter?«

Ein Schatten flog über ihre Stirn. Sie gab keine Antwort.

»Was soll werden, wenn sie es weiß?« fragte er.

»Sie beginnt es zu wissen.«

»Und würde sie dir schaden?«

»Oh, nicht mir! Was ich habe, ist alles mein Eigen! Und ich bin schwanger von Osiris ... Aber du ... du mußt dich hüten vor ihren Sklaven.«

Sie sah ihn an, und der Friede ihres Mutterseins wurde getrübt von Ängsten.

»Laß nicht dein Herz sich betrüben!« sagte er. »Ich habe schon einmal den Tod erlitten.«

Und er wußte, daß für ihn die Zeit gekommen war, wieder aufzubrechen. Er würde allein gehen, er mit seinem Schicksal. Und doch nicht allein, denn das Siegel ihrer Verbundenheit würde auf ihm bleiben, wie er auch auf ihr sein Siegel zurückließ. Und unsichtbare Sonnen würden mit ihm gehen.

Doch gehen mußte er. Denn wie die Sonnen leidenschaftlicher Fruchtbarkeit an Kraft nachließen, so erlangte hier in der Bucht das kleine Leben der Eifersucht und des Besitzanspruchs wieder seine Kraft. Im Namen des Besitzanspruchs würden die Witwe und ihre Sklaven wegen des Brotes, das er gegessen, und wegen der lebendigen Verbundenheit, die er hergestellt, und wegen der Frau, die er genossen hatte, sich an ihm zu rächen suchen. Doch er dachte bei sich: ›Nicht ein zweites Mal! Jetzt sollen sie die Verbundenheit in mir nicht entweihen! Meine Klugheit steht gegen die ihre.‹

Und er hütete sich. Und er wußte, daß sie ihm nachstellten. Deshalb gab er die kleine Höhle auf und fand einen andern Unterschlupf, einen kleinen sandigen Schlupfwinkel am Meer, der trocken und heimlich unter den Felsen lag.

Er sagte zu der Frau:

»Ich muß jetzt bald gehen. Verdruß droht mir von den Sklaven. Aber ich bin ein Mann, und die Welt steht mir offen. Doch was zwischen uns ist, das ist gut und ist fest verankert. Sei unbesorgt! Und wenn die Nachtigall wieder aus deinem Talgrund ruft, komme ich zurück, so sicher wie der Frühling.«

Sie sagte: »O geh nicht! Bleibe bei mir auf meiner Inselhälfte! Unter den Kiefern beim Tempel werde ich ein Haus für dich und mich bauen, wo wir für uns allein leben können.«

Doch sie wußte, daß er gehen würde. Und auch sie wollte die Kühle ihrer eigenen Luft um sich her, und die Entlastung von der Sorge.

»Wenn ich bleibe«, sagte er, »werden sie mich an die Römer verraten und an deren Gerichtsbarkeit. Ich aber will mich nie wieder verraten lassen. Wenn ich daher gegangen bin, lebe du in Frieden mit dem heranwachsenden Kind! Denn ich werde wiederkommen: alles ist gut zwischen uns, ob wir uns nah oder fern sind. Die Sonnen kehren zu ihrer Jahreszeit zurück, und ich werde wiederkommen.«

»Geh noch nicht!« bat sie. »Ich habe einem Sklaven befohlen, an der Enge der Halbinsel aufzupassen. Geh nicht eher, als bis das Böse offenkundig wird!«

Doch als er in einer ruhigen, stillen Nacht in seinem kleinen Schlupfwinkel lag, hörte er das dumpfe Aufschlagen der Ruder und den Stoß eines Boots gegen Felsen. Deshalb stahl er sich hervor, um zu lauschen. Und er hörte, wie der römische Aufseher sagte:

»Führe uns leise zur Ziegenhöhle! Und Lysippus soll das Netz über den Übeltäter werfen, während er schläft, dann bringen wir ihn vor Gericht, und die Priesterin der Isis wird nichts davon erfahren!«

Der Mann, der gestorben war, erhaschte einen Hauch vom öligen Fleisch der nackten Sklaven, als sie sich näherschlichen, und dann den schwachen Duft des Römers. Er stahl sich näher ans Meer. Der Sklave, der im Boot wartete, saß unbeweglich da und hielt die Ruder, denn das Meer war völlig still. Und der Mann, der gestorben war, erkannte ihn.

Deshalb rief er mit deutlicher Stimme aus einer tiefen Felsspalte heraus:

»Bist du nicht der Sklave, der unter den Augen der Isis ein Mädchen besessen hat? Bist du nicht jener Knabe! Gesteh's!«

Der Knabe sprang entsetzt im Boot hoch. Die Bewegung ließ das Boot gegen den Felsen stoßen. Der Sklave sprang in wilder Angst heraus und floh die Klippen hinan. Der Mann, der gestorben war, packte geschwind das Boot und stieg hinein und stieß ab. Die Ruder waren noch warm von der unangenehmen Wärme der Sklavenhände. Der Mann aber ruderte langsam von dannen, um in die Strömung zu gelangen, die an der Küste entlanglief und ihn still davontragen würde. Das hohe Ufer hob sich in völliger Dunkelheit von dem sternklaren Nachthimmel ab. Kein Lichtschimmer drang von der Halbinsel her: die Priesterin kam nicht mehr des Nachts. Der Mann, der gestorben war, ruderte langsam mit der Strömung weiter und lachte in sich hinein: »Ich habe den Samen meines Lebens und meiner Auferstehung gesät und habe auf immer das Siegel meiner Verbundenheit auf der auserwählten Frau dieses Tages zurückgelassen, und wie die Essenz von Rosen trage ich ihren Duft in meinem Fleisch. Sie ist mir lieb im Innersten meines Wesens. Und die golden gleitende Schlange rollt sich wieder zusammen, um am Fuße meines Baumes zu schlafen.

Möge das Boot mich forttragen. Morgen ist ein neuer Tag.«

Statt eines Nachworts:

Der Auferstandene

Der auferstandene Herre ist
im Fleische auferstanden
und schreitet übern Erdengrund,
den Boden recht zu spüren,
obwohl die Füße ihm noch wund.

Die Kirchen versichern es laut: wir predigen den gekreuzigten Christus! – Aber indem sie das tun, predigen sie nur die Hälfte der Passion und erfüllen nur die Hälfte ihrer Pflicht. Im Glaubensbekenntnis heißt es: ». . . wurde gekreuzigt und starb und wurde begraben . . . am dritten Tage auferstanden von den Toten.« Und abermals: »Ich glaube an die Auferstehung des Leibes . . .« Den gekreuzigten Christus predigen, bedeutet also, nur die Hälfte der Wahrheit predigen. Es ist Aufgabe der Kirche, vom Christus zu predigen, der unter Menschen geboren ward – das ist Weihnachten; und vom gekreuzigten Christus – das ist Karfreitag; und vom auferstandenen Christus – das ist Ostern. Und von Ostern an bis zum November und bis Allerheiligen und bis Mariä Verkündigung gehört das Jahr dem auferstandenen Herrn, das heißt also, der ganze vollerblühte Frühling, der ganze Sommer und der Herbst mit seinem Weizen und seinen Früchten: alles gehört dem auferstandenen Christus.

Aber die Kirchen legen den Nachdruck auf den gekreuzigten Christus und berauben uns der Blüte und der Frucht des Jahres. Die katholische Kirche, die uns unsere Bilder gegeben hat, hat uns das Christkind auf dem Schoß der Frau gegeben – und ebenso den gekreuzigten Christus: dann die Messe, das Mysterium der Versöhnung durch das Opfer.

Doch eigentlich ist das alles Vorbereitung, es sind die vorbereitenden Stufen der wirklichen, lebendigen Religion. Das Christkind, auf dem Schoß der Mutter inthronisiert, ist offensichtlich nur ein vorbereitendes Bild, das uns vorbereiten soll auf Christus, den Mann. Doch eine unendliche Menge von Christen bleiben hierbei stehen.

Wir müssen uns daran erinnern, daß die großen religiösen Bilder nur Abbilder unserer eigenen Erfahrung oder unseres eigenen geistigen und seelischen Zustands sind. In den katholischen Ländern, wo das Bild ›Madonna mit dem Kinde‹ alles andere überdeckt, sieht sich der Mensch die ganze Zeit als ein Kind, ein Kind Christi, das auf dem Schoß einer jungfräulichen Mutter steht. Wenn sich vor dem Kriege ein Italiener verletzte oder plötzlich in Bedrängnis geriet, rief er sofort: »*O mamma mia! Mamma mia!* O Mutter! Mutter!« Das gleiche traf auf viele Engländer zu. Und was bedeutet das? Es bedeutet, daß der Mensch sich als ein Kind sieht, als der unschuldige, auf dem Schoß der allbarmherzigen, jungfräulichen Mutter inthronisierte Kind-Heiland. Er lebt entsprechend diesem Bilde von sich selbst, dem Bilde des schuldlosen, ›guten‹ Kindes, das beschützt in den Armen einer allbeschützenden Mutter ruht – bis das Bild in seinem Herzen zerbricht.

Während des Krieges zerbrach dieses Bild in den Herzen der meisten Männer, wenn auch nicht in den Herzen ihrer Frauen. Der Mann, der während des Krieges so furchtbar litt, mußte ohne die Hilfe von Frau oder Mutter leiden, und keine Frau oder Mutter oder Schwester noch sonst ein liebender Mensch konnte ihn vor den Kanonen erretten. Diese Tatsache traf ihn bis ins Herz und zerbrach das Bild von der Mutter mit dem Christkind und hinterließ an deren Stelle das Bild vom gekreuzigten Christus.

Für die Frau war es natürlich nicht ebenso. Für sie zerbrach das Bild nicht. Sie sah sich noch immer als die allbarmherzige, allbeschützende Madonna, auf deren Schoß der Mann wie auf den alten Bildern als Kind-Christus inthronisiert war. Und natürlich wollte die Frau dieses Bild von sich selbst nicht aufgeben. Es verlieh ihr die größte Bedeutung und die größte Macht. Zerbrecht das Bild, und ihre Bedeutung und ihre Macht sind dahin. Aber die Männer kamen aus dem Krieg zurück und lehnten das Bild ab – für sie war es zerbrochen. Daher kämpfte die Frau, um die große Vision des Mannes – das Christkind, das auf dem Schoß der allbarmherzigen jungfräulichen Frau inthronisiert war –, zu bewahren. Und sie kämpfte vergebens, obwohl nicht ohne unheilvolle Folgen.

Denn während des Krieges war die Vision von der allbarmherzigen und stets hilfreichen Madonna in den Herzen der Männer zerstört worden. Die allbarmherzige und stets hilfreiche Frau hatte tatsächlich nicht verhindert – einerlei, ob sie es nun gekonnt hätte oder nicht –, daß die Männer, die sie um Hilfe riefen, von den Kanonen in Stücke gerissen wurden. Deshalb brach ihr Bild zusammen, und damit auch das Bild des Christkindes. Für den Mann, der den Krieg mitgemacht hatte, war das sich ergebende Bild unvermeidlich der gekreuzigte Christus, der am Kreuz gequälte Christus. Und das Bild des gekreuzigten Christus ist der Situation nach frauenlos.

Zwar beharren viele von den älteren Männern, die den Krieg nicht mitgemacht haben, noch immer auf der Sache mit dem Christkind, und die meisten älteren Frauen beharren auf ihrer mildtätigen Madonna-Oberhoheit. Aber es ist vergebens! Die Kanonen zerschmetterten das Bild in den Herzen der Männer mittleren Alters, und die Jungen wurden geboren (oder sie waren zum richtigen Bewußtsein erwacht), nachdem das Bild schon zerstört war.

Da haben wir es nun also! Heute gibt es bei den Männern und bei den Frauen drei große Bildgruppen. Es gibt die Älteren und die Alten, die niemals den Kanonen ausgeliefert waren und die noch immer widersinnig behaupten, der Mann sei das Kind Christi und die Frau sei der unfehlbare Schutz vor allem Übel und aller Gefahr. Es ist widersinnig, weil es keineswegs wirksam war. Dann gibt es die Männer mittleren Alters, die der Krieg alle gefoltert und regelrecht in den Tod getrieben hat. Sie akzeptieren den gekreuzigten Christus als ihr Bild, sind der Situation nach frauenlos und wählen den großen Schrei: *Consummatum est! Es ist zu Ende!* als ihr letztes Wort. – Drittens gibt es die jungen Leute, die den Krieg nicht mitgemacht haben. Sie machen sich jedoch keinerlei falsche Vorstellung vom Krieg, und der Todesschrei der älteren Generation *Es ist zu Ende!* klirrt kalt durch ihr Blut. Sie können nicht antworten. Sie können nicht einmal spotten. Es ist kein Jux, und es wird niemals ein Jux sein.

Und doch – keins von den großen Bildern ist *ihr* Bild. Sie können die Mutter-und-Kind-Pose nicht akzeptieren, mit der sich die alten Knacker noch immer aufspielen. Auch die Unwiderruflichkeit des gekreuzigten Christus der unmittelbar voraufgegangenen Generation können sie nicht akzeptieren. Denn sie, die Jungen, kamen aufs Spielfeld des Lebens, nachdem der Todesschrei *Consummatum est* durch die Welt geklungen war und während der Leib sozusagen ins Grab gelegt wurde. Zu dem Zeitpunkt, als die Jungen auf die Bühne traten, war Golgatha leer, die Gräber waren geschlossen, die Frauen hatten das Christkind und die jungfräuliche Retterin auf ewig verloren, und in jeder Beziehung war es ›der Tag danach‹: kalt, trostlos, leer, öde, sinnlos, beinah albern.

Die Jungen kamen in die Welt und fanden, daß alles beendet war. Überall leere Kreuze, überall geschlossene Gräber, überall die männerlose, verbitterte oder anmaßende Frau, überall die endgültige graue Enttäuschung über den gekreuzigten Christus, der – in jenen grauen und leeren Tagen zwischen Karfreitag und Ostern – tot und begraben war.

Und die Kirchen – statt daß sie den Auferstandenen Herrn predigen –, fahren fort, den Christus als Kind und als den Gekreuzigten zu predigen. Der Mensch kann nun aber nicht ohne ein Bild seiner selbst leben. Und noch weniger kann er mit einer Vision leben, die nicht mit seiner inneren Erfahrung und seinem inneren Gefühl übereinstimmt. Und beide, das Bild vom kindlichen und vom gekreuzigten Christus, stimmen nicht mit der inneren Erfahrung und dem Lebensgefühl der Jugend überein. So empfinden sie nicht. Sie zeigen die größte Nachsicht und Duldsamkeit gegenüber älteren Leuten, für welche die beiden Bilder lebendige Wahrheit sind. Aber für die Nachkriegsjugend kann weder Christus als Kind noch der gekreuzigte Christus viel bedeuten.

Ich zweifle, ob die protestantischen Kirchen, die den Krieg befürworteten, jemals den Glauben und die Vitalität haben werden, um den großen Schritt voran zu tun und den Auferstandenen Christus zu predigen. Die katholische Kirche könnte es vielleicht. In den Mittelmeerländern ist Ostern immer das größte der heiligen Feste gewesen, das fröhlichste und das frömmste – und nicht Weihnachten, die Geburt des Kindes. Ostern, Christ ist erstanden, der Auferstandene Herr – das ist für den alten Glauben noch immer der erste Tag des Jahres. Die Osterfestlichkeiten sind die fröhlichsten, die Osterprozessionen sind die schönsten, die Osterzeremonien die prächtigsten. In Sizilien tragen die Frauen Teller mit sprießendem Getreide in die Kirche, und die grünen Halme erheben sich zart und schlank wie grünes Licht aus kleinen Teichen und reihen sich rund um den Altar. Es ist Adonis. Es ist das wiedergeborene Jahr. Es ist der auferstandene Christus. Es ist der auferstandene Herr. Und im warmen Süden erfüllt am Ostersonntag noch immer eine große Freude die Herzen der Menschen. Sie fühlen es, sie fühlen es überall. Der Herr ist auferstanden! Der Herr des sprießenden Weizens und der Pflaumenblüten ist wieder warm und gütig auf die Erde zurückgekehrt, nachdem die Bösen und die Neider ihn dem Tod überliefert hatten.

Die römisch-katholische Kirche könnte diesen Teil der Passion noch voll ausbauen und die Menschen wieder glücklich machen. Denn die Auferstehung ist tatsächlich die Vollendung der ganzen Passion. Nicht einmal die Einswerdung mit Christus durch die Teilhabe an Seinem Opfer vollendet die Passion endgültig. Denn selbst nach der Einswerdung müssen die Menschen leben und mit ihrer Vision weitergehen. Nachdem wir teilhaben am Leibe Christi, erheben wir uns mit Ihm im Fleisch. Und das ist die endgültige Vision, die allen Kirchen unklar geworden ist.

Christ ist im Fleische auferstanden! Wir müssen das vollständige Bild akzeptieren, wenn wir es überhaupt akzeptieren. Wir müssen das Mysterium in seiner Gänze und als Tatsache hinnehmen. Es ist nur das Abbild unserer eigenen Erfahrung. Wenn Christus von den Toten aufersteht, erhebt Er sich im Fleisch, nicht nur als Geist. Mit Händen und Füßen ist Er auferstanden, wie Thomas es mit Sicherheit erfuhr, und wenn Er mit Händen und Füßen auferstand, dann auch mit den Lippen und dem Leib und dem Geschlecht eines Mannes. Christ ist auferstanden, auferstanden mit all seinem Fleisch, ohne etwas wegzulassen.

Christus ist vollständig im Fleische auferstanden. Wozu? Hier sind die Evangelien alle unklar und unsicher, und die Kirchen lassen uns im Stich. Christus ist im Fleisch auferstanden, um sechs Wochen lang unbekannt auf Erden herumzuwarten und dann irgendwie in einer Wolke in den Himmel aufgehoben zu werden? Fleisch, festes Fleisch, Füße und Eingeweide und Zähne und Augen eines Mannes in einer Wolke in den Himmel aufgehoben und nie wieder heruntergelassen zu werden?

Es ist der einzige Teil des großen Mysteriums, der einfach nicht stimmt. Die jungfräuliche Geburt, die Taufe, die Versuchung, die Lehre, Gethsemane, der Verrat, die Kreuzigung, das Begräbnis und die Auferstehung sind alle wahr, gemäß unserer inneren Erfahrung. Sie sind das, was Männer und Frauen durchmachen müssen, jeder auf andere Art. Aber als Fleisch und Blut in den Himmel zu schweben und nie wieder heruntergelassen zu werden – das wird durch nichts in unserm ganzen Leben jemals bestätigt. Wenn Flugzeuge uns aufheben, bringen sie uns wieder herunter oder sie lassen uns herunter. Fleisch und Blut gehören der Erde, nur der Erde. Wir wissen es.

Und Jesus war als Fleisch-und-Blut auferstanden. Er stand auf, ein Mann auf Erden, um auf Erden zu leben. Die größte Prüfung lag noch vor ihm: Sein Leben als ein Mann auf Erden. Bis dahin war Er ein heiliges Kind, ein Lehrer, ein Messias gewesen, aber niemals ein ganzer Mann. Jetzt, vom Tode erstanden, erhebt Er sich, um auf Erden ein Mann zu sein, und lebt Sein Leben im Fleisch, das große Leben inmitten anderer Menschen. Das ist das Bild unseres heutigen inneren Zustands.

Das ist das Bild der Jugend: der auferstandene Herr. Das Lehren ist vorbei, die Kreuzigung ist vorbei, das Opfer ist dargebracht, die Rettung ist vollzogen. Jetzt beginnt das wahre Leben für den Mann, der sein volles Leben auf Erden erlebt, wie die Blumen ihr volles Leben erleben, ohne andern Sinn und andere Bedeutung als die Herrlichkeit, zur Fülle zu erblühen.

Wenn Jesus im Triumph von den Toten auferstand, als ein Mann auf dieser Erde, triumphierend in erneuertem Fleisch, triumphierend über die mechanische, lebensfeindliche Tradition der jüdischen Priester, den römischen Despotismus und die universelle Gier nach Geld, triumphierend vor allem über seine eigene Selbstversunkenheit, Selbstbefangenheit und Überheblichkeit, triumphierend und frei als ein Mann im Vollbesitz des Fleisches und mit voller, endgültiger Erfahrung, sogar der vollzogenen Hinnahme seines eigenen Todes, ein Mann, endlich erfüllt und frei in Fleisch und Seele, ein Mann, der mit dem Tode versöhnt ist –, dann stand er auf, um mit dem Leben versöhnt und eins zu werden, um das große Leben von Fleisch und Seele vereint zu leben, wie es auf ihre geringere Art die Päonien und die Füchse tun. Wenn Jesus als ein ganzer Mann im Vollbesitz des Fleisches und der Seele auferstand, dann stand Er auf, um sich eine Frau zu nehmen, mit ihr zu leben und die

Zärtlichkeit und das Erblühen der Zweisamkeit mit ihr kennenzulernen – Er, der bis dahin so begrenzt in Seinem Allein-Sein oder, was dasselbe ist, in Seiner Universalität gelebt hatte. Wenn Jesus im Vollbesitz des Fleisches auferstand, dann stand Er auf, um die Zärtlichkeit einer Frau und die große Freude an ihr kennenzulernen und um Kinder mit ihr zu haben. Er stand auf, um die Verantwortung für Kinder und die einzigartige Beglückung und auch den Ärger und die Plage kennenzulernen, die sie mit sich bringen. Wenn Jesus als ein ganzer Mann und im Fleische auferstand, dann stand Er auf, um Freunde zu haben, einen Freund zu haben, den Er manchmal in inniger Zuneigung an die Brust drücken konnte und der ihm lieber als ein Bruder war, einfach aus dem Mysterium reiner Sympathie heraus. Und wieviel wundervoller war das, als nur Anhänger zu haben! Wenn Jesus als ein ganzer Mann und im Fleische auferstand, dann stand Er auf, um das Seine an weltlicher Arbeit beizutragen – etwas, das er wirklich gerne tat. Und wenn Er sich Seines ersten Lebens erinnerte, dann würde es weder lehren noch predigen sein, sondern wahrscheinlich würde er wieder mit Freuden zwischen den Spänen als Zimmermann arbeiten. Wenn Jesus als ganzer Mann im Fleische auferstand, dann stand Er auf, um Seinen Kampf gegen die hartgesottenen Gesetzesgläubigen fortzusetzen, gegen die römischen Richter und die jüdischen Priester und Geldmacher aller Art. Aber diesmal würde es nicht wieder der Kampf der Selbstaufopferung sein, welcher mit der Kreuzigung endete. Diesmal würde es ein befreiter Mann sein, der kämpfte, um die Rose des Lebens davor zu schützen, daß die Säue auf ihr herumtrampelten. Wenn Satan diesmal unternahm, ihn in der Wildnis zu versuchen, dann würde der auferstandene Herr antworten: »Satan, deine dummen Versuchungen können mich nicht mehr verlocken. Glücklicherweise bin ich gegen jene Art von Überheblichkeit und Hochmut gleichgültig geworden. Aber laß dir etwas sagen, alter Knabe! Du heißt doch Satan, nicht wahr? Und du heißt Mammon? Du bist das selbstsüchtige Schwein, das die ganze Welt in seine Klauen bekommen hat, nicht wahr? Dann hör zu, mein Junge: ich werde es dir alles wegnehmen, da kannst du sicher sein! Die Welt und die Macht und die Reichtümer der Welt, die nehme ich dir alle weg, du Satan oder Mammon oder wie du sonst heißen magst. Weil du nicht mit ihnen umzugehen verstehst. Die Erde in ihrer ganzen Fülle ist des Herrn, und sie soll es wieder sein. Menschen sind vom Tode auferstanden und haben gelernt, nicht so gierig und überheblich zu sein. Das meiste davon haben wir im letzten Grab zurückgelassen. Die Menschen haben sich über dich erhoben, Mammon, sie sind deine auferstandenen Herren. Und daher mußt du dich verziehen, du hakennasiger, glitzeräugiger, häßlicher, geldstinkender Anachronismus! Die Menschen sind nicht abermals vergeblich gestorben und auferstanden. Was glaubst du denn, wem die Erde gehört, du muffige alte Ratte? Die Erde ist des Herrn, und sie ward den Menschen gegeben, die gestorben sind und die Kraft hatten, sich wieder zu erheben. Die Erde ward den Menschen gegeben, die von den Toten auferstanden sind, auferstanden, du alter Gierschlang, und wann bist du jemals auferstanden? Nie! Verzieh dich also in die Versenkung und gib deinen Platz den auferstandenen Männern und den Frauen der auferstandenen Männer. Denn der Mensch war lange genug der ganzen Erde und der Erde in ihrer Fülle beraubt. Und die armen Frauen – sie sind lange genug ohne Mann und Meinung herumgeschubst worden! Gottes ist die Erde und die Fülle der Erde, und Ich, der auferstandene Herr, bin hier, um sie in Besitz zu nehmen. Denn jetzt bin Ich ganz und gar ein Mensch und frei von meiner eigenen Überheblichkeit. Ich will Leben haben und den reinen Kontakt mit dem Leben. Was bedeuten mir, der Ich gestorben bin und meine Überheblichkeit verloren habe, Reichtümer und Ruhm und Ehre und Gewalt und Macht? Und deshalb werde Ich dir alles wegnehmen, Mammon, weil Ich mir nichts daraus mache. Ich werde all deine Schätze zerstören,

Mammon, all deine Schätze an Geld und an Hochmut, die werde Ich alle zerstören.

Denn nur das Leben ist schön, und du, Mammon, behinderst das Leben. Ich liebe es, ein Eichhörnchen zu sehen, wie es um einen Baumstamm späht, aber wenn es nach dir ginge, Mammon, dann wäre bald kein Eichhörnchen mehr da. Ich liebe es, einen Mann zu hören, der ein Lied vor sich hinsingt, und wenn es ein altes, unartiges Lied ist, und vom Spaß zwischen Burschen und Mädchen handelt, dann mag Ich es um so lieber. Aber du, du schweinischer Leisetreter, du würdest jeden Burschen verhaften, der ein lustiges Lied singt. Ich liebe das quicklebendige Leben und die Schönheit des Lebens, Mammon: seit Ich auferstanden bin, liebe Ich inbrünstig die Schönheit des Lebens, zum Beispiel die Blüten der Akelei und die Art, wie sie im Winde schaukeln, oder die Anmut, mit der ein junges Mädchen dasitzt und staunt, oder den Zorn, mit dem ein Mann sich umdreht und einem dummen Hund, der ihn plötzlich angreift, einen Tritt gibt – schön auch das, dieses jähe, wilde Umdrehen und das Anheben zum Fußtritt, dann das keuchende Warten auf den nächsten Angriff; und sogar jenes ein bißchen alberne Feuer, das manche Männer packt, wenn sie beschwipst sind: auch das ist doch ein Feuer und schön; oder der flinke, mich bezaubernde Blick einer Frau, die es im Grunde am liebsten hätte, Ich ginge mit ihr auf und davon, doch sie ist bange; oder das tiefe Mitleid, das Ich im Ausdruck einer Frau sah, als ein Mann ausglitt und sich den Fuß verstauchte: alles ist Leben und Schönheit, Schönheit des Lebens! Aber das, was lebensfeindlich ist, Mammon, wie du und wie Geld und Maschinen und Erniedrigung und der ganze verworrene Haufen aus Überheblichkeit und Gier und ichbefangenem Hochmut – alles, was dich, Mammon, noch stärkt, das hasse Ich. Ich hasse es, Mammon, und Ich hasse dich, und Ich werde dich vom Angesicht der Erde stoßen, Mammon, du großes Pöbelding, das für die Menschen so unheilbringend ist.«

Nachweis

Love Among the Haystacks (Liebe im Heu)
Erstveröffentlichung im Erzählungsband ›Love Among the Haystacks‹, 1930

The Virgin and the Gipsy (Das Mädchen und der Zigeuner)
Erstveröffentlichung als Einzelausgabe, 1930

The Man Who Died (Der Mann, der gestorben war)
Erstveröffentlichung der ersten Fassung unter dem Titel ›The Escaped Cock‹ in: The Forum, Februar 1928

The Risen Lord (Der Auferstandene)
Erstveröffentlichung in: Everyman, 3. Oktober 1929. Aufgenommen in: ›Phoenix II‹.

D. H. Lawrence im Diogenes Verlag

»Es war etwas von einem Proletarier an ihm und von einem Marquis. Von rächerischer Leidenschaft, die ihr Opfer sucht, und gefeiltester Feinheit. Vom kämpfenden Zauber, dem ›Auge der Venus, das die Gegner selbst bestrickt und blind macht‹, von der ›Magie des Extrems, der Verführung, die alles Äußerste übt‹ – und von einem in Blumen und Tiere verliebten Schäfer.«
René Schickele

Der preußische Offizier
Erzählungen

England, mein England
Erzählungen

Die Frau, die davonritt
Erzählungen

Der Mann, der Inseln liebte
Erzählungen

Der Fremdenlegionär
Erzählungen, Autobiographisches, Fragmente

Der Hengst St. Mawr
Roman

Liebe im Heu
Erzählungen

Die Hauptmanns-Puppe
Erzählungen

John Thomas & Lady Jane
Roman. Die zweite und beste Fassung der ›Lady Chatterley‹. Deutsch von Susanna Rademacher. Mit einem Nachwort von Roland Gart

Liebe, Sex und Emanzipation
Essays. Deutsch von Elisabeth Schnack

Briefe
Auswahl von Richard Aldington. Vorwort von Aldous Huxley. Deutsch und Nachwort von Elisabeth Schnack. Personenverzeichnis, Chronik und Bibliographie im Anhang

Mr. Noon
Autobiographischer Roman. Deutsch von Nikolaus Stingl

Mexikanischer Morgen
Reisetagebücher. Deutsch von Alfred Kuoni

Das Meer und Sardinien
Reisetagebücher. Deutsch von Georg Goyert

Etruskische Stätten
Reisetagebücher. Deutsch von Oswalt von Nostitz

Italienische Dämmerung
Reisetagebücher. Deutsch von Georg Goyert

Die gefiederte Schlange
Roman. Deutsch von Georg Goyert

Meistererzählungen
Ausgewählt, deutsch und mit einem Nachwort von Elisabeth Schnack

William Faulkner im Diogenes Verlag

»Nehmen Sie Faulkner – was für ein Humorist er ist! Da kann ihm keiner das Wasser reichen; wahrhaftig, seine Tugend war die Unbefangenheit... Die einfachen Leute in Mississippi verstehen verdammt viel mehr von Literatur als die Professoren von Cambridge.« *Frank O'Connor*

»Faulkner ist eine der wenigen großen schöpferischen Begabungen des Westens.« *Albert Camus*

»Verglichen mit deutschen Romanen ist er Shakespeare.« *Gottfried Benn*

Brandstifter
Erzählungen. Aus dem Amerikanischen von Elisabeth Schnack

Eine Rose für Emily
Erzählungen. Deutsch von Elisabeth Schnack

Rotes Laub
Erzählungen. Deutsch von Elisabeth Schnack

Sieg im Gebirge
Erzählungen. Deutsch von Elisabeth Schnack

Schwarze Musik
Erzählungen. Deutsch von Elisabeth Schnack

Die Freistatt
Roman. Deutsch von Hans Wollschläger. Mit einem Vorwort von André Malraux

Die Unbesiegten
Roman. Deutsch von Erich Franzen

Als ich im Sterben lag
Roman. Deutsch von Albert Hess und Peter Schünemann

Schall und Wahn
Roman. Mit einer Genealogie der Familie Compson. Deutsch von Helmut M. Braem und Elisabeth Kaiser

Go down, Moses
Chronik einer Familie. Deutsch von Hermann Stresau und Elisabeth Schnack

Der große Wald
Vier Jagdgeschichten. Deutsch von Elisabeth Schnack

Griff in den Staub
Roman. Deutsch von Harry Kahn

Der Springer greift an
Kriminalgeschichten. Deutsch von Elisabeth Schnack

Soldatenlohn
Roman. Deutsch von Susanna Rademacher

Moskitos
Roman. Deutsch von Richard K. Flesch

Wendemarke
Roman. Deutsch von Georg Goyert

Wilde Palmen und Der Strom
Doppelroman. Deutsch von Helmut M. Braem und Elisabeth Kaiser

Die Spitzbuben
Roman. Deutsch von Elisabeth Schnack

Eine Legende
Roman. Deutsch von Kurt Heinrich Hansen

Requiem für eine Nonne
Roman in Szenen. Deutsch von Robert Schnorr

Das Dorf
Roman. Deutsch von Helmut M. Braem und Elisabeth Kaiser

Die Stadt
Roman. Deutsch von Elisabeth Schnack

Das Haus
Roman. Deutsch von Elisabeth Schnack

New Orleans
Skizzen und Erzählungen. Deutsch von Arno Schmidt. Mit einem Vorwort von Carvel Collins

Frankie und Johnny
Uncollected Stories. Deutsch von Hans-Christian Oeser, Walter E. Richartz, Harry Rowohlt und Hans Wollschläger

Meistererzählungen
Übersetzt, ausgewählt und mit einem Nachwort von Elisabeth Schnack

Briefe
Nach der von Joseph Blotner editierten amerikanischen Erstausgabe von 1977, herausgegeben und übersetzt von Elisabeth Schnack und Fritz Senn

Über William Faulkner
Aufsätze und Rezensionen von Malcolm Cowley bis Siegfried Lenz. Essays und Zeichnungen von sowie ein Interview mit William Faulkner. Chronik und Bibliographie. Herausgegeben von Gerd Haffmans

Stephen B. Oates
William Faulkner
Sein Leben. Sein Werk. Deutsch von Matthias Müller. Mit vielen Fotos, Werkverzeichnis, Chronologie und Register